고스트 헌트 1
구고사 괴담

The Ghosthunt 1
©2010 by Fuyumi Ono/ MEDIA FACTORY, INC. "Da Vinci"Div.
First published in Japan in 2010 by MEDIA FACTORY, INC.
Korean translation rights reserved by BOOKSMANIA,Seoul.
Under the license from MEDIA FACTORY, INC., Tokyo
Through PLS Agency, Seoul.

이 책의 한국어판 출판권은 PLS 에이전시를 통한 저작권자와의 독점 계약으로 북스마니아에 있습니다.
이 책은 저작권법에 따라 한국 내에서 보호받는 저작물이므로 무단 전재와 무단 복제를 금합니다.
이 책의 전부, 혹은 일부를 인용하려면 반드시 저작권자와 북스마니아의 서면 동의를 받아야 합니다.

─◈─ The Ghosthunt ─◈─

고스트 헌트 1

구교사 괴담

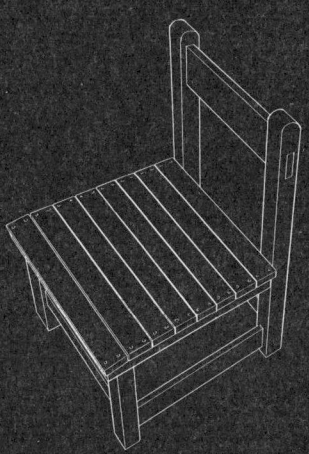

오노 후유미 글 | 박시현 옮김

BOoK's
마니아

prologue

깜깜하다.
 교실이 먹물 빛 어둠으로 가득 찼다. 그 속에서 펜라이트 불빛 네 개만이 간신히 빛나고 있었다. 푸르스름한 빛은 당장이라도 사라져 버릴 듯 희미해서, 넓은 교실을 비추기엔 턱없이 부족했다. 펜라이트를 들고 있는 서로의 얼굴만 간신히 보이는 정도였다. 모조리 어둠 속으로 가라앉은 밤. 밖에는 비가 내리고 있었다. 빗물 흐르는 소리가 슬프게 스며들었다. 누군가가 멀찍이서 작게 신음하는 것처럼 음산하고 우울하게 들렸다.
 "……이건 우리 큰아버지한테 들은 얘긴데." 라며 옆에 있던 유리가 슬그머니 입을 열었다.
 "큰아버지는 산에 다니는 걸 좋아해서, 중학교 때는 도보운동부에 있었대. 고등학교에 들어간 뒤 클럽 활동은 그만 뒀지만, 그때 사귄 친구들과 시간 날 때마다 열심히 산에 다녔대. 그런데 어느 여름날이었어."
 앞서 말한 것처럼 유리네 큰아버지는 여름방학을 맞아 평소처럼 친구와 산을 오르기로 했다. 오랜만에 함께 하는 산행이었다. 그날은 날씨도 무척 좋았다. 여름방학이 막 시작된 참이라 해방감도 느껴져서, 두 사람은 기분 좋게 산 정상을 향해 출발했다. 그런데…….
 "아무리 걸어도 산 정상이 나오지를 않는 거야. 세 시간이면 닿고도 남을 거리인데. 걷다가 잠깐잠깐 주위를 둘러봐도 한 번도 와 본 적 없는 곳인 것 같고. 그러다 보니 전혀 본 적 없는 산등성이가 나왔대."

 두 사람은 길을 잘못 들었다는 사실을 깨닫고 실소했다. 이야기에 열중하다 어딘가에서 헷갈렸던 모양이다. 두 친구는 '여기를 몇 번이나 왔는데 길을 헤매고 다니냐.' 따위의 농담을 하며 산등성이를 내려갔다. 그들에게는 매우 익숙한 산이었다. 좁기는 하지만 등산로도 나 있었고, 갈림길에는 표지판도 서 있었다. 불안해할 필요가 없었다.

 둘은 자신들의 실수를 심심풀이 땅콩 삼으며 오던 길을 따라 내려갔다. 그러나 항상 다니던 익숙한 그 길은 나오지 않았다.

 그들은 다시 그 산등성이에 서 있었다.

 산등성이에서 내려다보니 산 정상은 완전히 엉뚱한 방향에 있었다. 이번에는 나침반으로 방위를 확인하고, 지도를 펼쳐 길을 확인했다. 지도를 보자 어느 갈림길에서 길을 잘못 들었는지 알 수 있었다. 그 길에는 분명 표지판이 있는데, 그걸 못 보고 지나치다니 이상했다. 하지만 표지판이 쓰러져 있었을 수도 있고, 다른 방향을 향하고 있었을지도 모른다. 그들은 신경을 곤두세우고 왔던 길을 되돌아가기 시작했다. 그러나 아무리 찾아봐도 갈림길은 보이지 않았다.

 결국 또 다시 같은 산등성이로 나오고 말았다.

 도저히 이해할 수가 없었다. 제대로 지도를 보면서 몇 번이고 방위를 확인했는데, 문제의 갈림길을 찾아가는 것조차 불가능하다니. 큰아버지도, 친구도 초조해지기 시작했다. 이런 일은 처음이었다. 게다가 길고 긴 여름 해마저 슬슬 저물고 있었다. 어두워지면 발밑이 잘 보이지 않는다. 익숙한 산이어도 앞이 보이지 않으면 위험하다. 두 사람은 그렇게 판단하고, 그 산등성이에서 야영을 하기로 했다.

"산을 오르는 자의 마음가짐 뭐 그런 거였는지 몰라도, 다행히 두 사람은 침낭과 약간의 식량을 챙겨 왔어. 당일치기할 예정이었는데도 말이야. 물론 텐트까지 가져오진 않았던 것 같지만."

여름이었고, 날씨도 좋아서 침낭만 있으면 노숙을 해도 전혀 문제없을 것 같았다. 이것도 무슨 인연이겠거니 싶어 그들은 마음을 편하게 먹기로 했다. 불을 피워 야영할 준비를 시작하고, 모닥불을 사이에 두고 침낭을 폈다.

침착해진 두 사람은 주변을 살펴보았다. 막상 둘러보니 산등성이는 야영하기에 안성맞춤인 장소였다. 딱 두 사람이 누울 수 있는 평지가 있고, 그 위로는 별들이 당장이라도 쏟아져 내릴 것처럼 반짝거렸다. 기분이 몹시 좋아진 큰아버지와 친구는 모닥불을 둘러싸고 식사를 한 뒤, 침낭에 들어가서 이야기꽃을 피웠다. 어느새 졸음이 밀려와 이야기가 뚝뚝 끊기기 시작했다. 이윽고 까무룩 잠들려는 찰나…….

"남자 목소리가 들리는 것 같았대. 마치 도와달라는 듯이 어어이, 하고 외치는 소리가……."

큰아버지는 벌떡 일어나 친구를 깨웠다. 지금 소리를 들었냐고 묻자 친구는 고개를 저었다. 그 순간 다시 목소리가 들려왔다. 절박한 목소리였다. 그들처럼 길을 잃은 등산객이 모닥불의 빛을 보고 도움을 청하는 것 같았다.

"큰아버지랑 친구는 모닥불이 잘 보이게 장작을 더 태우고, 소리가 들려오는 쪽을 향해서 큰 소리로 '여기예요.' 라고 외쳤어."

그러나 그것을 마지막으로 소리는 더 이상 들려오지 않았다. 기분 탓인가 싶어 두 사람이 다시 잠을 청할 무렵, 다시 목소리가 들려왔다. 소리는 산등성이 아래에서 나고 있었다. 누군가가 등산길 반대편에 있는 숲에서 길을 잃은 모양이었다. 그들은 한 걸음씩 조심조심 나아가며 조난자를 찾으러 갔다. 하지만 여기저기를 다 뒤져도 남자는 보이지 않았다. 숲 속까지 들어가서 불러 봤지만 아무 대답도 없었다.

"캄캄한 밤중인데 빛이라고는 작은 손전등 하나뿐이고. 그런 상태로 숲 속을 돌아다니다가는 자기네들까지 길을 잃을 수도 있잖아? 그래서 큰아버지랑 친구는 남자를 찾는 걸 포기하고 산등성이로 돌아갔어. 다시 잠자리에 들 기분도 아니라서 모닥불만 열심히 피우고 있는데, 다시 그 남자 목소리가 들려오는 거야."

목소리는 한층 가까운 곳에서 들려오고 있었다. 두 친구는 소리가 들려오는 쪽으로 가서 남자를 찾아보았지만, 아무 흔적도 발견할 수 없었다.

찾는 동안에는 목소리가 들리지 않고, 아무리 불러도 대답이 없다. 그런데 모닥불 근처에 돌아가기만 하면 다시 소리가 난다. 게다가 소리는 점점 가까워지고 있다.

이윽고 두 사람은 분위기가 심상치 않다는 것을 깨달았다.

남자를 찾으러 가기는커녕, 무서워서 말 한마디조차 꺼낼 수 없었다. 그들은 모닥불 곁에 바짝 붙어서 숨을 죽였다. 남자는 더 이상 그들을 부르지 않았다. 그러나 어느새 그들 근처로 다가와, 모닥불의 빛이 닿는 경계선 바로 바깥에서 서성거리고 있었다. 불빛 밖에서 남자의 발소리와 숨소리, 옷이 사각사각 스치는 소리까지 들려왔다.

"큰아버지는 '이거 진짜 장난 아니네. 엄청난 일이 벌어지고 있다.' 는 생각이 들었대. 보아하니 모닥불 빛 안쪽으로는 못 들어오는 것 같으니까, 일단 어찌 되었든 불만은 지켜야겠다고 생각한 거야."

마음 같아서는 모닥불을 더 크게 피우고 싶었지만, 자칫 잘못하면 장작이 다 떨어질 수도 있었다. 그리고 이런 상황에서 장작을 찾으러 갈 수도 없는 노릇이었다. 두 사람은 타들어가는 마음에 필사적으로 불꽃을 지켰다.

"그렇게 불을 지키다 동이 텄어. 해가 뜨니까 두 사람 다 긴장이 풀려서 앉은자리에서 그대로 곯아떨어졌대. 큰아버지가 눈을 떴을 때는 이미 해가 중천에 떠 있었고. 그런데 두 사람 바로 옆에 못 보던 돌무덤이 있더래."

"돌무덤?"

"응. 돌을 피라미드처럼 쌓아올린 거. 산에서 사람이 죽으면 무덤 대신 만드는 경우가 있잖아. 거의 사람 키만큼 큰 돌무덤이었대. 그런 게 모닥불 바로 옆에 있었다는 거야. 밑에서 올라왔을 때 눈에 바로 들어오는 장소였거든? 절대 못 보고 지나칠 수가 없었지. 그런데 전날 큰아버지와 친구는 그 돌무덤을 본 적이 없었어. 산등성이를 몇 번을 오르락내리락 했는데도 말야. 이런 거 저런 거 다 떠나서, 큰아버지랑 친구 분이 그 산에서 길을 헤맸다는 것 자체가 이상했던 거고……. 큰아버지는 죽은 사람이 쓸쓸한 마음에 자기네들을 불렀던 거라고 하더라. 만약에 모닥불이 꺼졌으면 무슨 일이 나도 났을 거라고…….”

유리는 그렇게 이야기를 마무리하고 펜라이트를 껐다. 추적거리는 빗소리가 들려왔다. 그렇게 어둠 속에 세 개의 빛이 남았다.

"그럼 이제 내 차례지?" 하며 케이코가 입을 열었다.

"나도 들은 이야긴데, 내 친구 오빠가 알고 지내는 언니 얘기야. 그 언니가 취직해서 이사를 했대. 그런데 그 방이 일명 '나오는' 방이었던 거야. 이사 간 날 밤 그 언니가 완전히 녹초가 돼서 자고 있는데, 갑자기 쿵 하고 사람이 자기 위에 올라타더라나. 언니는 깜짝 놀라서 눈을 떴지."

언니는 처음에 치한이나 도둑일 거라고 생각했다. 무엇인가 자기 몸 위에 걸터앉아 있는 느낌이 너무나도 생생했기 때문이다. 그러나 방 안이 깜깜해서, 누군가 말 타듯 올라타고 있는 것은 알아도 그게 도대체 누구인지는 알 수 없었다. 소리를 내거나 저항하면 도리어 위험해질 것 같았다. 언니가 어찌할 줄 모르고 쩔쩔매는데, '크큭.' 하는 웃음소리가 났다. 여자가 입을 앙다문 채

웃음 짓는 소리였다.

"그 언니가 '어?' 하고 생각하자마자 언니를 내리누르던 그 느낌이 사라졌대. 언니는 벌떡 일어나서 불을 켰지만 방 안에는 아무도 없었어. 문단속도 제대로 되어 있었고. 심지어 그런 일이 그 후 매일 밤 계속됐다는 거야."

'어머머…….' 하고 누군가가 동정하듯 신음소리를 냈다.

"그런데 말이야, 마침 그 언니가 아는 사람 중에 영능력자라고 해야 하나, 아무튼 그런 쪽으로 강한 사람이 있었대. 언니가 그 사람한테 상담을 했더니, 부적을 써 주고는 그걸 이불 네 귀퉁이 밑에 깔고 자라고 했대."

언니는 일러준 대로 하고 잠자리에 들었다. 그 무렵 언니는 심한 불면증에 시달리고 있었다. 부적을 깔았는데도 역시 좀처럼 잠을 이룰 수 없었다.

"그날 밤에도 어김없이 발소리가 들려왔대. 발 아래쪽에서. 거긴 벽으로 막혀 있는데 말이야. 마치 그 사람이 옆방에서 벽을 통과해 언니 방으로 들어오는 것 같았대. 그리고 발소리가 언니 발치에서 멈췄어. 그 언니는 몸에 힘을 잔뜩 주고 긴장하고 있었지. 그런데 그날은 이상하게 그게 덮쳐 오지를 않았대. 그냥 한참을 언니 발 밑 쪽에 서 있기만 했대. 어쩔 줄 모르고 가만히 지켜보는 것처럼 말이야. 그러다 갑자기 이불 주위를 걷기 시작하더래. 마치 조사라도 하는 것처럼 몇 번이고 이불 주위를 빙글빙글 돌더래. 그리고 한참 있다가 갑자기 발소리가 뚝 끊겼어. 발소리가 사라진 걸 확인한 언니가 안도의 한숨을 내쉬는 그 순간! 그 언니 귓가에 '그딴 건 하나도 안 드웃지.'라고 여자가……."

누군가 '꺄악' 하고 소리 질렀다. 나도 무심결에 비명을 지른 것 같다. 케이코는 이야기 속 여자 귀신처럼 살짝 웃고 있었다.

"그 언니는 완전히 겁에 질려서 도망치듯이 다른 곳으로 이사 갔대."

케이코는 이야기를 마치고 펜라이트를 껐다.

"그 다음, 마이 차례야."

나는 크게 숨을 한 번 들이쉬었다 내쉬고, 이야기를 시작했다.

"이건 내가 초등학생 때 들었던 얘기야. 어떤 여자가 밤에 집으로 가고 있었대. 쌀쌀한 가을날이라 추워서 그랬는지, 갑자기 화장실에 가고 싶어진 거야. 마침 가던 길에 공원이 있어서 공원 화장실을 쓰기로 했어. 한밤중의 공중화장실이라니, 좀 으스스하잖아? 사람도 하나도 없는데다가 어두컴컴하고. 그 여자는 좀 무서웠지만 어쩔 수 없었어. 뛰어 들어가서 재빠르게 일을 보고 나오려고 하는데……, 어디선가 이상한 노랫소리가 들리는 거야."

나는 일부러 떨리는 목소리로 말해 보았다.

"새빠알간 망토를, 입혀 줄까요……."

누군가 작은 비명을 질렀다.

"깜짝 놀란 여자가 화장실에서 나가려니까 어째서인지 문이 열리질 않는 거야. 문을 막 두들겨 보는데 그 이상한 노랫소리가 또 들려왔어. 어린애 목소리 같기도 하고, 여자 목소리 같기도 하고,

남자가 일부러 여자 흉내를 내는 것 같기도 했어. 그런 가느다란 목소리가 아주 가까이에서 들리는 거지. 문 바로 너머나 창 밖에서 입 속으로 흥얼거리는 것처럼, 아주 작게……."

혼비백산한 여자는 소리를 지르며 문을 두들기고 흔들었지만 꿈쩍도 하지 않았다. 세 번째 노랫소리가 들려온 순간, 그녀는 '싫어.' 하고 비명을 질렀다.

"……그랬더니, 방금 전까지 꿈쩍도 안 하던 문이 거짓말처럼 스르륵 열렸대. 그 여자는 황급히 화장실을 뛰쳐나왔어. 너무 무서워서 도저히 혼자서 집에 돌아갈 정신이 아니었지. 그래서 불빛이 밝고 사람이 많은 거리로 달려갔는데, 마침 순찰 중인 경찰들을 만난 거야."

그녀는 울며불며 자초지종을 말하고 집에 데려다 달라고 애원했다. 경찰들은 치한이라도 숨어 있었던 것 아니냐고 되물었다. 치한이 아니어도 죄질이 몹시 나쁜 범죄이니, 범인을 잡기 위해 화장실을 다시 조사해 보자고 했다.

"그래서 여자는 마지못해 경찰들이랑 공원으로 돌아갔어. 화장실이 보일 즈음, 경찰들이 다시 한 번 안으로 들어가라고 그랬대. '다시 소리가 들려오면 '네' 라고 대답하세요. 나쁜 짓을 하려는 순간 바로 체포할 테니까.' 라면서. 그래서 여자는 용기를 내어 화장실에 들어갔고, 경찰들은 문 밖에서 기다렸어. 조금 지나니까 화장실 안에서 다시 그 기분 나쁜 노랫소리가 들려왔어. 그리고 여자가 '네' 라고 대답하는 소리에 뒤이어 갑자기 찢어질 듯 비명 소리가……. 경찰이 황급히 문을 열었더니, 여자가 죽어 있었어."

아무도 입을 열지 않았다. 숨 막히는 침묵 속에서 빗소리만 아득하게 울렸다.

"전신이 작은 구멍투성이였는데, 무슨 컴퍼스 바늘 같은 걸로 막 찌른 것 같았대. 온몸이 피로 새빨갛게 물들어서 빨간 망토를 걸치고 있는 것 같았대."

모두들 질겁하며 고래고래 소리를 질렀다. 글로 옮기자면 도저히 어떻게 표기해야 할지 알 수 없을 만큼 기괴한 비명이 울려 퍼졌다. 그 모습을 힐끗 바라본 나는 펜라이트를 껐다. 남은 불빛은 이제 하나.

미치루는 단 하나 남은 새파란 불빛을 받으며 이야기를 시작했다.

"그럼, 난 마이도 있고 하니까 우리 학교 얘기를 할게."

미치루는 나를 보고 방긋 웃었다.

우리 학교는 초등학교부터 고등학교까지 있는 사립학교다(대학도 있기는 하지만 다른 지역에 있다). 고등학교 학생의 대부분은 중학교에서 에스컬레이터 식으로 올라온 내부진학자지만, 개중에는 나처럼 다른 중학교에서 들어오는 학생도 있다.

"마이, 구교사 얘기 들어 본 적 있어?"

"아니, 아직……. 구교사가 그거지? 운동장 구석에 있는 반쯤 무너져 가는 거."

열흘 정도 전에 있었던 입학식 날, 구교사가 무엇인지 알게 되었다. 알게 되었다기보다도 그냥 보였다는 표현이 더 적절하겠지. 구교사는 눈에 띄게 낡고 허름한 목조 건물이라, 교실에서 밖을 내다보면 자연스럽게 주목하게 된다. 교실이 있는 신교사에서 바라보면, 운동장 저 너머에 낡은 체육관이 보인다. 그리고 체육관보다도 더 깊은 안쪽 구석에 구교사가 서 있다. 게다가 보통 오래된 게 아니라, 이런 낡아빠진 건물이 이십 세기 말까지 다행히 남아 있구나 싶어 감탄하게 될 정도다. 그렇다고 무슨 유적지처럼 중요하게 보존되어 왔다는 느낌이 드는 건 아니다. 반쯤 무너져 있는데다가 사람이 들락날락하는 흔적이 전혀 없다. 들락날락하기는커녕 가까이 다가가는 사람조차 없는지, 학교에서도 그 일대만 몹시 황폐해져 있다. 상당히 음침한 분위기를 풍기는 건물이다.

"그래, 그거." 미치루는 고개를 끄덕였다.

"하지만 그건 무너지고 있는 게 아니야. 철거하다 말고 공사가 중단된 거지."

"……이 대목에서는 중단된 이유를 물어봐야 하는 거겠지?"

내가 되묻자 미치루가 유령처럼 으스스하게 웃었다.

"저주래."

"저어주?"

"응. 우리가 지금 쓰는 신교사는 십 년 전쯤에 새로 지은 건데, 그 전에 쓰던 교사는 철거해 버려서 더 이상 남아 있질 않아. 그런데 그때도 이미 구교사는 거의 폐가나 다름없었대. 이상하지? 교사를 새로 지을 정돈데 저렇게 오래된 건물이 아직도 남아 있다니 말이야."

"그건 그래……."

"왜 저게 남았냐 하면, 구교사를 철거하면 저주가 내린다는 소문이 돌았기 때문이야. 허물려고만 하면 문제가 일어나는 거지. 기계가 느닷없이 고장 난다거나, 인부가 사고를 당하거나 병에 걸린다거나. 한번은 무슨 지붕이 떨어진 적도 있대. 구교사 서쪽을 철거하고 있었는데 이층 부분이 지붕까지 통째로 무너져 내린 거야. 그때 일층에서 작업하던 사람들이 전부 깔려 죽는 바람에 공사가 중단됐대."

구교사는 그 후 몇 년간, 서쪽 끄트머리를 허물다 만 채로 방치되었다고 한다.

"그런데 작년에 체육관을 새로 세우자는 결정이 나서 다시 구교사를 철거하려 했어. 구교사 자리에 새 체육관을 세우려고 말이지. 어찌어찌 반 정도는 철거했는데 결국 또 다시 공사 중단. 덕분에 우리가 아직도 저 낡아 빠진 체육관을 쓰고 있는 거지."

중단되었다는 건, 역시…… 그 때문일까. 내가 쭈뼛거리며 물어보자, 미치루는 차가운 표정으로 고개를 끄덕였다.

"전이랑 똑같아. 기계는 고장 나, 관계자들이 계속 사고가 나고 병에 걸려. 게다가 공사 트럭이 갑자기 폭주해서 체육 수업하는 운동장으로 뛰어들지를 않나. 그때 두 명이 죽고 일곱 명이 크게 다쳤어. 신문에도 크게 실렸는데, 본 적 없어?"

"봐, 봤나? 잘 기억이 안 나……."

"그래. 사실, 구교사를 사용하는 동안 이상한 일이 많이 있었나 봐. 화재나 사고가 계속 일어난다거나, 선생이나 학생이 연중행사로 죽어 나간다거나. 그래도 몇 년 전까지는 수업 준비실이나 클럽 활동 부실로 쓰기도 했던 모양이지만, 이런저런 불길한 일이 연달아 일어나는 바람에 사람들이 출입을 꺼려서, 이제는 거의 창고나 마찬가지야. 자세한 건 잘 모르겠는데, 여기 근처 살던 여자애가 구교사에서 죽었다나? 아마 살해를 당했다던가……. 아무튼 그 여자애가 '나온다'는 소문이 돌기 시작한 뒤로는 사람들이 구교사 근처에도 가지 않게 됐어. 그 소문을 들은 한 선생님이 그런 말도 안 되는 일이 어딨냐면서 구교사에 들어갔는데, 사흘 뒤 그 안에서 변사체로 발견되었어. 목매단 채 죽어 있었대."

"으아아……."

미치루의 얼굴은 밀가루를 펴 바른 듯이 새하얗다. 미치루의 하얀 얼굴 위로 앞머리가 흘러내려왔다. 펜라이트의 새파란 빛이 그 얼굴에 으스스한 그림자를 비춰 내고 있었다.

"그 뒤로는 그 선생님까지 나온대. 그래서 구교사 숙직실에서는 절대로 장지문을 열어 놓은 채로 두면 안 된다고 하더라고."

"장지문?"

내가 되묻자 미치루가 끄덕였다.

"왜, 낡은 숙직실 보면 들어가자마자 바로 부엌이 있잖아. 거기서 한 칸 올라가면 다다미가 깔린 방이 있고. 보통 그 방에 이불을 깔고 잔단 말이야. 그래서 부엌이랑 방 사이에 장지문이 있는데, 이 문을 열어 놓은 채로 두면 안 된다는 거야. 제대로 꽉 닫아야지. 닫지 않으면…… 나온대. 누군가가 등짝을 쳐서 돌아보면 사람 손이 아니라 발이…….”

끄아아아악.

“목매달고 죽은 선생님의 발이 등짝에 닿는다는 거야. 그걸 봐 버리면, 선생님이 숫제 등에 업혀 오기까지 하고. 업힌 것처럼 찰싹 들러붙어서는 떨어지질 않는다고 그러더라. 우리 학교 최대의 불가사의지. 본 사람이 꽤나 있나 봐. 그 소문이 돌고 나서 구교사에 출입금지령이 내렸어. 잠겨 있어서 들어갈 수도 없지만, 들어가서도 안 되게 돼 버렸지.”

미치루는 그렇게 말하고는 목소리를 한층 낮추어 이야기를 이어갔다.

“……이건 클럽 선배한테 들은 얘긴데. 선배 친구가, 구교사에서 사람 그림자를 본 적이 있대. 그 사람이 학교 가까이에 사는데, 왜, 그 구교사 담장 따라서 길이 나 있잖아. 그 길에서 자주 강아지랑 산책하나 봐. 그날도 강아지를 데리고 산책하면서 학교 근처를 지나는데, 갑자기 이상한 시선을 느꼈대. 그래서 뒤돌아봤더니, 구교사 교실 창에서 하얀 사람이 자기를 가만히 내려다보고 있더라는 거야.”

‘으아아악’ 하고 케이코가 질겁하며 소리쳤다.

"말도 안 돼! 앞으로 거길 어떻게 다니니? 제발 거짓말이라고 해 줘."

"안타깝게도 사실이야. 선배한테 들었는걸. 그 새하얀 사람이 한 손을 들더니, 이렇게…… 손짓을 했대. 그걸 본 순간, 선배 친구는 왠지 구교사 안에 꼭 들어가야만 할 것 같은 기분이 들었대. 그래서 비틀비틀 학교를 향해 한 발을 내딛었는데, 그 순간 개가 엄청난 기세로 사납게 짖기 시작했어. 그래서 겨우 제정신을 차릴 수 있었지. 등줄기가 오싹해져서 다시 구교사를 올려다봤더니, 사람은 어느새 사라지고 없었대."

"어머머……."

"……끌게."

방 안은 또다시 고요해졌다. 딸깍 하는 작은 소리를 내며 미치루의 펜라이트가 꺼졌다.

정말로 아무것도 보이지 않는, 진정한 어둠이 주위를 감돌았다. 우울한 빗소리가 더 크게 들려왔다.

어둠 속에서 케이코가 슬며시 말을 꺼냈다.

"그럼, 센다."

케이코가 재촉하자, 유리는 떨리는 목소리로 수를 세기 시작했다.

"하나……."

이렇게 괴담을 하면서, 이야기 하나가 끝날 때마다 불을 하나씩 끈다. 마지막 이야기를 마치고 불이 다 꺼진 뒤 수를 세면, 한 사람이 더 늘어난다는 것이다. 늘어난 한 사람은 유령이다, 뭐 그런 얘기다.

케이코의 목소리도 가늘게 떨렸다.

"둘······."

그리고 나.

"셋······."

미치루의 목소리가 낮게 울렸다.

"넷······."

우리는 네 명이다. 모두 숨을 죽이고, 혹시나 들릴지 모를 다섯 번째 목소리에 귀 기울였다. 음침하고 생기 없는 교실 안에 세찬 빗소리가 스며들었다. 멀리서 내리치는 비를 뚫고 빠르게 달리는 차 소리가 났다. 물이 떨어지는 소리, 튀고 흩어지는 소리, 습기를 잔뜩 빨아들여 축축해진 밤공기가 우웅 하고 울리는 소리, 그리고······.

달칵.

어딘가에서 소리가 났다. 그와 동시에,

"다섯."

다섯, 이라고, 확실히, 다섯이라고, 들렸다.

모두의 숨이 일순간 멎어 버렸다. 쉼표처럼 짧은 공백에 이어, 튀어오르는 비명 소리가 온 건물 안에 소용돌이쳤다. 그야말로 아수라장, 아비규환.

뭐, 뭐야, 뭐야뭐야뭐야 지금 그 소리!

우리들은 기겁을 하며 서로에게 매달리고 엉겨 붙었다.
"싫어, 싫어! 싫어!"
정신을 차려 보니, 깜깜했던 교실 안에 어슴푸레하게 빛이 감돌고 있었다. 문 밖 복도에 있는 비상등 빛이었다. 눈이 빛에 익숙해지자, 아무렇게나 쌓여 있는 책걸상더미가 눈에 들어왔다. 학교 지하에 있는 시청각 교실에 모여앉아, 서로에게 찰싹 달라붙은 채 떨고 있는 우리들.
흠칫거리며 돌아보니, 교실 문 앞에 사람이 서 있었다. 우리 나이 또래인 것 같았다. 희미한 빛에 비추어진 얼굴은…… 놀랍도록 아름다웠다. 칠흑같이 까만 머리카락과 눈을 가진 소년. 머리부터 발끝까지 새까맣게 차려입은 모습이 지나치다 싶을 만큼 잘 어울렸다. 우리 학교 교복이 아니네, 전학생인가. 희미한 어둠 속에서 소년은 그림자에 녹아들 것만 같았다. 얼굴과 손만이 달빛을 받아 새하얗게 빛나고 있었다.
케이코가 더듬거리며 물었다.
"저, 저기…… 지금, '다섯'이라고 한 거, 그쪽이 그런 거예요?"
'그래' 하고 그는 망설임 없이 대답했다. 조용하지만 시원시원한 목소리였다.
당장이라도 빛의 속도로 도망갈 준비가 되어 있던 미치루도 한숨을 내쉬며 털썩 주저앉았다.
"아…… 완전 놀랬어. 간 떨어지는 줄 알았네……."

"그것 참 미안하게 됐군."

하는 말과는 다르게, 그는 별로 미안하다는 기색 없이 불을 켰다.

담력 시험에 제격이었던 이 으스스한 공간도, 무미건조한 형광등 불빛 아래서는 별 것 아니었다. 그저 암막을 쳐 놓은 살풍경한 교실일 뿐이다. 그럴싸한 빛을 내뿜던 펜라이트도 마찬가지. 별이나 하트 모양의 싸구려 펜은, 아이돌 콘서트에서 팬들이 흔들어 대는 응원도구같이 생겼다. 오싹한 분위기를 조성하던 빗소리도 그저 끈적하고 답답하게 느껴질 뿐이었다. 여기서 그다지 빠지지 않는 거라고는 문 입구에 서 있는 전학생(?)의 얼굴 정도려나.

"불이 꺼져 있어서 아무도 없다고 생각했거든. 그런데 소리가 들리더라고. 놀라게 해서 미안해."

"에이, 괜찮아요."

케이코가 새된 목소리로 말했다.

"그런데 전학생이세요?"

케이코가 간드러지게 묻자, 그는 의미를 알 수 없는 공백을 두고 대답했다.

"……뭐, 그런 셈이지."

뭐지, 이 공백은?

"혹시 일학년?"

"올해로 열일곱 살."

……좀 이상한 대답인데.

"그럼 우리들보다 한 학년 선배네요."

케이코의 목소리는 한껏 들떠 있었다. 얘가 얼굴을 밝히는 편이긴 하지.

물론 나도 이 사람, 겉보기엔 훌륭하다고 생각해. 키도 그럭저럭 크다(고 생각하는 건 내가 키가 좀 작은 편이라 그런지도 모르지만). 다리도 길다. 몇 번이고 말하지만, 얼굴도 잘 생겼다. 그러나 나는 그에게서 무언가 불온하다는 느낌을 받았다. 너무 잘났다고 해야 하나, 그래서 거짓말 같다고 해야 하나. 뭐랄까 좀…… 마음에 걸린단 말이지.

뭔가 이상하다는 생각을 하는 건 나뿐인 모양이었다. 문득 돌아보니 미치루마저 그녀의 필살기인 '어여쁘고 순수해 보이는 여고생 미소'를 전시하고 있었다.

"저희야말로 놀라게 해서 죄송해요. 소란을 피우는 모습을 보여드리다니, 부끄러워라……. 저희들 무서운 이야기를 하고 있었거든요, 그래서 좀……."

"아아…… 그래서였군. 그럼 나도 끼워 줄 수 있겠니?"

모두가 기쁨의 환호성을 내질렀다.

"그럼요, 물론이죠."

"선배, 여기 앉으실래요? 어, 성함이 어떻게 되세요?"

미치루는 거의 그의 팔을 잡아끌어다 앉힐 기세였다.

"시부야."

"시부야 선배도 괴담 좋아하세요?"

"……그냥저냥."

시부야가 살짝 미소를 짓자 모두들 좋아서 난리를 쳤다. 하지만 나는 여전히 그를 경계하고 있었다. 왜 이러지. 이유는 잘 모르겠는데, 저 사람이 몹시 마음에 들지 않는다.

"시부야씬지 뉘신지 말예요."

내가 말을 꺼내자 그가 돌아보았다. 기품 있는 미소가 얼굴 겉에만 찰싹 달라붙어 있다. 이 자식, 뭔가 속셈이 있다. 눈이 웃고 있지를 않잖아.

"어째서 이런 곳을 돌아다니고 있었던 건데요?"

여기는 학교 건물 중에도 상당히 변두리 축에 속하는 특별 교실동이고, 심지어 그 지하다. 전학생이 얼떨결에 길을 잘못 들만한 곳이 아니지.

"……볼일이 있어서."

……수상해. 교복 맞출 새도 없이 막 전학 온 사람이 이런 곳에 무슨 볼일이 있다는 거야? 그리고 입학식 한 지 얼마 되지도 않은 이런 때에 전학을 온다? 보통 전학생은 새 학기 시작하는 날에 들어오는 법이잖아. 그리고 봄방학 중에 전학 갈 학교 교복 정도는 맞춰 놓아야 하는 거 아냐?

"그럼, 일 보세요. 저희는 이제 집에 갈 거니까."

"아우, 야!"

케이코와 미치루가 불만과 항의로 가득 찬 괴성을 내질렀다.

유리가 내 교복자락을 잡아끌었다.

"마이, 잠깐만." 하며 케이코는 나를 한 번 쏘아보더니, 시부야 씨에게 아양을 한껏 담은 미소를 지어 보였다.

"어머 너도 참, 시부야 선배, 기분 나빠하지 마세요."

미치루마저 "얘가 많이 놀라서 좀 삐쳤나 봐요. 저희들 아직 돌아갈 생각 전혀 없어요, 정말로요." 하며 케이코의 편을 들었다.

케이코와 미치루의 훌륭한 연계 플레이가 펼쳐졌다. 너네 집에 안 가고 어쩔 건데. 여기서 자기라도 할 거야?

"수도 셌고, 별 일 없었고. 그러니까 이제 됐잖아."

이상한 자식이 나타나긴 했지만, 이건 내 마음의 소리.

"그것보다도 슬슬 나가지 않으면 순찰 도는 선생님한테 걸릴 걸."

'야' 하고 유리가 이제야 깨달았다는 듯이 말했다.

"마이 너도 걱정은 차암. 우리도 그쯤은 알고 있어."

케이코가 상냥하게 웃으며 나를 바라보았다. 그러나 목소리와는 사뭇 다르게, 그 눈은 '당장 닥치지 않으면 네 머리통을 뚫어 버리고 말겠다.'고 말하고 있었다.

"아직은 괜찮아. 아, 맞다. 선배 볼일이라는 게 뭐예요? 저희가 도울게요!"

"맞아. 순찰 도는 선생님이 와 버리면 곤란하니까, 그 전에 빨리 해 버리는 게 좋을 거예요. 저희가 도와드릴게요!"

"아니, 별 거 없어. 테이프 더빙하는 정도야."

시부야는 다시금 입가에만 가벼운 미소를 띤다.

"사실은 지금 좀 급하거든. 하지만 다음에 무서운 이야기를 또 할 거면 그때 끼워 줄 수 있겠니?"

"그럼, 내일 학교 끝나고는 어때요?"

케이코가 아양 떨며 말했다.

"저희 교실로 오세요! 1학년 F반이에요!"

그는 미소 지으며 가볍게 고개를 끄덕였다. 친구들은 몹시 흥분한 듯했다.

"꼭 오셔야 해요." 하고 다짐을 받는가 하면, "먼저 실례하겠습니다. 안녕히 계세요." 등 양갓집 규수마냥 얌전하게 인사하기도 하고. 수업 끝난 초등학생처럼 신나게 거리를 질주할 것 같은 느낌이었다. 잔뜩 들떠 있는 친구들을 재촉해 시청각실을 나섰다. 나는 시부야의 곁을 스쳐 지나며 슬쩍 얼굴을 쳐다보았다. 아직도 겉으로만 웃는 체하고 있어.

이 자식 뭐하는 놈이지?

고개를 갸우뚱거리고, 나는 석연치 않은 기분을 느끼며 시청각실을 뒤로했다.

1

 다음 날, 날씨가 활짝 개었다. 교문에서부터 이어지는 벚꽃 가로수가 새하얀 터널 같아 아름다웠다. 올해는 벚꽃이 늦게 핀데다 꽃도 대체로 온전히 남아 있는 편이었지만, 역시 어제 내린 비 때문에 꽃이 물러 버린 모양이다. 터널 안에 끊임없이 꽃잎이 흩날리고 있었다.
 나는 기본적으로 단순한 사람이라, 날씨가 좋으면 그것만으로도 왠지 기분이 좋아지고 만다. 눈을 뜨고 새파랗게 맑은 하늘을 보자마자 갑자기 기운이 넘쳐나서, 평소대로라면 꾸물거리며 게으름을 피웠을 아침 준비를 시원하게 척척 해치워 버리고 이상할 정도로 이른 시간에 학교에 오고 말았다. 그러자 성실한 나를 칭찬이라도 하듯 불어오는 꽃보라라니. 좋군. 대단히 기분 좋아.
 싱글벙글거리며 벚꽃 가로수 밑을 지나 신교사 쪽으로 걷다, 문득 구교사를 구경하고 싶어졌다. 학생용 현관은 신교사 서쪽 끝에 있다. 현관을 오르던 발걸음을 돌려 신교사의 서쪽을 돌아 들어갔다. 그러자 운동장 너머 대각선 방향에 반쯤 허물어진 구교사가 보였다. 멀리서 보아도 황폐하기 이를 데 없다.
 '그 소문이 사실일까.'
 운동장을 가로지르다 문득 그런 생각이 들었다.
 그리고 구교사를 올려다보며 어쩌면 사실일지도 모른다는 짐작이 들었다. 오랫동안 내버려진 채로 손상된 건물. 거무튀튀한 얼룩이 잔뜩 져 있는 판자벽. 지붕에는 부분부분 파란 시트를 씌워 놓았는데, 시트가 죄다 더러워지고 거무스름해져 있었다. 본래 빛깔이 선명했던 만큼 그 모양새가 초라하기 그지없었다. 일그러진 목제 창틀의 유리는 여기저기 깨진 채 때가 덕지덕지 묻어 있었다. 깨진 유리창 틈 사이로 들여다보자, 구교사 안의 뿌옇고 희미한 어둠이 엿보였다. 그 어둠은 내가 사는 세계가 아닌 다른 어딘가로 이어져 있는 것 같았다. 그나저나 이거, 어느 모로 보나 어엿한 귀신의 집이구먼.

쭈뼛쭈뼛 구교사 현관에 다가가 보았다. 콘크리트로 된 현관 턱에는 금이 가 있었다. 나무로 된 현관문은 검게 변색되었고, 문틀 사이 유리도 얼룩지고 깨져 있었다. 깨진 유리창을 투명한 비닐로 덮어 놓았는데, 그것 때문에 도리어 더 허술해 보였다.

유리창 너머로 안을 들여다보았다. 현관 안쪽으로는 어둠이 내려 있었다. 어렴풋한 빛 속에, 신발장들이 마치 다 쓰러져 가는 묘비처럼 여기저기 늘어서 있었다. 질서라고는 찾아볼 수 없었다. 마구잡이로 늘어놓고 대충 욱여넣은 듯했다. 두껍게 쌓인 먼지와 신발장 주위를 둘러싼 거미집이 보였다. 거미줄 위마저 먼지가 쌓인 모습이 애처롭기도 하고, 오싹하기도 했다. 마루 위에는 유리 조각이나 낡아 빠진 공 같은 정체를 알 수 없는 쓰레기들이 마구 흩어져 있었다.

그렇게 안을 들여다보는데 현관 중앙에 뭔가 이상한 것이 눈에 띄었다.

……뭐지?

유리에 얼굴을 바짝 가져다 대고 안을 살폈다. 검정색 기계다. 무척 큰데, 아마 비디오카메라가 아닐까. 방송국 카메라맨들이 이고 다니는 것 같은 카메라가 삼각대 위에 얹혀 있었다.

왜 이런 게 여기 있지?

의문이 생기면 확인해 보지 않고서는 견딜 수가 없는 것이 나라는 인간의 본성이다. 나는 거의 자동적으로 현관문 손잡이에 손을 올렸다. 올리자마자 '그러고 보니 구교사는 잠겨 있는 거 아니었나?' 라는 생각이 들었다. 그러나 문은 기분 나쁘게 삐걱거리며 안쪽을 향해 열렸다.

……이게 운이 좋은 거야, 나쁜 거야?

나는 조심스럽게 현관 안으로 발걸음을 옮겼다. 들어선 순간 어디선가 불쾌한 냄새가 풍겨 왔다. 먼지 냄새가 아니다. 뭐가 썩는 냄새와 비슷했다. 이게 뭔가 싶어서 몇 번이고 코를 킁킁거렸지만, 결국 냄새에 익숙해지는 바람에 더 이상 알 수 없게 되어 버렸다.

다시 마음을 다잡고 주위를 둘러보았다. 낡아 빠지기는 했지만 어느 모로 보나 어엿한 현관이었다. 건물 마루로 이어지는 현관 앞자락에 문제의 기계가 서 있었다. 가까이서 보니 역시 삼각대 위에 고정된 비디오카메라였다. 카메라는 현관 정면에서 마주 보이는 계단을 향해 설치되어 있었다. 그런데 도대체 왜 이런 데에 이런 게 있는 거야? 누가 까먹고 놓고 갔……을 리는 없지.

그것은 비전문가인 내가 보기에도 간단히 잃어버리거나 떨어뜨릴 수 있는 물건이 아니었다. 튼튼한 삼각대 위에 놓인, 압도적으로 거대한 비디오카메라. 자잘한 부품이 쓸데없이 많이 붙어 있는데다가 삼각대 밑에 놓인 위압적인 기계들과 코드로 연결되어 있었다. 마치 어디 방송국에서 촬영이라도 나온 것 같은 분위기지만, 주위를 둘러봐도 인기척은 느껴지지 않았다. 게다가 비디오카메라에 붙어 있는 여러 가지 기계들은 자연스럽게, 여기가 아닌 어딘가 다른 세계의 분위기를 연출하고 있었다.

음……? 이건 또 뭔가요.

무심코 비디오카메라를 향해 손을 뻗는 그 순간,

"누구냐!"

등 뒤에서 남자 목소리가 날카롭게 울려 퍼졌다.

여기는 불길한 소문이 차고 넘치는 구교사다. 완전 제대로 폐가인 여기에 몰래 들어와서, 그 어두컴컴한 현관과 어울리지 않는 물건을 보고 이상하게 생각하고 있을 때, 그럴 때 누군가가 갑자기 등 뒤에서 소리를 지른다면 놀라지 않는 게 더 이상하지 않겠는가.

그러므로 당연히 나는 놀랐다. 그냥 놀랐다 정도가 아니라 문자 그대로 펄쩍 뛰어 올랐다. 비틀거리며 옆으로 깽깽이를 뛰던 나는 다 부서져 가는 신발장과 세게 부딪혔고, 순간 신발장이 크게 기울어졌다. 시야 끄트머리에 입구 쪽에 서 있는 남자의 모습이 들어왔지만, 그게 누군지 확인할 여유조차 없었다.

기우뚱거리며 옆으로 기울어지는 신발장을 피해 나는 옆으로 펄쩍 뛰었고, 그러다 어딘가에 발이 걸려 자빠지고 말았다. 신발장은 내 교복 치마를 아슬아슬하게 스치며 무너져 내렸고, 뒤이어 그 기세에 휩쓸려서 비디오카메라가 쓰러졌다. 제대로 얻어맞을 뻔했지만 극적으로 피했다.

컴컴한 건물 안에 파괴음의 잔향이 울려 퍼지고 먼지가 무럭무럭 피어오르는 가운데, 나는 주저앉아 크게 숨을 내쉬었다.

"까, 깜짝이야……."

아이고, 제대로 깔릴 뻔했다. 이를 기적이라 부르지 않고 무어라 하겠는가. 역시 일찍 일어나길 잘한 건가, 아니면 평소의 마음가짐 덕분인가. 나는 자화자찬하며 뒤를 돌아보았다. 나를 죽을 만큼 놀라게 한 남자에게 엄중히 항의하려고 생각했는데…….

"……으어……."

부서지기 일보 직전이었던 신발장은 이제 완전히 박살이 났다. 도미노처럼 우르르 포개져 쓰러진 신발장 속에, 한 남자가 몸을 둥글게 웅크리고 있었다.

"괘, 괜찮으세요?"

나는 허겁지겁 일어나 그에게 달려가려 했다. 그때 또 다른 목소리가 들려왔다.

"무슨 일이야?"

출입구에 나타난 것은 다름 아닌, 어제 만난 불온한 전학생 시부야였다. 오늘도 교복 차림이 아니네. 머리부터 발끝까지 새까

많게 차려 입었다.

그는 나와 쓰러진 남자를 번갈아 보더니 성큼성큼 걸어오기 시작했다.

"……린?"

아는 사이인지, 쓰러진 남자 곁에 한쪽 무릎을 꿇고 말을 건넸다. 그러더니 상냥함이라고는 한 톨도 느껴지지 않는 호된 눈초리로 나를 노려보았다.

"이게 도대체 무슨 일이지?"

"아 예, 그게……."

내가 대답하려는 순간 남자가 몸을 일으켰다.

"린, 다친 곳은 없나?"

시부야가 묻자 긍정이라고도, 부정이라고도 하기 힘든 낮은 목소리가 났다. 남자의 앞머리는 옆 얼굴을 다 덮을 만큼 길었다. 그 머리카락 아래로 붉은 것이 방울지더니, 바닥에 떨어져 검은 물방울을 이뤘다.

"저기, 죄송해요! 제가 너무 놀라서……."

내 목소리는 한껏 상기되어 있었다. 불가항력이었지만, 어쨌든 신발장을 넘어뜨린 것은 나다. 나 때문에 다른 사람이 다쳤어…….

"괜찮으세요?"

나는 남자가 일어날 수 있게 도우려고 황급히 손을 내밀었다. 그러나 시부야는 나를 제지하더니, 침착한 손놀림으로 남자의 부상을 확인했다.

"좀 베였군. 다른 데는 어때?"

"괜찮습니다."

남자는 몸을 일으켰다. 일어서려고 다리에 체중을 싣다 약간 얼굴을 찡그렸다.

"설 수 있겠어? 다리는?"

"……아무렇지도 않습니다."

하지만 상당히 아파 보였다. 이마에 땀이 맺혀 있었다.

나는 어찌할 바를 모르고 그저 허둥댈 뿐이었다.

"정말 죄송해요. 갑자기 말을 걸어서, 깜짝 놀라는 바람에……."

"변명은 됐어."

시부야는 냉정하게 말을 자르고는 차가운 눈초리로 나를 바라보았다.

"어제 만난 아이로군."

"……네."

그런 무서운 눈으로 쳐다보지 마. 나도 죽을 만큼 깜짝 놀랐고, 자빠지기까지 했다니까. 나도 피해자라고요.

"변명보다 병원이 더 급해. 학교 근처에 병원은 어디 있지?"

"교문을 나가서 골목을 돌면 바로……."

"반대쪽에서 부축해 줘." 하며 시부야가 남자에게 어깨를 내어 준다. 내가 급히 반대편 팔을 부축하려는 순간, 남자가 매몰차게 내 손을 뿌리쳤다.

"괜찮습니다."

남자는 시부야보다 더 차갑게 내뱉었다.

"당신의 도움은 필요 없습니다."

이 자식…… 너 인마 뭐야 그 태도는. 난 지금 몹시 화가 나 있어. 사람이 친절하게 도와주려 하는데 그런 식으로 나와도 되는 거야? 그야 도미노를 무너뜨린 건 나지만 원인제공한 건 너잖아!

한 번 쏘아봐 주려고 고개를 들어보니 그 남자의 얼굴이 보이지 않았다. 이리저리 둘러보니, 남자의 얼굴이 저-기 높은 곳에 가서 붙어 있었다. 가까이서 보니 이 험상궂은 남자, 무시무시하게 키가 컸다. 한번 노려보기라도 하려면 몸을 있는 힘껏 뒤로 젖혀야 할 판이었다. 상대방은 얼토당토않게 높은 곳에서 문자 그대로 나를 '내려다보고' 있고, 나는 밑에서 바보가 되어 버린 듯한 상황. 나는 쓸데없이 짜증이 치밀어 올랐다.

"린, 걸을 수 있겠어?"

"괜찮습니다."

시부야는 고개를 끄덕이더니 가만히 나를 쳐다보았다.

"이름은?"

"타니야마 마이……인데요."

"그럼 마이. 여기는 신경 쓸 것 없으니 어서 교실로 돌아가."

"하지만……."

"친절히 알려 주겠는데, 방금 수업 종이 울렸어."

헉, 나는 말문이 막혔다. 그렇게 일찍 일어났는데 결국 지각하는 거야?

일찍 일어나고, 심장마비로 죽을 만큼 놀라고, 험악한 이인조한테 따가운 눈총세례나 받고, 거기에 지각까지?

아악, 구교사 따위에 들르는 게 아니었어. 역시 구교사는 불길한 장소였어!

2

전속력으로 달렸지만 당연히 완벽하게 지각하고 말았다. 아침부터 이어지는 불행이라는 이름의 코스 요리. 그 후식으로, 선생님께서는 가슴속이 싸하게 얼어붙는 꾸중을 선사해 주시고. 아침에 일어났을 때의 그 행복감은 도대체 뭐였던 건가 싶어서 하루 종일 기분이 상해 있었다.

그리고 방과 후.

집에 갈 준비를 하는데 친구들이 내 책상 주변에 모여들었다.

"어, 마이, 집에 갈 거야?"

"응. 왜?"

"왜 있잖아, 어제 전학생 온다고 그랬잖아."

"시부야?"

"응. 안 만나?"

말이 되는 소리를 해라. 그 자식 얼굴은 당분간 보고 싶지 않다.

"집에 갈래."

내가 선언하자 케이코는 이상하다는 눈으로 나를 쳐다보았다.

"왜에? 마이도 참 특이하다니까."

미치루마저 고개를 끄덕이며.

"이상한 애라니까. 자네, 그 고운 자태를 한 번 더 뵙고 싶다고 생각하지 않는가?"

그런 생각 안 합니다. 네, 전혀요.

그러나 친구들은 여전히 "이상해. 이상해." 하며 시끄럽게 굴었다. 됐어, 날 내버려 둬, 취향을 존중해 줘, 가치관의 차이야. 나는 너희들처럼 얼굴만 반반하면 그걸로 충분하다고 생각할 만큼 얼빠지지는 않았어.

미치루는 나를 실컷 이상한 사람 취급한 뒤 말했다.

"뭐, 상관없지. 라이벌은 적은 편이 좋으니까."

"맞아. 지금 그 선배 찍어 둔 건 우리뿐인가 봐. 잘됐다."

케이코는 진심으로 기뻐하고 있었다.

"하지만…… 진짜로 와 줄까?"

유리가 말하자 미치루는, "오겠지. 어제 꽤 솔깃해하는 것 같던데."라고 가볍게 단언하며, 교복 매무새를 만지작거리고 단장하기에 여념이 없었다. 이에 질세라 케이코도 색깔 있는 립크림을 꺼내서 바르기 시작했다.

"그런데 어젠 정말 놀랐지. 분위기 꽤 좋지 않았어? 난 진짜 유령이 나온 줄 알았다니까."

"나도."

"유령보다 더 좋은 걸 낚은 것 같아. 나 오늘 무슨 얘기할지 고민 많이 했다."

"난 소재 찾느라 잠도 제대로 못 잤어."

"소재라니…… 친구나 친구 아는 사람 얘기라며?"

"그건 그거고 이건 이거지."

난 반쯤 질린 표정으로 세 사람을 바라보았다. 어째서 그렇게까지 불타오를 수 있는 거냐. 사춘기 소녀라는 건 정말이지 에너지가 넘치는 생물이구나.

"맞다, 장소는 어떻게 할 거야? 그냥 교실은 분위기가 안 살잖아."

"역시 어두워야 제맛이지. 어제 그 시청각실이나 체육관 방송실 정도가 좋을 것 같은데."

"아, 좋다 거기."

그런 이야기를 하고 있을 무렵이었다.

"저기."

말을 걸어 온 것은 학급위원인 쿠로다 나오코 여사였다. 상당히 신경질적인 느낌을 주는 사람이다. 아무래도 다가가기 힘든 타입이어서 그런지, 그녀와 이야기해 본 적이 한 번도 없었다.

"아, 쿠로다구나. 잘 가."

유리가 순진하게 미소 지으며 인사했다. 그 인사에 화답하기는커녕, 쿠로다 여사는 도리어 신경이 곤두선 듯 매몰차게 쏘아 댔다.

"잘 가, 가 아니야. 너희들 지금 무슨 이야기를 하고 있었어?"

다짜고짜 심문이라도 하겠다는 말투였다. 기분이 좋지 않은 걸까. 친구들이 잠잠해졌기 때문에 내가 대신 대답했다.

"오늘 괴담 모임을 할 거야. 그 얘기하고 있었어."

별로 이상한 이야기를 하고 있었던 것도 아니고, 댁 험담을 하고 있었던 것도 아닙니다요, 라고 말하고 싶었을 뿐인데, 내가 대답한 순간 케이코가 내 옆구리를 쿡 찔렀다. 그와 동시에 쿠로다 여사가 몹시 무섭게 우리를 노려보기 시작했다.

……왜, 왜? 뭐 문제 있어?

바로 그때, 시부야가 교실 입구에 나타났다.

"타니야마, 있어?"

케이코가 '으악' 하고 넋 나간 환호성을 질렀다. 쿠로다 여사는 한층 신경이 날카로워져서는 뒤를 돌아봤다. 시부야를 보더니 수상쩍다는 표정을 지었다.

"몇 학년? 무슨 용건이지요?"

마치 선도부 선생님이라도 된 것 같은 말투였다.

시부야는 아무렇지도 않게 대답하며 우리들 쪽으로 눈짓을 해 보였다.

"저 친구들과 약속이 있어서."

"약속? 설마 그 괴담 모임 말인가요?"

"그런데?"

시부야의 대답을 듣자마자, 쿠로다 여사는 우리들을 돌아보며 히스테릭하게 소리 질렀다.

"그런 짓 좀 하지 말라고 했잖아!"

"……네?"

"하지 말라니…… 어째서?"

내가 되묻자 쿠로다 여사의 얼굴이 한층 더 험악해졌다. 여사는 잠시 아무 말 없이 나를 노려보았다.

"어? 다들 하는 거잖아? 딱히 교칙을 위반하는 것도 아니고."

아니지? 아니지? 나는 친구들을 돌아봤지만, 친구들은 곤란하다는 듯 시선을 다른 곳으로 피했다.

"괴담은 위험한 거야. 몰라?"

"위험하다니, 뭐가? 어제도 별 일 없었는데?"

내가 있는 그대로의 사실을 말하자 친구들이 묘한 신음 소리를 흘렸다. 쿠로다 여사가 눈꼬리를 바싹 치켜 올렸다.

"그 짓을 어제도 했어? 아침에 학교 오자마자 머리가 아파질 만도 하군."

"뭐?"

"타니야마, 난 영감이 강해. 영이 모여 있는 곳에서는 두통이 생겨. 오늘도 하루 온종일 머리가 아팠다고. 역시 영이 모여 있다고밖에 볼 수 없어."

"아, 예……."

"괴담 같은 걸 함부로 하면 영이 모여들어. 그런 것들은 대체로 저급령이라 나쁜 기운을 뿌리고 다니지. 게다가 많이 모이면 강한 영을 부르는 일도 있고, 그렇게 되면 큰일이 난다고."

그렇게 말하고, 쿠로다 여사는 친구들을 위압적으로 내려다봤다.

"그러니까 괴담 따위를 재미있어하면 안 된다고 내가 몇 번을 말했어? 타니야마는 외부진학자라 이곳 규칙을 잘 모르니 너희들이 잘 가르쳐 줘야지."

네가 이 학교의 규칙이야? 뭐지 얘는.

완전히 질려 버린 나를 제쳐 두고, 쿠로다 여사가 시부야를 불쑥 돌아보았다.

"당신도 연장자가 그래서는 안 되죠. 일단 내가 제령(영혼을 그 의지와 상관없이 강제로 떼어 내는 것 - 옮긴이 주)은 해 두겠지만."

시부야는 쿠로다 여사를 물끄러미 쳐다보았다.

"그쪽 기분 탓인 건 아니고?"

쿠로다 여사는 몹시 불쾌하다는 듯 눈썹을 찌푸렸다.

"이래서 영감이 없는 사람은 곤란하다니까. 쉽게 기분 탓이라느니 우연 탓이라느니 해 대고. 뭐든 다짜고짜 부정하려고만 들고, 자기네들이 얼마나 무책임한 짓을 하고 있는지는 전혀 자각하지를 못해."

"너…… 영감이 있다면, 구교사에 대해서 무언가 느끼는 건 없니?"

"구교사? 아아, 거기엔 전쟁 때 죽은 사람들의 영혼이 모여 있는 것 같아요."

쿠로다 여사는 아무렇지 않게 대답했다.

"전쟁에서 죽은?"

"그래요. 저, 구교사 창문으로 밖을 내다보는 사람을 여러 번 봤어요. 전쟁할 무렵의 사람이었던 것 같아요. 자기들이 고통스러운 일을 겪었다고 원한을 품고 있어요. 그래서 우리들이 평화롭고 풍족하게 살아가는 걸 그리 달갑게 여기지 않아요. 아주 위험한 건 아니지만, 썩 질이 좋은 것들도 아니지요."

"흐음? 그건 언제 적 전쟁인데?"

"당연히 제2차 세계대전이지요. 그 무렵 구교사 자리에는 병원이 있었던 모양이에요. 간호사처럼 생긴 영혼을 봤거든요. 그 병원이 공습을 당한 거라고 생각해요. 영혼들 중에는 붕대를 감고 있는 사람도 있었거든요."

"그것 참 대단한데."

시부야는 비아냥거리듯 미소 지었다.

"2차 대전 때 이 자리에 병원이 있었다는 건 금시초문이야. 이 학교는 전쟁 전부터 여기 있었다고 들었는데, 옛날엔 의학부라도 있었나 보군?"

이 자식, 성격 완전 꼬였다.

쿠로다 여사의 표정이 일그러지고 얼굴이 붉게 달아올랐다.

"그런 걸 내가 어떻게 알아요? 어쨌든 난 봤으니까, 본 걸 봤다고 말할 수밖에 없어요. 영감이 없는 사람은 이해할 수 없겠지만."

"구교사를 철거할 수가 없어서 다들 고생깨나 하고 있는데, 그럼 네가 제령해 주는 게 어때?"

"쉽게 말하지 마세요. 할 수 있으면 벌써 했어요."

"아, 그래."

시부야는 흥미를 잃었는지 무미건조하게 대답하고는 우리들을 쳐다보았다.

"그래서 어떻게 할 거니? 그만 두라는 의견도 있는 모양인데."

친구들은 웅성거리며 서로를 쳐다보았다.

"저……."

유리가 쭈뼛거리며 말을 꺼냈다.

"그만 두는 게 좋을지도……."

"그래."

놀랍게도 케이코가 그 말에 동의했다.

"나도 왠지 썩 내키지 않네."

어이, 왜들 그러셔. 아직 아무도 찜해 놓지 않은 선배와 친해질 기회라고.

그러나 미치루마저도, "시부야 선배, 죄송해요. 역시……." 하며 갑자기 약한 모습을 보였다. 쿠로다 여사의 영향력이 의외로 컸던 모양이다.

시부야는 그다지 신경 쓰지 않는다는 듯 끄덕거리더니, 만족스러운 표정을 짓던 쿠로다 여사에게 눈길을 주었다.

"그쪽도 적당히 해."

"무슨 뜻이죠?"

"모르면 됐고. 타니야마, 잠깐만."

친구들이 놀란 눈으로 나와 시부야를 번갈아 쳐다보았다.

"무슨 일이신지······."

엉거주춤하게 되묻자 시부야가 웃으며 대답했다.

"잠시 시간 좀 내줄 수 있겠어?"

또 입가에만 가짜 미소를 걸고 있다. 말투는 의문형이지만, 목소리도, 눈빛도 명령하는 사람이었다. 친구들은 이 남자의 불온함을 아직 알아차리지 못했다. 결국 나만 불려 나가는 사태가 발생하자 친구들은 불평불만에 가득 찬 소리를 냈다.

나는 '어어' 하고 중얼거리며 주위를 둘러보았다. 솔직히 말해서, 이 자식은 절대로 함께 다니고 싶지 않은 타입이야.

그러나 시부야는 여전히 그 음흉한 미소를 지으며 문 밖으로 나오라고 재촉한다.

"타니야마, 어서."

나는 후퇴할 길도, 구원의 손도 없음을 깨닫고 미적거리며 교실을 나섰다. 친구들의 원망스러운 시선을 받으며.

3

"아까 그 애는 뭐하는 애지?"

앞장서서 저벅저벅 걸어가던 시부야가 물었다.

"잘 모르겠는데요. 저도 오늘 처음 이야기해 본지라."

우리 반에서 외부진학자는 나뿐이니까, 쿠로다 여사는 내부진학자일 것이다. 학기 초 선생님의 지명으로 자연스럽게 반장이 된 것으로 보아 성적도 그럭저럭 괜찮은 학생이겠지. 요즘 같은 때에 그렇게 '모범적'인 교복을 입고 다니고, 어느 모로 보나 성실한 여고생 같은 느낌을 준다. 그야말로 선생님들의 예쁨을 받을 만한 타입이다. 하지만 같은 반 친구들과 어울리는 모습은 본 적이 없다.

"정말 영능력자일까……."

시부야는 교사를 나서며 중얼거리듯 말했다. 그런 걸 물어봐도 저에게는 대답할 능력이 없습니다요. 대답이 궁해져 입을 다물고 있자, 그는 주저 없이 운동장을 향해 발걸음을 옮겼다.

"……저기, 볼일이라는 게 무엇인지요? 저희는 어디에 가고 있는지?"

"구교사."

……으, 으악.

"가능하다면 저는 엄청 사양하고 싶습니다만."

구교사에는 가까이 가면 안 된다. 이건 체험을 통해 익힌 귀중

한 교훈이다. 그곳에 가면 재수 없는 일이 벌어진다. 그렇게 생각하며, 나는 오늘 아침 있었던 불행한 사고를 떠올렸다.

"맞다, 오늘 아침 그 사람, 괜찮았나요?"

"안 그래도 그거 말인데."

시부야는 길을 가다 말고 체육관 앞에서 걸음을 멈추고 돌아섰다.

"왼쪽 발목 관절을 삐었어. 상태가 꽤 심각해서 당분간은 걸을 수 없을 거야."

"그, 그것은 참으로 대단히 안타까운 일이라고 해야 하나……. 으음, 죄송해요."

사과를 하면서도, 도대체 내가 왜 사과하고 있는지 의문이 들었다.

"저기…… 그 사람은 시부야 선배와 아는 사이인가요?"

"그래 보이지 않던가?"

"아니, 뭐, 아마 그렇겠지 싶어서요."

아는 사이라기보다도 친한 사이거니 했지만 말이야. 하지만 친하다고 하기에는 나이 차이가 너무 많이 나 보여. 그 남자 쪽이 열 살 정도는 더 많아 보이던데.

"……좀 뜬금없는 질문입니다만, 두 분께서는 어떠한 사이이신지?"

내가 묻자 시부야는 간단히 대답했다.

"조수."

허어. 무슨 이런 거만하고 잘나신 조수가 다 있나. 너 아침에 주인에게 반말을 꽤 많이, 아니 반말만 쓰지 않았니?

"주인 되시는 분이 아아아아주 엄격하신가 봐요."

나는 조금 비아냥거렸다. 그 남자, 도와주려고 했던 내 선의의 손길을 내쳤겠다. 다리를 삐었건 뼈가 뚝 부러졌건 그 원한, 영원토록 잊지 않을 테다.

"하지만, 말해 두겠는데, 주인분의 부상은 제 책임이 아니거든요. 그 분이 저를 놀라게 하는 바람에……."

"반대야."

반대라니…… 뭐가? 난 그 남자 놀라게 한 적 없거든?

시부야는 무뚝뚝하게 대답한다.

"굳이 말하자면, 주인은 나고 그 남자가 조수."

나는 벌어진 입을 다물 수가 없었다. 이럴 수가. 잘난 척할 만도 하다. 이 자식 열일곱 살 꼬맹이 주제에 어엿한 성인 남성을 조수로 쓰고 있는 거야? 너 뭐하는 놈이야?

내가 멍한 표정으로 시부야를 물끄러미 바라보자, 그도 천연덕스럽게 나를 바라봤다.

"조수가 움직이지를 못하게 되어서 지금 몹시 곤란해. 그 쪽에게 책임이 있다고 생각하는데…… 타니야마?"

"잠깐, 말도 안 되는 소리하지 마! 말해 두지만 나도 피해자란 말이야. 죽을 만큼 깜짝 놀라고, 지각하고!"

"그는 부상을 입었지……. 너는?"

……그야 완전 말짱하기는 하지만.

"카메라도 부서졌는데."

아, 그 비디오카메라. 나는 문제의 발단이 된 그 야단스러운 기계를 기억해 냈다. 그러고 보니 제대로 바닥에 내팽개쳐졌다. 당연히 부서졌겠지. 정밀기계던데.

"린은 네가 카메라를 만지려 했기에 막으려고 한 거다. 그 결과, 부상을 입었지."

"그건…… 정말 대단히, 무어라 말씀을 드려야 할지……."

분위기가 몹시 좋지 않네. 그렇군, 그 카메라는 이 자식 거였구나. 그렇겠지. 누군가가 놓지 않으면 그런 곳에 카메라 같은 게 있을 리가 없지. 뭔가 이유가 있어서 거기에 설치해 뒀을 테고, 거기에 멋대로 손을 댄 건(정확히는, 대려고 한 것이니 미수지만)…… 내가 좀 잘못한 걸지도.

"하, 하지만, 카메라가 쓰러진 건 불가항력이라고 해야 하나, 누가 말을 걸어와서 깜짝 놀라는 바람에 그렇게 된 거고, 딱히 고의로 부순 것이 아니라……."

"과실이라도 책임은 있다고 생각하는데? 다른 사람의 물건에 함부로 손을 대서는 안 된다고 배운 적 없어?"

하지만 왜 비디오카메라 같은 게 있는 건지 궁금했단 말이야…….

"애초에 구교사는 학생들 출입이 금지되어 있다고 들었는데."

"음, 그건……."

"너는 출입이 금지된 장소에 무단으로 침입했다. 게다가 그곳에 있던 타인의 소유물에 손을 대, 결과적으로 손해를 입힌 셈이지. 내게는 그쪽에 손해배상을 청구할 권리가 있다고 사료된다만?"

"아…… 으으…….

"저기…….."

나는 시부야를 불쌍한 표정으로 올려다봤다.

"저, 혹시나 해서 여쭤보는 건데, 변상한다고 하면 얼마 정도를 해야 하는지요……."

쭈뼛거리며 물어보자, 시부야는 아무렇지 않게 실로 엄청난 자릿수의 금액을 불렀다. 나에게는 꿈만 같은 큰돈이다. 아니, 꿈도 아니다. 꿈속의 꿈이다. 꿈속의 꿈에서 나오리라고 상상하기조차 힘든 완전히 다른 차원의 금액이다.

"노, 농담도 정도껏 해! 어째서 비디오카메라가 그렇게 비싸! 그럴 리가 없잖아!"

"최신형 초고감도 카메라야. 옵션은 독일제, 렌즈는 스위스제. 본체 포함해서 전부 주문 제작한 거지. 뭣하면 보증서를 보여 줄까?"

눈앞이 깜깜해졌다. 꿈에서조차 한 번 뵌 적도 없는 금액을 변상할 수 있을 리가 없지 않은가.

"그…… 그런……."

"그게 싫으면 조수 대타를 뛰어도 되는데."

깜깜한 눈앞에 한 줄기 광명이 비추었다.

"그럼 제가 시부야님의 조수로 일하면 된다는 건가요?"

"그래."

"하겠습니다. 네, 기꺼이 하겠습니다. 하게 해 주세요!"

나는 시부야에게 꾸뻑꾸뻑 허리를 숙이며 절했다. 시부야는 느긋하게 고개를 끄덕거렸다. 아, 열 받아. 하지만 일이 이렇게 된 이상 어쩔 수 없는 노릇이다. 당장 닥친 재앙을 피하기 위해서는 어느 정도의 희생은 필요한 법이니까.

그런데 나는 갑자기 궁금해졌다.

"……그런데 넌 여기서 도대체 뭘 하고 있는 거야?"

고등학교 이 학년, 열일곱 살짜리 소년이다. 말도 안 되게 비싼 카메라에다 조수까지 동원해서는, 이래저래 복잡한 사정이 있는 구교사에서 무슨 일을 하고 있다는 말인가?

"고스트 헌트."

"뭐?"

"직역하자면 유령 퇴치라고 할 수 있겠지. 교장에게 의뢰를 받고 구교사를 조사하러 왔어. 시부야 사이킥 리서치 소속이다."

"싸이킥리써치……라니?"

시부야가 노골적인 경멸의 시선을 보냈다.

"영어 수업을 받아 본 적이 없나 보지?"

받고 있거든요. 그래, 나 영어 못한다. 영어 못해서 대단히 죄송하게 됐네요.

"심령 현상을 조사하는 사무소고, 나는 그곳 소장이야."

······아연실색이란 이런 것을 두고 하는 말이다.

소장이라고! 이 자식, 열일곱 살 주제에!

게다가 뭐? 구교사를 조사? 심령 현상 조사 사무소?

농담이지-?!

4

"간단히 사정을 설명해도 되겠어? 들을 생각이 있다면 말이지."

시부야는 화단 근처의 벤치에 앉았다.

"듣지 않고선 아무 일도 할 수 없을 것 같은데."

내가 듣기에도 내 목소리는 몹시 볼메어 있었다. 도대체 무슨 일에 휘말려 든 걸까. 오늘 일찍 일어나지만 않았어도, 아니, 날씨가 이렇게 좋지만 않았어도······. 그쯤 되니 하늘을 원망하고 싶을 지경이었다.

"지난주쯤이었나, 교장이 구교사에 문제가 있다며 조사를 의뢰했어. 옛날부터 철거하려고 했지만, 그때마다 사고가 일어나서 공사를 중단했다고 하더군. 그런 건 헛소문에 지나지 않는다고 주위를 설득해서 작년에 공사를 강행했지만, 역시 또 문제가 일어났고, 중단하지 않을 수 없었지."

"운동장에 트럭이 달려들었다는 이야기?"

그래, 하고 시부야는 고개를 끄덕였다. 그렇군, 그 이야기는 사실이었구나.

"그래서 구교사를 조사해 달라고 의뢰를 했구나?"

"그런 거지."

"흐음, 그래서 일부러 전학까지 온 거구나. 뭐랄까 '수고하셨습니다.' 라고 해야 하나, '뭘 또 그것 때문에 전학을 올 것까지야……' 라고 해야 하나."

시부야는 또 경멸이 가득한 눈초리로 나를 쳐다보았다.

"바보 같은 소리. 누가 조사를 위해서 그렇게까지 하겠어?"

"하지만…… 어제 전학생이라고 그랬잖아."

"나는 '그런 셈이다.' 라고 말했던 것 같은데?"

그런가, 생각해 보니 그랬던 것 같네. 뭐라고? 그럼 거짓말을 친 건 아니지만, 진실을 말한 것도 아니라는 거잖아!

"……뻥쟁이."

내가 작게 중얼거리자 시부야가 냉랭하게 노려보았다.

"뭐라고 했지?"

"아이고, 아무것도 아닙니다요. 그렇다면 조사 때문에 시청각실 같은 데를 돌아다니고 있었던 거네. 그건 그렇다 쳐도, 어제 그 '다섯' 은 좀 심했다고 생각하지 않아? 그것도 조사의 일환이야?"

"시답잖은 놀이는 하지 않는 편이 낫다는 것을 배웠지?"

"그럼……."

내 얼굴 근육이 경련을 일으켰다.

"너, 우리가 뭣 때문에 수를 세고 있었는지 알고 그런 거지!"

이거이거, 성격 나오는구먼!

"무서운 이야기를 하고 수를 세면 한 명 늘어난다는 그런 거였겠지."

"즉, 우리가 무서운 이야기를 할 무렵부터 엿듣고 있었다 그거지? 남의 말을 엿듣는 건 부끄러운 짓이라는 얘기, 들어 본 적 없나 봐?"

시부야는 태연하게 받아쳤다.

"그거야말로 조사의 일환이야. 딱히 괴담 같은 걸 들을 생각 따위는 없었지만."

"아, 괴담 중에 구교사에 대한 말이 나올지도 모르니까? 그럼 정보수집으로 이어지는 거고……."

그리고 실제로 미치루가 구교사 괴담을 선보인 거고.

"음? 원숭이보다는 머리가 좋군."

시부야는 진심으로 감탄한 듯했다. 저기요, 사람을 멋대로 인류의 조상과 비교하지 말아 주셨으면 하는데요. 정말이지 이 자식 성격 하나는 끝내주는구먼.

"학생들 사이에 도는 소문을 수집하고 싶었는데……. 어제 괴담놀이 때 구교사 이야기는 안 했니?"

"했어. 듣고 있었던 거 아니야?"

"구교사와 관련된 것으로 추정되는 이야기의 끄트머리를 들었을 뿐이지. 정확히 알아듣기에는 좀 멀리 있었고. 어떤 내용이었는지 아직 기억하고 있어?"

넌 분명히 까먹었을 거라고 말하고 싶은 듯한 말투였다.

"아무리 그래도 어제 일을 까먹을 정도로 기억력이 없진 않아……."

흥, 무례한 자식 같으니라고.

"음…… 뭐였더라……."

"잠깐."

시부야는 새까만 재킷 품 안에 손을 넣더니, 안주머니에서 소형 녹음기를 꺼냈다.

"시작해." 하고는 녹음 버튼을 눌렀다.

오오오. 뭔가 재밌어 보인다-.

나는 그렇게 생각하며, 미치루가 어제 해 주었던 구교사 이야기를 되풀이했다.

내가 이야기를 마치자, 시부야는 고개를 끄덕이며 녹음을 멈추고 일어섰다.

"자, 그럼 이제 일을 해 줘야겠어."

"저기, 구교사로 가는 거야?"

"그럼 어디로 갈 생각인데?"

"……그야 그렇지만."

나는 구교사로 향하는 시부야의 등짝을 물끄러미 바라보다, 살며시 뒤를 돌아보았다. 여기서 전속력으로 도망치면 이 도련님이랑 바이바이 할 수 있지 않을까……. 안 되겠다. 반이랑 이름을 알고 있지.

아아악, 할 수만 있다면 도망가고 싶어-.

마음속으로 외치는 나를 시부야가 힐끗 돌아보았다. 짙은 그림자가 진 얼굴에는 '잔말 말고 빨리 따라와라.' 라고 쓰여 있었다.

하기 싫지만, 손해배상은 불가능하니까.

나는 어쩔 수 없이 털레털레 시부야의 뒤를 따랐다.

다시금 가까이에서 구교사를 바라보았다. 구교사는 온몸에서 엄청난 위압감을 내뿜고 있었다. 저기, 이 건물 위에 '여기는 위험한 곳'이라는 간판이 떡하니 붙어 있는 것 같은데요. 그렇게 느끼는 건 나뿐입니까.

시부야는 현관 앞까지 가더니 방향을 바꾸어 구교사 옆쪽으로 돌아들었다. 그쪽에는 낡은 문이 있었다. 낡은 문과 구교사 건물 사이 좁은 공터에 밴 한 대가 서 있었다. 금속성 광택이 나는 회색빛 차였다.

시부야는 성큼성큼 차로 다가가서 차 뒤쪽 슬라이드도어를 열었다. 카시트가 있어야 할 곳에 선반이 짜여 있고, 선반에는 정체를 알 수 없는 기계가 꽉 들어차 있었다.

"기자재를 옮긴다."

시부야가 마치 선언이라도 하듯 명령했다.

"기자재라니······. 이거? 설마 이거 전부 옮기라는 거야?"

"필요한 만큼 전부 다."

인정머리 없는 대답이었다.

"이런 걸 도대체 어디다 써? 그건 둘째 치더라도, 조수도 없이 너 혼자서 이 기계들을 다룰 수나 있는 거야?"

짓궂게 질문을 던지자마자 쌀쌀맞은 대답이 돌아왔다.

"너랑은 머리의 완성도 자체가 달라."

······아 예, 그러십니까. 그야 댁은 분명 총명하기 그지없으시겠지요.

시부야는 해치백(트렁크와 뒷좌석의 구분이 없고 트렁크에 위로 잡아당겨 올리는 문이 달린 승용차, 또는 그 문. - 옮긴이 주)을 열었다.

짐칸 양쪽에 붙어 있는 선반에는 투박한 기계들과 거대한 비디오카메라, 여러 대의 소형 텔레비전 등이 들어차 있었다. 그 사이에 간신히 사람 하나가 기어 들어갈 수 있을 만한 공간이 비어 있었지만, 그 위로도 코드나 스탠드 같은 것들이 잔뜩 쌓여 있었다. 기자재 바로 앞에 작은 손가방 정도나 겨우 내려놓을 수 있을 만한 자리가 나 있었다. 시부야는 그곳에 쭈그려 앉아 노트북을 두드리더니, 곧바로 명령을 내렸다.

"기자재를 옮기기 전에 마이크를 회수한다. 따라 와."

'예이.' 하고 대답하는 것 말고 내가 할 수 있는 일이 있기는 한 걸까.

차에서 멀어져 가는 시부야의 발밑에는, 어디에서 끌어왔는지 코드가 꿈틀거리고 있었다. 코드를 따라 구교사 뒤편으로 돌아가자, 구교사 건물의 벽면과 담장 사이에 이상하리만큼 폭이 좁고 긴 뒤뜰이 보였다.

뒤뜰은 폭 이 미터 정도의 좁은 길 같이 생겼다. 담장과 건물 사이에 끼어 햇빛이 들지 않았다. 그 탓인지, 시든 잡초가 드문드문 돋아나 음침한 분위기를 풍겼다. 그 음침한 뒤뜰에 여러 개의 마이크스탠드가 일렬로 죽 늘어서 있었다. 마이크는 일제히 구교사 창문을 향하고 있었다. 열린 창틈이나 깨어진 유리 사이를 통해 건물 안을 들여다보는 것처럼.

스탠드에 붙어 있는 저것이 마이크인가. 마이크는 노래방에서 자주 보는 낯익은 그것과는 완전히 다르게 생겼다. 가끔 텔레비전에서 이런 마이크가 화면 구석에 찍혀 있는 것을 본 적이 있는 것 같은데 그럼 설마 이것도 프로용 기자재냐!

"마이크를 빼서 모아 줘. 내가 스탠드를 회수할게."

"이런 마이크를 도대체 어디다 쓰는 거야?"

솔직한 의문을 입 밖으로 내놓자 시부야에게서 경멸의 시선이 화살처럼 날아왔다.

"마이크는 보통 소리를 잡는 데 쓴다고 생각하지 않나?"

"그 정도는 나도 알아!"

구교사를 조사하러 왔다는 댁이, 어째서 이러한 곳에 이러한 마이크를 세워 두었는지 그 연유가 궁금한 거라고요!

"구교사엔 아무도 없다고. 그러니까 아무 소리도 안 날 거 아야? 그럼 잡을 만한 소리가 없는 거잖아."

어제 비는 한밤중에야 그쳤으니, 지금 건물 바깥에 마이크가 있다는 건 어제 비가 그치고 나서 설치했다는 거겠지? 하지만 대낮도 아니고, 야밤에 학교에서 무슨 잡을 만한 소리가 난다는 거지?

내 질문을 들은 시부야의 눈빛은 이제 경멸보다도 연민에 가까워졌다.

"……그래서 마이크를 놓아 보는 거다."

'뭐야 그게.' 라고 되물으려다, 문득 깨달았다.

"그렇구나, 소리가 날 이유가 없으니까, 무슨 소리가 나면 수상하다는 뜻이 되겠네."

아아, 그렇군. 반 정도 납득했다.

"근데, 그럴 거면 건물 밖이 아니라 안에다 설치하는 게 더 낫지 않아?"

시부야는 머리가 나쁜 학생에게 설명하는 선생님처럼 깊은 한숨을 내쉬었다.

"영혼이 출몰하는 장소는 어디든 위험할 수 있어. 안으로 들어가기 전에 충분히 조사를 해야 하지. 최소한의 안전이 확보될 때까지는 가능한 건물 안에 들어가는 건 삼가는 게 좋아. 그래서 먼저 건물 밖에서 조사를 하는 거다."

"흐음."

그렇구나아, 뭔가 대단하다……. 어? 잠깐?

"구교사가 그런 안전책을 취해야 할 만큼 위험한 곳인 거야?"

"그걸 지금 확인하고 있는 거잖아."

시부야는 매몰차게 내뱉고는 구교사를 올려다본다.

"딱히 이상한 소리가 난 것 같진 않군……. 이 정도면 당장 위험하지는 않을 거야."

"있잖아……. 유령의 집은 다 위험해?"

"위험한 것도 있지."

"그런데 어째서 열일곱 살밖에 안 됐는데 이런 위험한 일을 하는 거야?"

"사람들이 나를 필요로 하니까."

……아 그러십니까. 겸손이라는 단어와는 전혀 인연이 없는 양반이구먼. 이렇게까지 단호하게 자신감이 넘칠 수 있다니. 이유 없는 반감이 무럭무럭 피어올랐다.

"하지만 해결하지 못한 사건도 몇 개 정도는 있을 거 아냐?"

약간 짓궂게 물어봤지만, 시부야는 가볍게 '없어.' 하고 받아넘겼다.

"나는 유능하니까."

그런 걸 자기 입으로 딱 잘라서 말하는 게 대단히 얄미운데요.

"어어머나아, 대단하네에. 얼굴도 잘 생겼는데 유능하기까지 하고오."

마음껏 비아냥거리자 시부야가 홱 하고 나를 돌아봤다.

"내 얼굴…… 괜찮다고 생각해?"

"그 정도면 괜찮은 거 아냐? 친구들도 한참 떠들썩했었고."
'흐음' 하며 시부야는 등을 돌리고 당연하다는 듯이 대답했다.
"취향들은 괜찮은 편이군."
넌 대체 뭐하는 사람이냐!
턱이 빠져서 삼천 리 밖으로 달아나는 줄 알았다. 그럼, 댁이 잘 생겼다고 생각하는 사람은 취향이 괜찮은 거고, 아니면 취향이 저급한 겁니까! 보통 자기 입으로 그렇게까지 말을 하냐!
어언 열다섯 해(곧 열여섯 해)를 살았다. 십오 년 동안, 근거 없는 자신감이 넘치는 부류의 사람을 꽤 많이 만났다고 자부할 수 있었다. 그러나 이렇게까지 자신감이 넘치다 못해 흘러서 강을 이루는 사람은 난생 처음 봤다. 웬만한 자아도취형 인간은 명함도 못 내밀고 맨발로 부리나케 도망쳐 버릴 만한, 급이 다른 나르시스트.
……좋아.
나는 스탠드를 들고 뒤뜰로 가는 시부야의 등짝을 검지로 가리킨다.
'널 이제부터 나르라고 부르겠어. 나르시스트를 줄여서 나르.'
거만하게 속으로 선언하던 중, 시부야가 가차 없이 명령했다.
"빨리 따라오지 못해?"
이, 자, 식.

5

 열심히 움직여 마이크를 회수했더니 이번에는 기계를 옮기라는 명령이 떨어졌다.
 "어디로 옮기면 될깝쇼, 주인님."
 "건물 안에."
 "안에……라니, 구교사 안에 들어가라고?"
 클립보드를 들고 무언가를 적고 있던 나르가 돌아보았다.
 "당연하지. 뭣 때문에 왔다고 생각하는 거야."
 나르가 쇠파이프 몇 개를 안겨 주며 쌀쌀맞게 내뱉었다.
 "저는 왠지 충직하게 집을 지키고 싶은 그런 기분이 든달까……."
 비위를 맞추려고 억지로 웃어 보이자 나르가 냉랭한 눈길을 보냈다.
 하지만 안에 들어가기 싫단 말야. 이런저런 이상한 소문이 돌고, 교장이 일부러 수상한 사무소까지 고용해서 조사시킬 정도잖아. 게다가 너도 방금 전에 위험할 수도 있다고 말하지 않았냐?
 그 자리에서 꿈지럭거리자 나르가 한숨을 푹 내쉬었다.
 "걱정하지 마. 혼자 가라는 말은 안할 테니까."
 "……응!"
 나르는 쇠파이프를 챙기더니 약속대로 구교사로 향했다. 나도 허둥지둥 그 뒤를 따랐다.

나르는 곧바로 현관으로 향하더니 문을 열었다. 현관에는 오늘 아침 불의의 사고로 박살이 나 버린 신발장 파편들이 잔뜩 쌓여 있었다. 그 무더기를 피해 현관 안으로 들어갔다. 아침에 조수분이 흘린 피가 마루에 검은 자국을 남겨 놓았다. 핏자국을 밟지 않도록 폴짝 뛰어넘었다. 복도로 이어지는 입구 앞에 세워져 있던 카메라는 더 이상 보이지 않았다.

나르는 복도로 이어지는 입구에 서서 좌우를 살폈다. 정면에는 폭이 넓지도 좁지도 않은 계단이 있었다. 이층으로 올라가는 계단인가 보다. 좌우로는 복도가 나 있고, 양쪽 복도를 따라 교실들이 쭉 늘어서 있었다. 교실 명패는 비뚜름하게 매달려 달랑거리고 있었다. 명패가 더러워서 뭐라고 쓰여 있는지 읽을 수가 없었다. 복도 창을 통해 들어오는 햇빛은 실낱같이 가늘고 미약했다. 창문이 더러워서 그런가.

"이쪽을 써야겠군."

나르는 현관으로 들어가서 바로 왼편에 있는 교실로 다가갔다. 옛날에 실험실로 썼던 곳인 것 같았다. 교실 안으로 들어가자 넓은 실험 책상이 늘어서 있었다. 책상 너머 안쪽 창가에 타일이 붙은 싱크대가 보였다.

마른 먼지 냄새가 났다. 교실에 발을 들이자 마룻바닥이 삐걱거렸다. 그 소리가 아무도 없는 구교사 안에 울려 퍼지고 사라져 갔다. 어쩐지 불안해져 몸을 잔뜩 움츠린 나와는 달리, 나르는 아무렇지 않게 교실로 들어가서 책상 위에 파이프들을 늘어놓았다.

"선반을 조립해 줘."

"뭐? 그럼 너는?"

"기자재를 가져올게."

"밖으로 나간다고?"

여기 혼자 놔두지 않겠다고 그랬으면서 이 뻥쟁이.

"기자재가 밖에 있으니 밖으로 나가야지. 아니면 네가 가서 옮겨 올 생각이니? 참고로 무거운 건 십 킬로 이상 나가는데."

으……. 나는 말문이 막혔다.

"……선반을 조립하겠습니다."

나르는 '내가 말했지.' 하는 듯한 시선을 던지며 교실을 나갔다. 그리고 나는, 복잡한 사연이 있는 구교사 교실 안에 홀로 남겨졌다.

뒤뜰 방향의 창문으로는 빛이 거의 들어오지 않았다. 유리창이 더러운데다가 바로 코 앞에 담장이 서 있기 때문이었다. 복도에는 운동장 쪽으로 창이 나 있지만 역시 유리가 더러워서 채광에 별 도움이 되지 않는다. 그래도 교실에는 양쪽으로 창문이 나 있는 셈이니 현관보다야 훨씬 밝은 편이다. 교실 안으로 들어가니 먼지가 수북하게 쌓인 실험 책상이 세 대 놓여 있다. 바닥이 내려앉은 교단 위의 교탁은 찌그러져 있었다.

옛날에는 책상이 더 많았겠지. 책상이 있어야 할 자리에는 마루가 빼꼼히 드러나 있다. 그 위에 먼지를 뒤집어 쓴 쓰레기가 이리저리 널려 있었다. 텅 빈 교실 뒤편에는 나무 책상과 걸상이 아무렇게나 쌓여서 산을 이루고 있었다. 그곳에도 먼지가 가득 앉아 있어, 교실 분위기가 황량하다 못해 살벌하기까지 했다.

그리고 정말 아무 소리도 나지 않았다. 나르가 현관을 나가는 발소리가 그치자 아무 소리도, 아무런 기척도 나지 않았다. '지금 여기에는 나 혼자뿐이구나.'라는 생각이 새삼 들었다.

……으스스한걸.

그때, 갑자기 비린내가 풍겨 왔다. 그러고 보니 오늘 아침 현관에서 맡은 냄새랑 똑같은데. 무슨 냄새지. 하긴 이렇게 잡다한 것들이 몇 년을 방치되어 있었으니, 아무 냄새도 안 나는 게 더 이상하긴 하지만.

설마 쥐나 뭐가 죽어 있는 건 아니겠지?

흠칫흠칫 주변을 둘러보다가 갑자기 온몸이 조여들어 오는 것 같은 기분이 들었다. 심장이 쿵쾅거렸다. 가만히 앉아 있을 수가 없었다. 어딘가로 도망가고 싶어.

"……아무것도 아니야, 아무것도 아니야."

나는 어느새 숨을 죽이고, 가만히 귀를 기울이고 있었다. 당장이라도 무언가가 덮쳐 올 것 같아 몸이 절로 움츠러든다.

그 순간, 갑자기 작은 소리가 났다. 화들짝 놀라 뒤돌아보자, 교실 문 앞에 유령보다도 무서운 '그분'이 서 계셨다.

"뭘 넋을 놓고 있어. 빨리빨리 하지 못해?"

……나는, 이 자식이, 정말, 싫다.

악전고투하며 철제 선반을 조립하는 동안 나르가 차례차례 기계를 옮겨 왔다. 덕분에 눈 깜짝할 사이에 책상 주변이 기계로 가득 찼다. 나르에게 혼쭐이 나며 어찌어찌 선반을 완성하자, 이번에는 선반 위에 기계를 얹어야 했다. 나르는 마치 주인 어르신이라도 된 것마냥 '저것'이라거나 '그것' 하며 기계를 가리켰고, 나는 곁에 서서 주인 어르신이 지시하는 것들을 건네 드렸다.

"있잖아, 이거 뭐야?"

나는 책상 위의 투박한 기계를 가리키며 물었다.

"테이프리코더가 아닌 다른 걸로 보이냐?"

네. 그렇게 보이는데요. 일단 카세트테이프식이 아니다. 오픈릴(오디오·비디오테이프가 바깥으로 노출돼서 감기도록 만들어진 릴 – 옮긴이 주) 방식이고, 이런 걸 실물로 보는 건 난생 처음이네.

"왜 릴이야? 카세트가 편하지 않아?"

"카세트테이프는 녹음할 수 있는 음역에 한계가 있어. 그리고 이건 특수한 기계라 트랙을 나눠 쓰면 최장 서른 두 시간까지 녹음할 수 있지."

"흐음…… 그래서 그렇게 오랫동안 뭘 녹음하는 건데?"

별 생각 없이 물어보자, 돌아오는 것이라고는 멸시의 끝을 보여 주는 시선뿐이었다.

"……바깥에 마이크를 설치한 이유는 기억나?"

그렇게 노려보지 않아도 되잖아.

"아, 녹음하려고……."

"아직 여기가 머물러도 될 만큼 안전한 곳인지 알 수 없어. 그러니 오늘밤 건물 안의 소리를 녹음해서 살펴 볼 생각이다."

또? 어제는 밖에서, 오늘은 안에서 소리를 잡아 본다는 거로군. 신중하다고 해야 할지, 느긋하다고 해야 할지.

"돌다리를 두들겨 보고 건너는 타입이구나."

너무 두들겨서, 건너기도 전에 무너지지 않으면 다행이고.

"……뭐?"

"아니, 신중하다고."

히죽하고 겉치레로 웃자, 나르가 차가운 시선을 보냈다.

"당연하지. 헌티드 하우스, 유령의 집 중에는 터무니없이 위험한 곳도 있어. 섣불리 손을 댔다가는 돌이킬 수가 없게 돼."

"거……겁주지 마. 이건 또 뭐야?"

나는 비디오카메라라고하기에는 이런저런 기계가 지나치게 붙어 있는 복잡한 물건을 가리켰다.

"풋내기와는 이야기하고 싶지 않아."

그렇게 나오시겠다. 내가 풋내기인 건 애초부터 알고 있었잖아. 평범한 풋내기 여고생을 협박해서 부려 먹고 있는 게 누군데!

"아 그래. 그럼 됐어. 싫으면 안 가르쳐 줘도 돼. 대신 저 같은 풋내기는 무식하고 막돼먹은 탓에 엄청난 실수를 저지를지도 모르겠구먼요."

나는 그렇게 말하고는 마루에 놓인 비디오카메라를 향해 발을 들어올렸다.

……밟아 줄 거야. 굳센 결의를 담은 눈으로 나르를 노려보자, 나르는 쌀쌀맞은 얼굴로 나를 쳐다봤다. 눈싸움도 잠시, 결국 나르가 한숨을 내쉬었다. 내가 이겼다!

"그건 적외선 암시 카메라야. 질문 받기 전에 다른 것도 말해두자면, 이건 서모그래피(적외선을 이용하여 물체에서의 온도 분포를 화상(畵像)으로 추출하여 해석하는 방법 – 옮긴이 주)고, 이건 초고감도 카메라."

"오호라."

"덧붙여, 무식한 풋내기를 위해 일러두자면."

"시꺼."

"적외선 카메라는 어두운 곳을 촬영할 때 사용해. 초고감도 카메라도 마찬가지야. 서모그래피는 열 감지 카메라라고 하는데, 온도 분포를 포착해 영상화하지. 이런 종류의 조사를 할 때 기온은 중요한 요소야. 영혼이 출몰하면, 그 부분만 기온이 내려가곤 하니까."

"아하."

"알았나? 알았으면, 쓸데없는 질문은 집어치우고 빨리 일을 해!"

기계를 서랍에 채워 넣은 뒤 나르는 배선 작업을 하고 기계를 설치했다. 나르가 설치하는 동안, 각 교실의 온도를 측정하고 오라는 명령이 떨어졌다.

'결국 혼자서 구교사 안을 어슬렁거리라는 거잖아.' 하고 이의를 제기하고 싶었지만…… 그 도련님에게 거역하는 데는 용기가 필요했다. 거액의 손해배상 책임을 지고 있다면 더더욱 그렇고……. 어쩔 수 없이 나르가 건네 준 온도계인지 뭔지를 든 채 나는 구교사 안을 홀로 헤매어 다니기 시작했다.

실험실보다 더 깊이 들어가자, 낡은 체육도구가 처박혀 있는 교실이 나왔다. 그 옆 교실에는 낡은 책걸상과 이동식 칠판 따위가 상상을 초월할 만큼 잔뜩 쌓여 있다. 그 옆에는 상당히 넓은 창고가 있었다. 여기는 아예 입구까지 박스와 종이더미가 쌓여 있어, 안으로 들어갈 수도 실내를 훑어 볼 수도 없었다.

현관 바로 옆 서쪽 교실의 경우, 교실 면적의 절반 이상이 반쯤 부서진 책걸상으로 덮여 있었다. 그 옆도 사정은 비슷했다. 먼지를 뒤집어 쓴 채 이리저리 얽혀 있는 책상 다리 사이로 희미하게 빛이 새어들었다. 음침하기 그지없는 풍경이었다.

더 안으로 들어갔다. 서쪽 끝 교실도 별 다를 바 없었다. 그러나 이 교실은 복도 쪽 창이 없었다. 자세히 보니 없는 게 아니라, 창을 합판으로 덮어 버린 것이었다. 어째서일까 싶어 고개를 갸우뚱거리다, 곧 이 교실이 다른 교실보다 크기가 작다는 것을 깨달았다. 교실 앞뒤로 붙어 있어야 할 출입구도 하나 밖에 안 달려 있고, 복도 막다른 골목의 벽도 합판으로 대충 만들어 놓은 가벽이었다. 가벽에는 건물 밖으로 이어지는 보잘 것 없는 문이 달려 있었다. 아마 여기까지를 철거한 상태에서 – 소문에 따르면, 저주에 의해 – 공사가 중단되는 바람에, 대충 응급처치 삼아 여기 저기를 합판으로 막아 놓은 것 같았다.

 온도계를 손에 들고, 딱 하나 있는 입구를 통해 교실 안을 들여다보았다. 복도 창이 없는 탓에 다른 교실보다 훨씬 어둡다. 어둠 속에는 나무 책장들이 아무렇게나 세워져 있다. 마치 미로 같고, 햇빛도 안 들고, 더군다나 책장에는 정체를 알 수 없는 도구들이 쑤셔 박혀 있다. 이 안에 들어가 구석구석을 살펴야 했다면 정말이지 울고 싶어졌겠지만, 다행히도 문에서 온도계를 밀어 넣고 기온만 재면 된다고 했다. 감사히 생각하며 온도계가 결과를 내기를 기다렸다.

 문 바로 옆에는 낡아빠진 아치 구조물이 서 있었다. 그 밖에도 더러워지고 변색된 입간판이나 목재, 바구니, 봉투 따위가 이리 저리 흩어져 있었다. 체육제나 학교 축제 때 쓰고 남은 것이겠지. 바닥에 굴러다니는 큰 고치 같은 건 종이공예로 만들었으려나. 원체 즐거운 분위기의 소품들인 탓인지, 먼지를 쓰고 있으니 한층 더 쓸쓸한 느낌을 준다.

 '학교란 거, 질서정연한 것 같아도 막상 들여다보면 이런저런 잡다한 게 다 들어 있는 거구나.' 라고 생각하며, 계측한 온도를 클립보드에 기입했다.

 해가 지고 있었다. 건물 밖은 아직 밝은 편이었지만, 구교사 안에는 한발 빠르게 저녁노을이 지고 있었다. 그 많은 기계를 돌릴 만큼 전력이 공급되고 있음에도, 교실 전등에는 불이 들어오지 않았다. 일단 전구 자체가 없는 교실이 대부분이고. 왠지 불안해져서 어깨를 잔뜩 움츠리고 이층으로 향했다.

몇몇 계단은 체중을 실으면 삐걱거렸다. 계단의 반을 조심조심 오른 뒤, 먼지투성이 난간을 꼭 붙들고 재빨리 다음 계단으로 건너뛰었다. 남은 계단을 오르자 강당이 나왔다. 바로 정면에 손을 씻는 수돗가가 보이고, 왼편 구석에는 낡은 책장과 찬장이 여기저기 세워져 있다. 찬장 하나가 유리창이 열린 채 내 앞길을 막고 있었다. 유리창을 밀어 닫은 뒤 이층으로 올라섰다.

일층과 마찬가지로 계단 양쪽으로 복도가 나 있고, 복도를 따라 교실이 붙어 있다. 왼쪽에 세 칸, 오른쪽에 두 칸. 이층이 일층보다 교실 수가 적었다. 그러고 보니, 건물 밖에서 구교사를 봤을 때 일층 창고 부분 위에는 이층이 없었지.

이층 교실에도 역시 뭐가 잔뜩 들어차 있어서 살펴보기 쉽지 않았다. 담장이 이층까지 가릴 정도로 높지는 않은지, 이층이 일층보다는 비교적 밝은 편이었다. 그러나 시야를 가리는 물건들 때문에 컴컴하기는 매한가지였다. 구석구석에 짙은 어둠이 감돌고, 어딜 가든 바닥이 삐걱거리고, 잊고 있을 무렵 꼬박꼬박 건물이 우우웅, 울려 댄다. 집 울림이라는 걸 알고 있어도, 이런 곳에 혼자 있는데 갑자기 소리가 나면 꽥꽥 소리를 지르며 도망치고 싶어지는 법이다. 도망가고픈 충동을 견디며, 비교적 물건이 덜 쌓여 있는 서쪽 끄트머리 교실의 온도를 쟀다.

다 끝났다.

'휴' 하고 한숨을 내쉬자마자 어딘가에서 또르르 하는 작은 소리가 났다. 뭔가가 떨어져서 굴러가는 소리였다. 주위를 둘러봤지만 이상한 점을 찾을 수 없었다. 여기는 이층의 서쪽 끄트머리. 일층 서쪽 끝 교실처럼 창문과 벽은 합판으로 막혀 있었다. 어둡고 빈 교실의 한 쪽 구석에는 책걸상이 쌓여 있을 뿐이었다.

위?

위를 올려다봤지만, 더럽고 찌그러진 천장만 보였다. 주위를 둘러보며 귀를 기울여도, 이상한 소리는 더 이상 나지 않았다.

오싹해라. 냅다 교실을 빠져나와 빠른 걸음으로 계단을 향했다. 아래층으로 내려가는데, 찬장 유리창이 다시 열린 채 앞길을 막고 있었다.

……올라올 때 닫았는데?

닫으려고 손을 대자 가볍게 밀린다. 경첩이 빠졌는지 헐겁게 흔들거리고 있었다. '올라올 때 너무 세게 닫아서 다시 열렸나 보군.' 하며 유리창을 살짝 밀어 닫았다. 난간을 꼭 붙들고 계단에 발을 딛자, 어딘가 먼 곳에서부터 뎅 하는 텅 빈 소리가 났다. 마치 쇠로 된 무언가를 가볍게 두드리는 듯한 소리였다. 쇳소리가 교사 안의 공동에 울려 퍼진다. 그와 동시에, 아주 작은 목소리가 들렸다. 누가 부르나 싶어서 주위를 둘러봤지만, 아무도 없다.

……사람 목소리가 들린 것 같다.

기분 탓인가? 기분 탓이겠지. 기분 탓일 거야.

스스로를 열심히 설득하는데, 스윽 하고 무언가가 목덜미를 만지는 듯한 느낌이 들어 소스라쳤다. 당연히 틈새로 새어 든 바람이나 뭐 그런 거겠지만. 그래, 아무것도 아니라는 거 알고 있지만 여긴 사람도 없고, 어두컴컴하고, 여기저기 삐걱거리고. 무섭다고오.

"무서워……."

당장이라도 냅다 뛰어 내려가고 싶었지만, 계단이 갑자기 푹 꺼질까 봐 그럴 수도 없었다. 최대한 빠르고 안전하게 내려와서 실험실로 돌아갔다. 이제 실험실은 무슨 과학연구소 같았다. 책장과 책상 위에 기계들이 수북했다.

나는 나르에게 클립보드를 내밀었다.

"다 재고 왔는데. 어때?"

"이상은 없군……. 딱히 온도가 낮은 곳이 없네. 굳이 따지자면 일층 서쪽 끝 교실이 낮은 편이지만 문제가 될 만할 정도는 아니고……."

"영혼이 출몰하는 곳은 기온이 낮아진다고 그랬지? 그렇다면 여기에는 유령이 없다는 거야?"

"아직 알 수 없어. 유령은 낯을 가리니까."

"낯을 가려?"

"심령 현상은 외부자가 나타나면 잦아드는 게 일반적이지."

흐음.

"이래서야 다음 할 일을 정할 수가 없네."

라고 말하며, 나르는 내가 용기 있게 공포와 싸우며 기록한 고

심의 역작을 책상 위에 내던져 버렸다.
"어쨌든 일층과 이층 복도에 각각 두 대, 현관에 한 대씩 암시 카메라를 설치해 보자."

산 넘어 산이로구나. 또 작업이 있다는 건가. 건물 안은 빠르게 어두워지고 있다. 코드를 끌고 다니며 위아래 층 복도의 양쪽 끝과 현관에 삼각대를 세우고 카메라를 설치했다. 쓸데없이 부품이 덕지덕지 달린 어마어마한 카메라를.
세팅을 마치고 나서야 겨우, 이제 집으로 돌아가도 좋다는 복음의 말씀이 울려 퍼졌다.
"정말?"
와아아. 이제야 노예살이에서 해방되는구나.
"일단 작업은 끝났어. 나도 해가 완전히 지기 전에 나갈 거야."
"기계는? 이대로 내버려 둬도 괜찮아?"
"괜찮아. 이 다음부턴 카메라가 알아서 할 테니까."
대단해. 이 얼마나 영리한 기계인가. 그러고 보니 실제로, 실험실의 기계 표시가 지금도 시시각각 바뀌고 있다. 다섯 대의 작은 텔레비전은 아무도 없는 복도와 현관을 비추고 있었다.
"뭔가 이상하네."
유령의 집을 조사해서 유령을 퇴치한다는 건, 보통 유령의 집에 쳐들어가서 여기에 이런 게 보인다느니, 이런 소리가 들린다느니 하고는 기도를 올리는 거 아니었나 싶다. 영을 본다거나, 제령한다거나. 보통은(보통이라고 해도 텔레비전에서 본 것뿐이지만) 그런 거 아닌가?

"영능력자 같지는 않네."

별 생각 없이 내뱉자 나르는 맹렬하게 차가운 기운을 내뿜었다.

"당연하지. 영능력자와 같은 취급을 하면 곤란해."

"하지만 방금 유령 퇴치라고 그랬잖아."

"고스트 헌터는 영능력자가 아니야."

네가 그 대목에 구애받고 있다는 건 잘 알겠어. 하지만 이런 일들은 바깥 사람들 눈에는 다 그게 그거고 오십보 백보라고, 따위의 말을 했다가 바보 취급당하는 것도 이제 진절머리가 나서 나는 그냥 두 손을 들었다.

"뭐…… 힘내. 그럼 먼저 갈게."

팔도 아프고 다리도 아프고 허리도 쑤셔. 오늘은 파스 붙이고 자야지, 하는데 등 뒤에서 나르의 비정한 목소리가 날아왔다.

"내일은 학교 끝나고 차 세워둔 곳으로 와."

억, 이 자식, 내일도 나를 부려먹을 참인가, '이 악랄한 놈.' 하며 돌아본 나에게 나르가 음흉한 웃음을 던졌다.

"설마, 벌써 카메라 한 대만큼 일했다고 말할 셈은 아니겠지?"

……아닙니다. 네, 아니고말고요.

1

 다음 날도 무서우리만큼 날씨가 좋았다. 평소 때라면 굉장히 기분이 좋을 만한 날씨였다. 그런데 안 그래. 그 자식 때문이다. 그 나르시스트 때문이야. 도대체 왜 내가 유령 퇴치 같은 걸 돕지 않으면 안 되는 거야.
 도망치고픈 마음은 굴뚝같지만, 도망치면 정말로 비디오카메라에 대한 손해배상을 청구할지도 모른다. 아니, 그 자식이라면 거기에 조수씨의 치료비와 위자료까지 얹어서 요구하는 것 정도는 식은 죽 먹기겠지. 등짝에 무거운 빚을 지고 걷는 나의 앞길에 꽃이 지누나.
 ……아아.
 한숨을 내쉬며 학교로 들어가는데, 갑자기 누군가가 엄청난 기세로 달려와 등짝을 내리친다.
 "마이!"
 돌아보니 케이코였다.
 "뭐야. 아침부터 한번 해 보자는 거야?"
 "에이, 가벼운 스킨십이야. 그래서 시부야 선배가 할 말 있다는 거, 뭐였어?"
 "아하, 그게 신경 쓰여서 나를 기다리고 있었던 게로구먼?"
 "정답. 그래서 뭐였냐니까?"
 후후후후, 어떻게 할까. 가르쳐 줄까, 아니야, 그냥 순순히 가르쳐 주기는 아까운걸.

그래서 나는 의미심장하게 웃기로 했다. 케이코가 섬뜩한 표정을 지었다.

"서…… 설마……."

"비, 이, 밀."

막 이러고.

궁금하고 신경 쓰여서 안달복달하는 모습을 보고 싶어서 장난을 좀 친 것 뿐이었다. 그러나 나의 계략은 그리 오래 가지 못했다. 아침 조례 전이라 시끌벅적한 교실에 들어가자 미치루와 유리가 나를 기다리고 있었고, 곧바로 삼중 공격이 개시되었다. 케이코의 원망 가득한 목소리에 미치루의 흉악한 얼굴, 유리가 내뿜는 무언의 압력이라니. 결국 나는 압박을 이겨내지 못하고 진상을 고백했다.

"뭐야, 그렇구나. 하긴 당연하지."

케이코는 안도의 표정을 지었다. 그 '당연'이라는 게 도대체 무슨 뜻인지 물어봐도 되겠니? 케이코를 밀쳐 내듯 미치루가 몸을 앞으로 불쑥 내밀었다.

"그럼 시부야 선배는 전학생이 아니구나."

"그래. 그냥 뻥쟁이지."

"그렇구나……."

유리가 시무룩해지자 미치루가 유리의 어깨를 토닥였다.

"낙담하기엔 일러. 이 학교 학생이 아니라는 건, 즉!"

케이코가 뒤를 잇는다.

"라이벌이 없다!"

"바로 그거지!"

'신난다' 하며 들떠 있다. 내 친구들…… 역시 얼빠졌어. 여기엔 라이벌이 없다 쳐도 다른 학교에 있을지도 모르잖아. 같은 학교면 경우에 따라서는 발목을 잡고 끌어 내리거나 뻥 걷어차 버릴 수도 있겠지만, 다른 학교면 더 힘들잖아? 본 적도 들은 적도 없는 라이벌을 상대로 도대체 어떻게 싸울 생각인 거니?

"잠깐, 타니야마."

쿠로다 여사가 어제처럼 갑작스레 말을 걸었다.

"좋은 아침! 무슨 일이야?"

"어제 그 사람, 영능력자야?"

"아니라는데."

"하지만 구교사를 조사하러 왔다고 네가 지금 그랬잖아."

음? 그럼 지금 우리 이야기를 엿들은 건가?

"영능력자가 아니라 고스트 헌터라고 그러더라."

쿠로다 여사가 눈살을 찌푸림과 동시에 케이코가 내 교복자락을 쥐고 확 끌어 당겼다.

"뭐야, 그게."

"정확히는 몰라. 유령 퇴치인 뭐 그 정도 뜻인가 봐."

"영능력자랑 어떻게 다른데?"

"그러니까 모른다고. 하지만 비싼 비디오카메라라던가, 복잡해 보이는 기계를 산더미처럼 가지고 있더라. 우리가 흔히 보고 듣는 영능력자 같은 분위기는 아니었어."

"우와."

감동한 건지 어떤 건지 알 수 없는 소리를 내는 케이코를 내버려 두고, 쿠로다 여사는 잠깐 생각에 잠겼다. 그러고는 말을 이었다.

"타니야마, 나 그 사람 좀 소개해 줄래?"

"뭐?"

"왜, 나도 영능력이 있잖아? 뭔가 도와줄 수 있을지도 몰라."

"어…… 하지만 너도 어제 그 녀석 만났잖아? 이제 와서 소개 같은 걸 따로 할 필요는 없는 거 아닌가. 학교 끝나고 구교사로 가면 만날 수 있을 텐데."

"그건 그렇지만, 그래도."

"그리고, 그 녀석한테는 그다지 깊게 관여하지 않는 게 좋을 것 같아."

"어머, 어째서?"

되묻는 쿠로다 여사의 목소리에는 가시가 돋쳐 있었다.

"풋내기랑은 이야기하기 싫다고 했거든."

"나는 너만큼 풋내기는 아니야."

"음, 하지만 나르는 프로니까. 무슨 사무소의 소장이라고 그랬었고."

말하자마자 등 뒤에서 미치루가 내 목덜미를 휘어잡았다.

"잠깐 마이, 나르라니 그게 뭐야? 벌써 친해진 거야?"

"나르시스트를 줄여서 나르. 말해 두지만, 그 자식에게 지나치게 환상을 품었다가는 크게 실망하게 될 거야. 성격 엄청나게 더러우니까."

"그 얼굴로?"

"얼굴이랑 성격이 뭔 상관이야. 그 자식의 경우에는 상관있는 것도 같지만. 아무튼 공포의 나르시스트야. 이제부터는 나르 군이라고 불러 줘."

'그러니까 어중간한 영능력 가지고 접근했다가는 괴롭힘을 당하고 말 거야.' 라고 말해 줄 생각으로 뒤돌아보니, 쿠로다 여사는 이미 그곳에 없었다. 동급생들 사이를 눈으로 헤치며 찾아보니, 어느새 자기 자리로 돌아가 혼자 교과서를 펼쳐 놓고 있었다.

뭡니까, 이게. 내가 입을 다물지 못하고 있자,

"쟤, 원래 저런 애야."

하며 미치루가 조용히 속삭인다.

"쿠로다 여사도 내부진학자지? 중학교 때부터 저랬어?"

"응. 중학교 때부터 유명했어. 신내림 받은 위험한 애라고. 자긴 영능력이 있다면서 이건 이래라, 이건 이러지 마라 하면서 시끄러웠지."

"흐음……."

"뭐, 그런 게 대단하다면서 모여든 사람들도 있긴 했지만, 점점 수가 줄더라고."

미치루가 속삭이듯 말하자 케이코가 끄덕였다.

"나도 일이 학년 때는 쟤가 대단하다고 생각했던 쪽이긴 한데……." 하며 케이코는 한층 목소리를 낮췄다.

"결국 뭐랄까, 그땐 그런 게 좋았던 거야. 뭐, 지금도 좋아하기는 하지만……. 그래도 지금은 우리가 무서운 이야기를 하고 수를 센다고 해도, 그걸 진지하게 믿고 하는 건 아니잖아?"

있는 괴담 없는 괴담 다 해 놓고는 이제 와서 조금 그렇기도 하지만, 케이코의 말이 맞다. 정말로 믿는다면 무서워서 할 수가 없었겠지.

"안 믿는데 왜 하냐고 물으면 나도 대답이 궁해지긴 하지만. 그래도, 중학생 때까지는 지금이랑은 다르게, 꽤 진지하게 믿었단 말이지. 그걸 순수하다고 해야 하나. 유령은 분명히 존재하고, 나한테는 안 보이지만 영능력자는 볼 수 있을 거고, 그런 굉장한 사람도 있을 거라고 생각한 거지."

"응, 무슨 소린지 알겠어."

"근데 나이가 들면 점점 그런 걸 못 믿게 되어 버리잖아. 좋은 건지 어떤 건지 모르겠지만 말야. 그래서였을 거야. 쿠로다 여사의 곁에서 사람들이 점점 떠나간 건."

미치루도 그렇겠지, 하며 한숨 섞어 말을 이었다.

"언제부턴가 혼자 있는 모습이 꽤 자주 보였어. 말을 걸어 볼까 할 때도 있었지만, 결국 쟤가 항상 그런 이야기만 하니까 꺼려지는 거야. 남자애들 소문 같은 이야기 하고 있을 때, 갑자기 저기 이상한 게 보인다느니 하면 아무래도 김이 새잖아."

"그건 그래."

나는 쿠로다 여사를 돌아보았다. 시끄러운 교실에서 등을 꼿꼿이 세우고 교과서를 노려보고 있다. 마치 그런 방식으로 자신과 자신 주변을 차단하는 것 같았다.

"그런데 흔치 않은 일이네. 쿠로다가 스스로 자기를 누구한테 소개시켜 달라고 하다니."

유리가 말하자 미치루가 동의했다.

"확실히 그렇긴 해. 뭘까, 당돌하게. 설마 쟤도 시부야 선배한테 한눈에 반했다거나……."

"뭐!"

케이코가 질겁하며 소리쳤다. 동시에 여사가 우리 쪽을 째려보았다.

"거기! 언제까지 소란 피울 셈이야. 방해된다고!"

지적당한 우리는 서로의 얼굴만 멀뚱히 바라볼 뿐이었다.

2

방과 후, 나는 친구들의 '야비해' 합창으로 배웅받으며 구교사로 향했다. 뒤쪽으로 돌아가자 어제와 같은 자리에 서 있는 차가 보인다. 나르는 열려 있는 짐칸에 걸터앉아 무언가를 하고 있었다.

"안녕."

말을 걸자 나르가 노트북에 파묻고 있던 고개를 들었다.

"뭐해?"

"어제 수집한 데이터 체크."

흐음. 잘은 모르겠지만 왠지 있어 보이는 단어다.

"뭔가 알아냈어?"

나르는 가볍게 미간을 찡그렸다.

"딱히 이상한 점은 없어……. 너무 없어서 이상할 정도야."

나르가 수상쩍다는 듯 말하는데, 갑자기 여자 목소리가 들려왔다.

"어머나, 기계가 한 가득이네."

깜짝 놀라 뒤돌아보자, 여자와 남자 이인조가 다가오고 있었다. 두 사람은 차 근처까지 와서는 놀란 – 반쯤 질린 – 표정으로 기계가 산만큼 실린 짐칸을 들여다보았다. 여자가 나르를 흘깃 쳐다보더니, 약간 비아냥거리는 듯한 미소를 지었다. 쓸데없이 기합이 잔뜩 들어간 화려한 차림새였다.

"대단하기는 한데, 어린애 장난감치고는 너무 고급인 거 아니야?"

어린애 장난감이라고 했겠다. 나르시스트의 자존심에 토를 달면 후환이 두려워질걸.

예상했던 대로, 나르 군은 냉랭한 눈길로 이인조를 바라보았다.

"당신들은?"

여자는 새빨간 입술을 일그러뜨리며 웃는다. 몹시 거만한 미소였다.

"나는 마츠자키 아야코. 잘 부탁해."

"당신 이름에는 흥미가 없습니다만."

나르가 내뱉었다. 아야코씨인지 뭔지, 여자는 확실히 기분이 상한 듯했다.

"꽤나 건방지잖아. 하지만 아가, 얼굴은 쓸 만하네."

"덕분에."

어이어이.

여자는 예상 밖의 반응에 어깨를 움츠렸다.

"뭐, 그래 봤자 어린애니 얼굴이 좋아도 쓸모가 없군. 게다가 얼굴로 제령하는 것도 아니고 말이지."

나르의 눈초리가 날카로워졌다.

"동업자입니까?"

"그런 셈이겠지. 난 무녀야."

놀랄 노자로세. 겉보기부터 화려하기 그지없는 이 누님이 무녀? 농담이지?

나르는 아연실색한 나를 힐끗 보고는, 갑자기 만면에 미소를 띠었다. 화사하기 그지없는 가짜 웃음을.

"……무녀는 청순한 소녀가 하는 것인 줄만 알았습니다."

'풋' 하고 작게 뿜은 것은 내가 아니다(나는 견뎌냈다). 피식거린 것은, 나르와 무녀님이 말을 주고받는 모습을 흥미롭게 지켜보던 남자였다.

"어머, 그렇게 보이지 않니?"

"적어도, 소녀라고 하기에는 나이를 꽤나 자신 듯이 보입니다만."

나르가 말한 순간 남자가 드디어 웃음을 터뜨렸다. 무녀님은 부아가 치미는 듯 얼굴을 잔뜩 일그러뜨렸다. 그러나 차마 되받아칠 수는 없었던 모양이다. 이십대 중반쯤 된 것 같은데. 그러니 십대 남자애가 '나이를 꽤나 자셨다.' 고 말해도 반박할 도리가 없겠지. 더군다나,

"게다가 청순하다고 하기에는 화장이 너무 짙으시고."

같이 온 남자마저 말을 덧붙이자 무녀님이 남자에게 빽 소리쳤다.

"본판이 좋아서 그래 보일 뿐이야!"

고함을 치더니, 무녀님은 입가에 경련을 일으키며 나르에게 웃어 보였다.

"……어쨌든, 애들 장난은 여기까지야. 이제부터는 나한테 맡기렴."

무녀님은 비아냥거리듯 나르를 내려다보았다.

"교장이 도통 너를 믿질 못하겠는 모양이더라. 별 수 없지, 아직 열일곱 살밖에 안 됐으니 말이야."

헉, 그럼 교장이 나르 하나로는 믿음이 안 가서 다른 고스트 헌터를 고용했다는 거야?

나르는 가볍게 미소 지었지만, 그 눈빛은 몹시 차가웠다.

"그렇다면 그 실력, 직접 보고 배우도록 하겠습니다. '대' 선배님이신 듯하니까요."

너, 지금 '대'를 강조했지?

무녀님은 어른스럽지 못하게도 '흥' 하고 고개를 돌려 버렸다. 나르는 무녀님의 옆 얼굴에 경멸이 가득한 일별을 던졌다. 그러고 나서 나르의 새까만 눈동자가 남자를 향했다.

"그래서 당신은? 마츠자키 씨 조수 같아 보이지는 않는데요."

남자는 씩 웃었다. 무녀님이 두세 살 많으려나. 어른스럽지 못한, 장난기 가득한 웃음이었다.

"나는 고야산 주지, 타키가와 호조라고 한다."

"허어, 고야산 스님들은 머리를 길러도 되나 보군요?"

나르가 되묻자 말문이 막힌 눈치였다. 그러네. 그러고 보니 스님이란 거, 만화에서면 몰라도 보통은 문자 그대로 까까중 머리일 텐데. 이 남자는 머리카락이 있는 건 둘째치고 엄청 긴데다 염색까지 했어. 긴 갈색머리를 말꼬리처럼 정성스레 묶어 올렸다.

무녀님이 가느다란 담배에 불을 붙이고는 스님을 향해 연기를 뿜어 냈다.

"……파계승."

스님은 겸연쩍다는 듯 시선을 돌리며 말했다.

"고야산에 있었던 건 진짜야. 지금은 하산했지만."

그 커다란 몸이 기분 탓인지 움츠러드는 것 같았다. 그 모습이 이상하게 귀여워 보여서 무심코 웃는 순간, 스님과 눈이 마주쳤다.

"거기 하마 같이 입 벌리고 웃고 있는 아가씨는?"

……하마 아니거든요.

"저는 그저 짐꾼 노릇을 하고 있는 선량한 일개 여고생일 뿐입니다."

"흠? 그럼, 그쪽 도련님은?"

남자가 나르를 바라보았다. 나르는 노트북만 내려다보며 대답했다.

"교장 선생님께 이미 들으셨을 텐데 말입니다. 제 나이까지 알고 계신 걸 보면."

무뚝뚝하다. 목소리도 태도도 '너희들에게는 전혀 관심 없다.'는 투였다.

"뭐, 듣기는 했지. 시부야에 사무소를 두고 있는 심령 조사 전문가."

"보충할 부분이 없네요."

스님은 히죽거렸다.

"'비싼 동네에 사무소를 두고 있어서 믿을 만한 곳이려니 한 건데, 소장이 저런 어린애라니 사기다.'라고 교장이 그러던데?"

"그렇습니까."

나르 군은 어디까지나 끝없이 무뚝뚝할 뿐이었다.
무녀님은 과장된 몸짓으로 차에 몸을 기댔다.
"교장이라……. 어느 모로 보나 소심하기 짝이 없는 아저씨였지. 이까짓 사건에 도대체 몇 명을 불러 모은 거야? 꼬마 영능력자에 나랑 너……."
무녀님은 싱긋 하고 독기 품은 미소를 띠었다.
"한 명이면 충분했을 텐데."
스님도 따라 웃었다.
"그래, 나 혼자면 충분했겠지."
모든 말을 묵살하기로 작정한 듯한 나르, 서로를 잡아먹을 듯 노려보는 스님과 무녀님……. 도대체 이 험악한 분위기는 뭐야?
무녀님은 비아냥거리듯 살짝 웃고는 나르를 돌아보았다.
"그런데 아가, 이름을 물어봐도 괜찮겠니?"
"시부야 카즈야라고 합니다만."
"시부야……. 모르겠는데."
무녀님이 말하자 스님도 덩달아 동의한다.
"들어본 적 없어. 삼류겠지."
"말해 두지만 나, 타키가와 어쩌구라는 이름도 들어 본 적 없거든."
"그건 댁이 공부가 부족해서 그런 거지. 사실 나도 마츠자키 저쩌구 같은 이름은 들어 본 적이 없단 말이지."
어, 엄청나게 무의미한 싸움이다. 도대체 뭔가요, 이 사람들은.

나르도 그렇고. '영능력자라는 건 뭡니까? 성격 더러운 사람들의 집합인가요?

무녀님과 스님은 서로의 인지도를 두고 본격적인 말다툼을 시작했고, 나르는 난 상관없다는 양 컴퓨터를 두들기고 있었다. 아이고 맙소사. 더는 못 봐 주겠다 싶어 운동장 쪽으로 시선을 돌리자, 교복 차림의 여자아이가 우리를 향해 다가오고 있었다.

헉, 쿠로다 여사다.

'정말로 왔네.' 하며 놀라는 나에게 여사는 가볍게 손을 흔들었다.

"타니야마."

뭐지, 이 상냥한 목소리는…… 음…….

쿠로다 여사는 반갑다는 듯 다가와 나와 나르를 보더니, 말다툼을 하는 무녀님과 스님을 견주어 보았다.

"이 사람들은 누구야?"

"구교사를 조사하러 온 사람들. 교장 선생님이 여기저기서 불러 왔나 봐. 무녀님이랑 스님이시래."

내가 소개하자, 여사는 활짝 웃으며 두 사람을 돌아보았다.

"아아, 다행이다! 구교사에 악령이 득실대서 저, 정말 곤란했거든요."

순간, 열심히 다투던 무녀님과 스님이 입을 다물고 돌아보았다. 무녀님이 대단히 미심쩍다는 듯 여사를 쳐다보았다.

"네가…… 뭐 어쨌다고?"

"저, 영감이 강하거든요. 구교사에 모여든 영혼들의 영향을 그대로 받는 바람에 시도 때도 없이 머리는 아프지, 듣고 싶지도 않은데 자꾸 이런저런 말을 걸어오지……."

"자기현시욕이네."

무녀님이 한 마디 툭 던졌다.

"……네?"

"그렇게 주목 받고 싶은 거니? 그런 거짓말까지 쳐 가면서."

쿠로다 여사는 움찔거렸다. 나는 발끈해서 받아쳤다.

"말이 너무 심하잖아요!"

"왜? 진짜야. 그 애한테는 영능력 같은 거 없어."

"무슨 근거로 그렇게 딱 잘라서 말할 수 있는데요?"

"보면 알거든."

'보면 알거든' 이라니 그게 뭐야.

"그 애는 그냥 튀고 싶은 것뿐이야. 진지하게 받아들이면 바보가 된다고."

무녀님은 사람을 깔보는 눈빛으로 여사를 훑더니, 이내 고개를 돌려 버렸다.

쿠로다 여사의 얼굴에서 점점 표정이 사라져 갔다. 이윽고, 여사는 음산한 목소리로 말했다.

"……내겐 능력이 있어. 영혼을 불러서 당신한테 붙여 버릴 거야."

그렇게 말하고, 여사는 가면처럼 얼어붙은 얼굴 위로 얇게 미소를 띠었다.

"······나, 정말로 세단 말야······."

여사의 눈은 초점을 잃고 있었다. 나는 깜짝 놀라 엉겁결에 한 발짝 뒤로 물러났다.

"······가짜 무녀. 곧 후회하게 될 거야."

무녀는 오싹하게 미소 짓는 여사를 노려보며 말했다.

"기대할게."

쿠로다는 휙 발길을 돌리더니 운동장을 향해 뛰어갔다.

3

"아이구나. 가엾기도 하지."

스님이 그다지 불쌍하다고 생각지도 않는 듯이 말했다.

"너 참 못됐다."

"내가 싫어하는 바보가 두 종류 있거든. 영감 어쩌구하면서 자기를 특별한 인간인 양 착각하는 바보랑, 뻔뻔스럽게 영능력자 행세하는 바보."

"그 부분은 의견이 일치하는군. 사실은 나도 그래."

서로를 보는 눈이, '너도 그중 하나다.'라고 노골적으로 말하고 있었다.

도대체 뭐냐고요.

나는 일단 두 사람을 무시하기로 마음먹었다. 이런 성격 더러운 사람들을 상대하고 있을 수는 없지. 쿠로다 여사도 참 안됐다. 내일 만나면, 성격이 못돼 먹어서 생트집을 잡는 것 뿐이니 신경 쓰지 말라고 해 줘야지.

그보다도 나는 빨리 오늘의 노예살이를 마치고 집에 가고 싶어.

"그런데 나르, 나는 오늘 뭘 하면 되는 거야?"

내가 묻자 나르는 약간 놀란 듯이 나를 돌아보았다.

"지금…… 뭐라고 그랬지?"

"뭐가?"

"너, 나르라고 그러지 않았어?"

어이쿠 아뿔싸. 입을 잘못 놀려 버렸네. 웃음으로 얼버무려야지.

"아무것도 아니야. 신경 쓰지 마."

"어디서 들었지?"

나르가 꼬치꼬치 캐묻자, 갑자기 무언가가 내 머릿속을 번뜩이고 지나갔다.

"설마, 너 별명이 진짜 나르인 거야?"

내가 선수를 치자 나르가 말로 설명할 수 없는 표정을 짓는다.

"역시. 누구든 그렇게 생각하는구먼. 나르시스트의 나르."

"뭐?"

"아무것도 아니야. 신경 쓰지 마. 그래서 이제 난 뭘 해야 해?"

나르는 석연찮은 모습으로,

"그렇군. 딱히 주목할 만한 반응이 없어서, 다음 한 수를 어떻게 치고 나가야 할지 모르겠지만."

하고 생각하더니,

"마이, 너 선배 중에……."

"아. 사람 이름을 막 부른다."

"너도 방금 불렀잖아. 마이, 네 선배가 사람 그림자를 봤다는 교실이 어딘지 알고 있어?"

"내 선배 아니거든요. 미치루 선배 친구거든요."

살짝 말꼬투리를 잡고 늘어지자 나르가 가차 없이 노려봤다.

"누구 선배든 상관없어. 어딘지 알아?"

"학교 담장을 따라 산책하다가 봤다고 그랬으니까, 아마 이층일 거야. 담장 밖에서는 일층이 안 보이거든. 그리고 다 무너져 가는 교실이라고 했으니까, 아마 서쪽 맨 끝에 있던 교실 아닐까?"

"그곳에 기자재를 설치해 봐야겠어."

나르는 그렇게 말하더니 자리에서 일어섰다. 나르를 따라 구교사 안으로 들어가려는데, 운동장에 사람 그림자가 보였다. 이곳으로 다가오고 있었다.

……또?

그것은 이 험악한 상황의 원흉, 교장 선생님이었다. 일반적으로 교장은 너구리, 교감은 여우라고들 하는데, 우리 학교도 그렇다. 교장 선생님은 몹시 사람 좋게 생긴데다가 너구리랑 많이 닮아 있다. 너구리님이 무슨 용건이신가 싶어 지켜보는데, 자세히 보니 옆에 한 사람이 더 있었다.

"잠깐, 교장 옆에 서 있는 거 누구야?"

무녀님이 중얼거린다. 스님도 중얼거렸다.

"설마 또 다른 영능력자……인 건 아니겠지."

그거다. 나도 사람 그림자를 본 순간 나쁜 예감이 들었단 말이지. 이 이상 성격 더러운 사람이 늘어난다면 난 이 짓 관두겠어(관둘 수 없지만).

이쪽이 걱정하고 있는 걸 아는지 모르는지, 교장 선생님은 옆 사람과 무언가 이야기를 하며 다가왔다. 이름 모를 그 사람은 교장 선생님보다도 키가 작았다. 아마 저 정도면 나와 별반 차이 없을 것 같은데……. 학생인가 싶을 정도로 몹시 어려 보였다. 그리고…… 나는 눈을 동그랗게 떴다.

그, 금발이다. 외국인이잖아!

교장 선생님은 구교사 현관까지 다가오고 나서야 우리들의 존재를 알아차렸다. 너구리처럼 의뭉스럽게 웃으며 활기차게 인사를 했다.

"아이구, 다들 모여 계시는군요."

교장 선생님은 종종걸음으로 다가오며 말을 꺼냈다.

"한 분 더 도착해서 말입니다. 소개하겠습니다."

으아, 역시 영능력자였어.

교장 선생님의 두껍고 굵은 그림자 뒤에서 외국인이 삐죽 고개를 내밀더니, 아름다운 푸른 눈으로 활짝 웃었다. 몹시 친근하고 호감 가는 미소였다. 몇 살일까. 나랑 비슷한 정도? 아니, 유럽이나 미국 사람들은 일본인보다 더 나이 들어 보인다고들 하니까, 중학생 정도일지도 모르겠다. 남자아이 같지만 여자아이 같기도 하다. 귀여워라.

"존 브라운 씨입니다. 모쪼록 여러분 사이좋게 지내 주시기를 바랍니다."

교장 선생님은 마치 전학생을 소개하듯 말했다.

브라운 소년은 꾸벅 하고 깊숙이 고개를 숙이더니 인사했다.

"안녕들하심꺼?"

······어?

지, 지금 그거 영어였나. 난 영어를 못해서. 잘 못 알아듣겠다.

슬금슬금 주위를 둘러보자 무녀님도 스님도, 심지어 나르조차 멍하니 외국인을 바라보고 있었다.

"존 브라운임더. 잘 부탁함더."

교장이 쓴 웃음이라고밖에 할 수 없는 웃음을 지었다.

"그······ 브라운 씨는 관서 쪽에서 일본어를 배우신 듯해서······."

순간 스님이 뿜었다. 무녀님도 그 뒤를 따라 뿜었다. 이봐요, 그렇게 웃으면 안 되잖아요. 이만큼 말할 수 있는 것도 대단한 건데······라고 생각하면서도 도저히 웃음을 참을 수가 없다. 미안해, 브라운 소년이여.

교장은 곤란하다는 듯 우리를 쳐다보더니, 그럼 저는 이만, 어쩌구저쩌구 하고 입 안에서 웅얼거리다 허둥지둥 돌아갔다. 돌아가는 교장의 등 뒤로 브라운 소년이,

"고맙심더. 안녕히 가이소."

라고 인사하자, 주변 일대는 본격적으로 웃음의 소용돌이 속으로 빨려 들어가고 말았다. 브라운 소년은 어쩔 줄 모르고 당황하고 있었다. 그 곤혹스러운 표정하며, 금발에다가 새파란 눈동자라서 쓸데없이 더 웃게 된다. 미안해라.

그러나 나르는 웃지 않았다. 약간 굳은 표정으로 외국인에게 물었다.

"브라운 씨? 어디서 오셨지요?"

"지는 호주서 오셨당께요."

아이고. 말이 완전히 엉망진창이다. 여러 곳의 사투리가 뒤섞이고 높임법이 제멋대로야.

브라운 소년은 곤란하다는 표정으로 우리를 둘러보며 물었다.

"지가 해불는 말에 문제가 있음니꺼?"

나르가 쓴웃음을 짓는다.

"상당히."

"일본어란 참말로 어려버, 어려워부러……."

"어이! 거기 꼬마!"

스님이 크게 소리쳤다.

"부탁이니까 그 말도 안 되는 교토 사투리는 그만 둬."

"긴데, 정중한 말 할라카면 교토말캐야카는 거 아임니꺼?"

"도대체 누구야! 이 자식한테 일본어 가르친 건!"

너무 웃어서 숨이 차는지, 스님의 어깨가 위아래로 들썩거렸다.

"잘 들어. 교토 사투리는 방언이야. 다 너 잘 되라고 하는 말이니까 그만 두고 표준말을 써. 알겠지?"

"네에."

브라운 소년, 존은 끄덕이더니 다시 말을 이었다.

"그라모, 사이좋게 지내보도록 하입시더. 그짝들은 죄다 영능력자 되심니꺼?"

이상해. 역시 이상해. 표준말이라곤 흔적도 찾아볼 수가 없다.

"그런 셈입니다."

나르가 대답했다(무녀님과 스님은 여전히 웃고 있었다).

"저쪽 여성분은 마츠자키 씨. 무녀님이십니다. 저쪽은 타키가와 씨. 전직 고야산 주지였다고 하시더군요."

"형씨는?"

"고스트 헌터라고 대답해 두지요."

"아! 그라모 차 안에 있는 기계들은 다 형씨 것임니꺼? 허벌나게 많구마이 싶었음니더."

"그쪽은?"

"야. 지는 말하자면 엑소시스트 같은 사람이랑께, 사람임더."

존이 말하자마자 무녀님과 스님이 웃음을 멈췄다. 그러고는 강적이라도 나타났다는 듯 브라운 소년을 바라보았다.

"엑소시스트? 아마 가톨릭의 사제 이상이 아니면 할 수 없는 걸로 알고 있는데. 꽤나 젊은 사제로군요."

"야. 잘 아시는구먼유. 그르지만 지는 열아홉 살 되겠심더. 다들 나이보다 어리게들 보는 바람에 못 살겠심더."

안 돼……. 너무 웃겨서 배가 찢어질 것 같아. 그런데 열아홉 살이면 나르보다 위잖아? 엄청 동안이네.

"그 '지는' 같은 말은 쓰지 않는 게 좋겠습니다."

나르가 다시 쓴웃음을 지었다.

"'나' 또는 '저'로 바꿔 쓰세요. '형씨'도 안 됩니다. '당신'이라고 하던가요."

브라운 소년, 아니 존 씨가 고개를 끄덕였다.

"네. 고맙심더. 그라모 당신은 이름이?"

"시부야 카즈야입니다."

"시부야 씨, 참말로 잘 부탁드림, 드려요."

나르는 가볍게 고개를 끄덕여 인사를 받고 나를 돌아보았다.

"마이, 일을 시작하자."

"예이."

4

 나르 군이 구교사로 향하자, 다른 사람들도 슬금슬금 그 뒤를 따랐다.
 실험실에서는 여전히 기계들이 알아서 작업을 진행하고 있었다. 교실 안에 무미건조한 기계음이 가득하다.
 "이게 다 뭐야."
 스님은 교실에 발을 들여놓자마자 감탄의 목소리를 높였다.
 "용케 이만큼이나 모았구나."
 무녀님은 여전히 비아냥거리고 있었다.
 "기계가 많든 어쨌든 상관없어. 더 이상 아가가 나설 자리는 없으니까. 이 어마어마한 짐을 챙겨서 돌아갈 준비나 하지그래?"
 나르는 귓등으로도 들은 체하지 않았다. 너무나도 확실하게 무시당한 무녀님은 신경질을 부리기 시작했다.
 "기계를 이렇게 산더미같이 가져왔는데 말짱 도루묵 됐네. 가여워서 어째?"
 못되게 구는 무녀님에 이어 스님이 가세했다.
 "이봐, 그런 식으로 말하는 건 예의가 아니지. 난 솔직히 다시 봤어. 어리든 어쨌든 이만큼이나 기자재를 갖춘 사무소 소장님이시잖아. 분명 유능한 분임에 틀림없어."
 이 또한 대단히 빈정대는 말투였다.
 한참을 무시하던 나르가 귀찮다는 듯 돌아보며 말했다.

"당신들, 제령하러 온 것 아니었습니까? 아니면 놀러오기라도 한 건가요?"

무녀님은 할 말을 잃고 휙 뒤돌아섰다.

"이래서 애들은 짜증난다니까. 별것도 아닌 사건 가지고 이렇게 일을 크게 벌여 놓으니 말이야."

무녀님은 들으라는 듯 한마디 크게 내뱉고는 실험실을 나가 버렸다. 스님도 어깨를 으쓱하더니 따라 나갔다.

"그쪽은?"

나르는 존에게 눈길을 주었다. 존은 몹시 곤혹스러워하고 있었다.

"……사이좋게 협력하는 거 아니었심꺼?"

"별로 그런 분위기 같진 않군요."

"지는…… 저는, 이런 분위기 싫습니더. 저는 가능한 협력할 생각이니, 여기 있어도 되겠심꺼?"

"물론."

나르는 무덤덤하게 대답하더니 컴퓨터를 만졌다. 키보드를 두드리자 책장에 올려놓은 열 개 남짓한 소형 텔레비전의 화면이 바뀌었다. 내 앞에 있는 텔레비전에는 일층 복도가 나오고 있다. 서쪽 끝에 설치한 카메라겠지. 화면 오른쪽에, 줄줄이 늘어선 교실 입구가 비추어진다. 그 옆 텔레비전의 영상은 동쪽 카메라와 이어져 있다. 양쪽 카메라 각도가 고정되어 있기 때문에, 계단 밑 근처까지 밖에 나오지 않는다. 비슷한 식으로 복도를 양방향에서 촬영한 영상이 두 개 더 있었다. 이건 이층 복도 카메라구나. 그리고 현관 영상이 하나 더 있다. 현관 구석에 설치해 둔 카메라가 현관의 모습과 그 안쪽 계단을 찍고 있었다. 나머지 화면에는 뭐가 뭔지 알 수 없는 파랗고 노란 얼룩 무늬 같은 게 나오고 있었다.

"이게 뭐야?"

살며시 물어보자 나루가 불쾌하다는 듯 험악하게 쳐다본다.

대답해 주면 입이 닳냐? 닳냐고!

대신 존이 내 의문을 해결해 줬다.

"서모그래피 아닌가 싶습니더. 온도를 영상화하는 기계지예."

"아, 이게 그거군요."

영능력자인데도 이렇게 친절하다니(영능력자는 성격이 더럽다는 선입견이 완전히 굳어져 가고 있다)!

존은 화면을 가리키며 설명해 주었다.

"이렇게 노란 부분은 습도가 높고, 반대로 파란 부분은 낮심더."

"아하! 고마워요. 브라운 씨는 참 친절하시네요."

나루 들으라는 듯이 말하자 존이 얼굴을 붉혔다.

"당치도 않심더. 그보다 당신 이름을 안 물어 본 것 같아예. 당신은 시부야 씨 조수되심니꺼, 입니까?"

"네. 비슷해요. 타니야마 마이라고 합니다."

"존이라고 불러주심 됨니더. 잘 부탁함더, 합니다."

......역시 이상한 일본어(관서 사투리로서도 상당히 문제가 있다)라고 생각하며 살짝 웃은 뒤 텔레비전을 바라보자, 그 중 한 화면에 스님이 나오고 있었다. 스님은 주변을 이리저리 둘러보며 현관을 향해 복도를 걸어 나가다, 이윽고 화면 구석으로 사라졌다. 다른 텔레비전에는 무녀님이 복도를 걷고 있는 모습이 나오고 있었다. 그리고 그 옆에는 현관의 영상이 비추어진다.

별 생각 없이 화면을 바라보다 문득 이상한 낌새를 눈치챘다. 현관은 어두컴컴했다. 바닥에 쌓인 먼지 위로 어지럽게 발자국이 나 있어서 전보다도 더 황폐한 느낌이 들었다. 거뭇거뭇한 그림자를 드리우며 아무렇게나 서 있는 신발장들…… 저 사이, 무언가 있다!

"……나르!"

나는 손가락으로 화면을 가리켰다. 신발장과 신발장 사이 구석에, 새하얀 기모노 차림새의 소녀가 우두커니 서 있었다. 어깨선에 맞춰 일자로 자른 단발머리를 하고 있는 소녀. 마치 사람만한 크기의 일본 인형이 서 있는 것 같았다.

가만히 어딘가를 바라보던 소녀는 어둠 속을 스르륵 미끄러져 나가며 화면 구석으로 사라졌다.

"지…… 지금 뭐야?"

나르는 아무 대답 없이 벌떡 일어나 교실 입구 쪽을 돌아보았다. 나도 덩달아 돌아보니 열려 있는 교실 문 앞에 문제의 인형이 서 있었다.

엉겁결에 몸을 잔뜩 움츠린 내 어깨를 존이 토닥였다.

"타니야마 씨, 괜찮습니더. 저 사람은 유령 아임니더."

"응?"

나르가 씁쓸한 듯이 말했다.

"당신까지 부르다니. 교장이 어지간히도 공사가 하고 싶은 모양이로군."

인형은 대꾸가 없었다. 표정 하나 바뀌지 않았다.

"나르, 아는 사람이야?"

"아니, 하지만 얼굴은 알고 있지. 유명한 사람이니까."

"누군데?"

내가 묻자, 인형이 앵두같이 빨갛고 작은 입술을 움직였다.

"제 소개는 제가 직접 하도록 하지요. 하라 마사코라고 해요."

그러나 안타깝게도 나는 그런 이름을 들어 본 적이 없었다. 곤란하다는 듯이 나르와 존을 번갈아가며 쳐다보자, 나르가 한숨을 내쉬며 설명해 주었다.

"유명한 영매사야. 공수가 특기지. 아마 일본에서는 일류일거야."

"공수라니?"

"너 진짜 무식하구나."

너 인마, 이 자식아! 무심코 주먹에 힘이 꽉 들어갔다. 역시 이번에도, 도움의 손길을 내밀어 준 것은 존이었다.

"영혼이 영매의 입을 빌려 사람들과 말을 할 수 있게 하는 겁니더, 입니다."

"아, 텔레비전에서 본 적 있는 것 같아. 영능력자가 영혼 대신 말하는 거."

"네, 그겁니더."

나르 군이 짙은 눈동자로 영매를 찬찬히 살펴보며 물었다.

"당신의 견해는 어떻습니까?"

영매는 인형처럼 고개를 갸우뚱거렸다.

"글쎄요……. 당신은 누구신지? 영능력자 같아 보이지는 않는데요."

"시부야 사이킥 리서치 소장, 시부야라고 합니다."

뭐야뭐야? 나르 너, 우리한테 얘기할 때랑 태도가 달라도 너무 다른 거 아니야?

영매는 신기하다는 듯한 눈으로 나르를 바라보았다.

"저희…… 어디에서 만난 적이 있었나요?"

어라, 이건…… 그야말로 작업 멘트 아닌가.

"처음 뵙는 것 같습니다만."

"그런가요……?"

그녀는 새까맣고 촉촉한 눈동자를 산더미처럼 쌓인 기자재로 향했다.

"……영혼은 없어요. 교장 선생님은 대단히 곤혹스러워하시는 것 같았지만…… 아무런 기운도 느껴지지 않는걸요."

'그렇습니까.' 하고 중얼거리던 나르는 잠시 생각에 잠겼다.

교장 선생님, 도대체 얼마나 절박하면 이렇게까지 일을 크게 벌이신 걸까. 그럴 만한 무언가가 구교사에 있다는 뜻일까?

나는 쓰윽 주위를 둘러보았다. 건물은 낡았고, 교실 구석구석 어둠이 감돌고 있었다.

대체로 높으신 분들은 유령이라던가 저주라던가 하는 말이 나오면 기를 쓰고 부인하려고 드는 경향이 있다. 그런데 이번에는 부정하기는커녕 일부러 영능력자를 불러 모으기까지 했어. 한 두 명도 아니고 이렇게 많이, 게다가 (나르의 말에 따르면) 유명한 사람까지…….

그 순간이었다. 건물 어딘가에서 무언가를 격렬하게 두들기는 소리가 났다. 동시에 여자 비명 소리도 들려왔다. 우리들은 일제히 주변을 둘러보았다. 존이,

"저거 마츠자키 씨 목소리 아임니꺼?"

존이 말하자, 나르가 텔레비전들을 싹 훑어보더니 교실을 뛰쳐나갔다. 나르를 따라 나가며 흘깃 텔레비전 쪽을 쳐다보았다. 언제부터인지, 몇몇 화면에는 아무것도 나오지 않고 있었다.

5

실험실을 나서자마자 계단을 뛰어 내려오는 스님과 맞닥뜨렸다.
"뭐야, 지금 그 소리?"

"모르겠습니다. 일층인 것 같은데요."

나르가 대답하며 복도를 둘러보았다. 일층 서쪽 방향에서 무녀님의 목소리가 들려왔다. 실험실과는 완전히 반대편이다. 황급히 달려갔더니, 맨 안 쪽 교실 문이 꽉 닫혀 있는 것이 보였다. 교실 안쪽에서 무녀님이 문을 두들기며 열어 달라고 소리치고 있었다.

"어떻게 된 거야!"

나르가 먼저 교실 문을 잡아당겼다. 그러나 아무리 세게 당겨도 문은 꼼짝도 하지 않았다.

학교 축제 소품들이 굴러다니던 교실이었다. 이곳의 창문은 합판으로 막혀 있기 때문에 안쪽이 어떤 상황인지 알 수 없었다. 하지만 무녀님이 몹시 당황하고 있다는 것만큼은 충분히 전해졌다. 히스테릭하고 – 듣기에 따라서는 몹시 초조하고 – 날카로운 목소리가 문을 뚫고 나와 복도에 울려 퍼졌다.

"열어 줘! 열어 달라고!"

나르와 스님이 함께 문을 잡아당겼다. 문이 약간 삐걱거렸지만 열리지는 않았다.

"부숴 버리자."

스님은 몸을 풀면서 무녀님에게 소리쳤다.

"문에서 멀리 떨어져!"

하더니, 교실 문을 향해 체중을 실은 발차기를 날렸다. 먼지가 풀풀 풍기고, 나무가 부러지는 소리가 들렸다. 한 번 더 차자 문은 박살이 나서 교실 안을 향해 쓰러졌다. 새파랗게 질린 얼굴로 서 있던 무녀님이 재빨리 교실 밖으로 뛰쳐나왔다.
 "무슨 일이 있었던 거죠?"
 나르가 묻자, 무녀님은 고개를 내저었다.
 "내가 어떻게 알아. 교실 안을 둘러보고 있었는데, 갑자기 문이 닫히더니 열리지 않았어……."
 "자기가 닫은 건 아니고?"
 스님이 둘의 대화에 끼어들었다.
 "아니거든!"
 "칠칠치 못한 분이로군요."
 영매 마사코가 싸늘하게 한 마디 던졌다.
 "뭐야, 넌."
 "이러니저러니 해도 당신도 영능력자일 터. 문 좀 닫힌 것 가지고 비명을 지르다니 스스로가 한심하게 느껴지지 않나요?"
 스님이 쳐다보더니 휘익 하고 휘파람을 불어 젖혔다.
 "너…… 혹시 하라 마사코냐?"
 "그렇습니다만."
 "실물이 훨씬 낫네. 미인이구먼."
 마사코는 마치 더러운 것이라도 보듯 눈살을 찌푸렸다.
 ……얘도 만만찮게 한 성격하는 분이신 것 같다.

 "이걸로, 구교사에 뭐가 있다는 것만은 확실해졌네."

존에게 심부름시킨 캔커피를 마시고 한숨 돌리더니, 무녀님은 잘난 척하며 단정지었다.

"무의식중에 스스로 문을 닫으신 것이 아닐런지."

마사코는 쌀쌀맞게 굴었다. 무녀님이 마사코를 노려보았다.

"안 닫았다고! 내가 닫았으면 기억을 하지!"

"기억이 없으신 듯해서 '무의식중에'라고 말씀드린 것이에요."

"아, 그러셔?"

무녀님은 팔짱을 끼며 공격 태세에 들어갔다.

"아가씨 말씀이야 물론 옳지요오. 무의식중에 문을 닫아 놓고는 닫은 사실을 까먹는 일도 있으니까 말이지요오. 그럼, 그 문이 안 열렸던 이유는 뭔데?"

"문 아귀가 잘 맞지 않았던 것일 테지요."

'흥' 하고 무녀님이 비웃었다.

"손가락 끝만 대도 스르르 가볍게 닫히는 문이라면 또 모르겠지만, 아귀가 안 맞는 문을 무의식중에 닫았을 리가 없잖아?"

"닫을 때는 잘 닫혀도, 열 때는 잘 열리지 않는 경우도 있답니다."

순간 말을 잃은 무녀님은, 바로 히스테릭하게 소리 질렀다.

"어쨌든 난 안 닫았다고! 그리고 교실 문은 처음부터 열려 있었어. 그 안에서 소리가 들려서 들어가 본 거야!"

……뭐?

"소리라니……."

내가 되묻자 무녀님이 심각한 표정을 지었다.

"사람 목소리가 들렸어. '어이' 하고 불렀는지 어쨌는지, 하여튼 그런 느낌의 목소리가 말이야. 처음엔 파계승이 날 부르는 줄 알았어."

나? 하며 스님이 마뜩찮은 듯 스스로를 손가락으로 가리켰다.

"그래. 주변을 신경 쓰는 것처럼, 좀 떨어진 곳에서 목소리를 낮추고 부르는 것 같았어. 말투는 단호한데, 소리는 작은…… 무슨 뜻인지 이해하겠어?"

"뭐…… 대충은."

"교실 안에 숨어서 살짝 부르는 것 같았다고. 그래서 안을 들여다 본 거야. 문은 원래 열려 있었고, 그래서 교실 안으로 들어간 거지. 만약 문이 처음부터 닫혀 있었다면, 열고 들어가고 나서 자연스럽게 닫을 수도 있었겠지만, 열려 있었으니 굳이 닫을 이유도 없었다고."

'그렇긴 하지.' 나는 생각했다. 어제 기온 측정을 할 때도 이 교실 문은 열려 있었다. 그리고 나 또한 딱히 문을 닫아야 한다는 생각은 하지 못했지.

"그런 건 다 좋다 이거야. 수상한 교실 안에서 수상한 소리가 나서 들어가는 건데, 상대방이 누군지 확인도 안 하고 문을 닫는다는 게 말이나 돼?"

"……말 안 되는 것……같은데요."

"그치? 교실 안으로 들어가서 둘러봤는데 파계승은 안 보이고. 어디 숨어 있나 싶어서 구석구석 뒤져봐도 아무도 없는 거야. 그런데 갑자기 얘가 내 뒤에서 걷고 있었다는 게 생각이 나더라고."

맞다. 그러고 보니 실험실에서 먼저 나간 건 무녀님이었구나.

"그러니까 나보다 먼저 그 교실에 도착할 수는 없는 거지. 그럼 다른 사람인가 싶어서 계속 찾아봤는데 아무도 없었어. 그러다가 갑자기 등 뒤에서 문이 쾅 닫히는 거야."

……으아. 무녀님이 패닉 상태에 빠진 것도 이해가 간다. 그런 상황에서 갑자기 문이 저절로 닫히고 그 안에 갇혀 버린다면 누구든 그렇겠지.

"누구냐고 물어도 대답도 없지, 문이 닫혀서 안은 깜깜하지……."

무녀님은 겁먹은 듯 말하더니 크게 한숨을 내쉬었다.

"분명히 뭔가 있어, 거기. 목소리로 봤을 때 성인 남성인 것 같아. 거기서 죽은 사람이 있는 게 아닌가 싶은데."

나는 움찔했다. 그 교실이 반쯤 부서지다 만 채로 남아 있는 건 공사가 중단돼서 그런 거였지, 근데 그게 옛날 공사였나, 최근에 한 공사였나……. 옛날에 공사했을 때는 지붕이 떨어져서 인부들이 죽었다고 했는데.

설마, 그런 거야? 무심코 나르를 돌아보았다. 컴퓨터 앞에 앉아 있던 나르는 어느새 작업을 멈춘 채, 손에 든 낡은 못 하나를 만지작거리고 있었다.

"저기 말야……."

내가 말을 걸려하자 스님이 가로막았다.

"정말로 아무도 없었던 거 맞아? 구교사에 자꾸 사람이 왔다갔다하니까, 무슨 일인가 싶어서 와 본 놈들일 수도 있다고."

"말귀 못 알아들어? 아무도 없었다니까!"

"깜깜했다며? 못 볼 수도 있는 거잖아."

"야, 너."

무녀님은 스님에게 손가락질을 하며 말을 이었다.

"완전히 깜깜했던 게 아니었으니까, 사람이 있었으면 그림자 정도는 보였을 거라고. 뭐가 잔뜩 쌓여 있긴 해도 일단 창문도 있었고, 교실 문에도 채광창이 붙어 있었으니까."

"그럼, 못 찾게 숨은 거 아닐까?"

"날 불러 놓고는 숨었다고?"

"그럼 네가 잘못 들은 거지."

"말도 안 돼. 확실히 들었다니까."

"그럼 건물 바깥에서 난 소리던가."

스님은 턱 끝으로 운동장을 가리켜 보였다.

"아니라니까! 교실 안에서……."

"사람들은 종종 어디쯤에서 소리가 났는지 쉽게 단정짓곤 하지. 하지만 사실 소리가 어디서 났는지는 정확히 파악하기 힘든 법이야. 소리는 반향을 일으키니까 말이지."

무녀님이 분하다는 듯 입술을 깨물었다. 스님은 말을 이었다.

"소리의 출처는 분명 눈앞인데, 소리 그 자체는 몇 번을 다시 들어봐도 엉뚱한 방향에서 나고 있는 경우도 많고."

무녀님은 흥, 하고 시선을 다른 데로 돌렸다. 그러더니 갑자기 심각한 표정이 되었다.

"……어쨌거나, 그 방은 뭔가 수상해."

"수상하다고요?"

내가 되묻자 무녀님이 끄덕이며 말을 이었다.

"이상했어……. 어떻게 설명해야 할지 모르겠지만, 살짝 어지러웠다고 해야 하나……. 이상하게 불안해져서, 도망치고 싶은 기분이 들었어."

마사코가 '후훗' 하고 작게 웃었다.

"'여기는 나오는 곳이다.'라는 선입견 때문이겠지요. 겁이 상당히 많으신 분이군요."

"계집애는 닥치고 있어. 난 얼굴로 장사하는 가짜 영능력자랑은 차원이 다르거든."

어머, 하고 마사코는 재미있다는 듯이 미소를 지었다.

"제 용모를 칭찬해 주시다니, 영광이에요."

음? 이 대답하는 패턴…… 누군가와 몹시 닮았는데.

무녀님은 노골적으로 마사코를 무시하며 말했다.

"어쨌든, 내가 보기엔 지령이 확실해."

"지령이라니요?"

내가 묻자 무녀님이 노골적으로 눈살을 찌푸렸다.

"조수 교육이 제대로 이루어지지 않은 것 같은데, 시부야 군?"

무녀님이 나르에게로 시선을 돌리자, 나르는 담담한 얼굴로 대답했다.

"멍청하기 때문에, 교육시켜도 별 의미가 없습니다."

뭐 인마?

무녀님은 한숨을 한 번 내쉬더니 설명을 시작했다.

"지령은 그 자리에 사는 영혼을 일컫는 말이야."

"지박령 같은 거요?"

내가 되묻자 무녀님이 눈썹을 치켜 올렸다.

"그럴싸한 말을 알고 있네. 하지만 지박령이랑은 달라. 지박령이라는 건, 무언가 인연이 있어 그 장소에 매여 있는 인간의 영을 일컫는 거고, 지령은 토지 그 자체의 영혼이야. 땅을 위한 고사를 지내지 않았다거나, 인간들이 맘대로 파헤쳤다거나 뭐 그런 거 아닐까. 비슷한 사건 사고가 꽤 많은 편이거든."

"난 지박령에 한 표."

스님이 끼어들었다.

"이 건물에서 이런저런 일이 많이 있었던 거 아니야? 교장에 따르면 죽은 사람도 있었던 것 같고."

"죽은 사람이 있었으니까 지박령이라는 건 너무 단순한 사고방식 아니야?"

무녀님이 비꼬자, 스님도 지지 않고 응수한다.

"고사다 뭐다 그런 얘기 꺼내는 것도 단순한 사고 방식 아닌가? 그리고 너도 방금 그랬잖아. 성인 남자의 목소리를 들었다고."

"어머나, 그거 소리의 반향이라며. 방금 네가 그랬잖아."

또 시작이야, 또. 아무도 보지 못하게 한숨을 푹 쉰 내 곁에서, 나르는 존을 돌아보며 물었다.

"어떻게 생각합니까?"

존은 잠시 고개를 갸우뚱거렸다.

"아직 잘 모르겠심더. 다만 보통 유령이 나오는 집의 원인은 스피릿이나 고스트 둘 중에 하나인 걸로 알고 있심더, 습니다."

나르는 컴퓨터 화면을 바라보며 끄덕였다.

"스피릿…… 정령이라. 고스트는 유령이고. 마이, 너 듣고 있는 거야?"

신경 끄세요. 나 영어 못 한다니까!

"그런데 정령이라는 게 정확히 뭐예요? 단어는 어디서 많이 들어 본 것 같은데, 정확하게 무슨 뜻인지는 잘 모르겠어요. 귀신이랑은 느낌이 많이 다른데……."

물론 이건 존에게 묻는 질문이다. 나르에게 질문하는 실수를 범하진 않을 거야. 가르쳐 주지도 않고 바보 취급할 테니 말야.

"정령 고것은…… 혼이 아닌 영이라고 해야 하나……."

존은 잠시 생각하더니 말을 이었다.

"인간에게는 혼백이 있다……고들 하지 않심꺼. 인간이 죽으면 신체는 소멸하고 소울만 남심더. 그 남은 소울이 나타나는 것이 고스트라고 할 수 있겠심더."

"응. 그건 알겠어요."

"스피릿이라카는 게예, 고스트가 아닌데 고스트처럼 나타나는 것이라고 말해야 될 것 같심더. 마츠자키 씨가 말씀한 지령도 마찬가짐니더. 신기한 힘이 모여드는 장소가 있는데예. 일본에선 그런 곳에 신사나 사당을 세우곤 하지예. 그리고 물건이나 돌이나 나무 같은, 그런 것들에 스피릿이 감도는 경우도 있심더."

"그렇구나아."

"유령의 집이라카면 보통 기괴한 현상이 일어나는 곳이라고들 하지 않심꺼? 만약 들러붙어 있는 게 고스트라면예, 그 장소와 깊은 인연이 있는 죽은 자의 유령이거나 그 장소에 있는 누군가와 인연이 깊은 유령이라고 할 수 있심더. 스피릿은 원래부터 그 자리에 있던 정령인겁니더. 토지의 정령, 지령이라거나……."

"그 땅의 신 같은 거예요?"

"음, 그렇심더. 아니, 아임니더……."

"응?"

내가 고개를 갸우뚱거리자 존이 도움을 청하듯 사람들을 둘러보았다. 무녀님이 들으라는 듯이 한숨을 푹 내쉬며 설명을 이어갔다.

"땅의 신, 예를 들면 그 고장의 수호신 같은 것도 정령의 일종이라는 얘기야. 즉, 토지나 물건에 깃든 정령을 제사를 지내고 모시면 그게 신이 되는 거지. 좋은 일이나 나쁜 일이 일어나고, 그게 그 장소에 깃든 정령 때문이라고 받아들여지곤 하잖아? 그래서 감사를 올리거나 한을 달래기 위해서 제사를 지내면 신이 돼. 모셔지는 정령이 곧 신이다, 그렇게 생각하면 되지 않을까."

……하아.

"그런검니다, 겁니다. 스피릿이라카는 건 원래 인간의 선악이랑은 별로 관련이 없심더. 인간에게 좋은 일을 해 줄 때도 있지만, 반대로 저주를 내릴 때도 있심더. 사람들이 스피릿을 소중히 여기고 함부로 접근하지 않으면 스피릿도 딱히 인간에게 나쁜 짓을 할 이유가 없심더. 하지만 대접을 소홀히 하거나 별 생각 없이 건드리거나 하면 나쁜 짓을 하기도 함니더."

"아, 그러고 보니까 어디 있는 돌을 함부로 건드려서 재앙이 내렸다거나, 오래된 거목의 나뭇가지를 부러뜨리려다가 벌을 받았다거나 하는 얘기들이 있는데. 그런 거예요?"

"네, 그렇심더. 바로 그검니다."

저주를 가라앉히기 위해서 제사를 지내면 신이 된다라……. 그렇구나.

"그 외에도 교령술이란 게 있는데예, 영혼을 함부로 불러 낸다든지, 흑마술을 함부로 사용할 경우, 본의 아니게 정령을 불러 내거나 자고 있던 정령을 깨워 버리는 경우도 있심더. 그럴 때도 정령이 복수 차원에서 나쁜 짓을 하곤 함니더."

오호라. 나는 감탄했다. 영혼이라거나 저주 같은 건 괴담에서 심심찮게 나오는 이야기들이고, 사람들도 평소에 비교적 자주 쓰는 단어들이다. 하지만 실제로 그게 정확히 뭔지는 잘 몰랐던 것 같다. 막연한 이미지는 있지만, 그 이상의 무언가는 생각해 본 적이 없었다. 영에도 다양한 종류가 있구나. 그렇군…….

"존, 지령인 것 같지 않아?"

무녀님이 존에게 불쑥 동의를 구했다.

"아니, 지박령인 것 같지?"

스님도 존을 압박하기 시작했다. 존은 몹시 곤란해하며 시선을 피했다.

"지, 저는 아직 잘 모르겠심더."

"우유부단하기는……."

무녀님은 김샜다는 듯 한숨을 푹 내쉬고 나르를 돌아보았다.

"그래서, 우리 아가는 어떻게 생각해?"

"아직 결론을 내릴 만한 단계가 아닙니다."

나르는 끝도 없이 무뚝뚝했다.

"솔직하게 '모르겠습니다.' 라고 대답하면 좀 좋아?"

"원하신다면 그렇게 말씀드릴 수도 있습니다. 하지만 굳이 어느 쪽이냐고 따진다면 하라 씨에게 한 표를 드리겠습니다."

'뭐야 그게.' 하며 무녀님이 볼을 잔뜩 부풀렸다. 그와는 대조적으로, 마사코는 싱긋 웃음을 지었다. 무녀님은 마사코를 보더니 들으라는 식으로 한숨을 내쉬고 자리에서 일어섰다.

"뭐, 생각해 보니 너희에게 능력 밖의 질문을 하는 내가 잔인한 거지 싶네. 아가와 계집애 의견 같은 거 들어봐야 아무 짝에도 쓸

모없는데."
　마음대로 지껄이며 옷에 묻은 먼지를 툭툭 털어 냈다.
　"어쨌든 부정한 것만 씻어 내면 되는 거잖아? 난 내일 제령할 거야."
　무녀님은 당당하게 선언했다.
　"이런 같잖은 사건을 붙들고 늘어질 여유가 없어. 난 바쁘신 몸이니까. 빨리빨리 해치우고 집에 가야지."
　무녀님은 웃으며 손을 흔들고 복도로 나갔다.
　무녀님이 나가는 모습을 지켜보던 마사코가 혼잣말을 했다.
　"제령해도 소용이 없을 텐데요. 이곳에는 영이 없으니까 말이에요."
　음…… 왠지 무녀님이 이 사건을 너무 쉽게 생각하는 것 같아. 그렇다고 마사코처럼 단언하기에는 뭔가 석연치 않은 구석이 있고……. 무녀님이 교실에 갇힌 사건은 분명 뭔가 냄새가 나는데.
　그 교실에는 복도 쪽 창문이 없었다. 건물 바깥과 접해 있는 창이 있지만, 높은 책장과 이런저런 잡동사니들이 처박혀 있기 때문에 창문으로서의 역할을 다하지 못하고 있었다. 그런 상황에서 문까지 닫히면 더 어둡겠지. 목소리가 들려와서 그 안을 확인하려고 교실에 들어갔는데, 거기서 교실 문을 닫아 버리면 의미가 없는 거 아닌가. 정말 아무것도 안 보일 텐데. 굳이 닫아 버리면 안을 살펴보는 것 자체가 불가능하잖아. 무의식중에 닫았다고 해도 바로 깜깜해져서 금방 알아차리지 않았을까…….

그뿐만 아니라…….

일층 서쪽 끝의 그 교실은 정말로 수상했다. 구교사는 어딘지 모르게 불길한 느낌을 주는 건물이었다. 떠도는 소문이나 괴담의 진위는 둘째 치고라도, 왠지 그 이야기들을 다 믿어야 할 것만 같은 그런 분위기란 말이지.

그쯤 생각하다 나는 무심코 웃고 말았다.

무녀님은 교실에 갇힌 뒤 진짜로 겁먹은 걸지도 몰라. 비명을 꺅꺅 질러 댔지. 제령 얘기도 마찬가지다. 할 거면 지금부터 하면 될 텐데 왜 굳이 내일 한다는 거야. 해가 지고 있어서 그런가. 역시 영능력자라도 무서운 건 어쩔 수 없나 봐.

그렇다. 해가 지고 있었다.

"나르, 해가 지고 있어. 이제 곧 저녁이 될 거야."

나르도 창밖을 내다보았다.

"아, 그렇군. 마이, 기온 측정하고 와."

예이. 빠르게 지는 저녁노을에 쫓기듯이, 재빨리 교실 기온을 재며 돌아다녔다. 무녀가 갇혔던 그 교실에는 정말이지 가고 싶지 않았는데, 일층 교실을 존이 분담해 주었다(이토록 친절할 수가!). 덕분에 측정이 쉽게 마무리되었다. 고갯짓 몇 번으로 손쉽게 사람을 부려먹은 나르는, 나와 존이 내민 클립보드를 읽어 보더니 말했다.

"이층 서쪽 끝 교실이 약간 낮군. 혹시 모르니 카메라를 더 설치해 두고 끝내는 걸로 하지."

마사코와 함께 실험실에서 아무것도 하지 않고 시간을 죽이던 스님이 신기하다는 듯이 물었다.

"어라, 도련님은 오늘 여기서 자고 가는 거 아니었어?"

"오늘은 그럴 생각 없습니다. 그렇군. 내일은 여기서 밤을 새워 봐야 겠어."

헉. 나는…… 어떻게 되는 거지?

불안해하는 나를 나르가 힐끗 쳐다보았다.

"내일은 수업 끝나면 실험실로 바로 와. 가능하면 여기서 잘 준비도 해 오고."

"여…… 여기서 자는 건…… 좀……."

"카메라 변상할 거야?"

"잘 준비해 오겠습니다."

크아악, 그래. 넌 내 주인이었지. 니가 다 해라.

1

"너 지금 뭐라고 그랬어?"

미치루가 험악한 얼굴로 나를 쳐다보았다.

완전히 녹초가 되어 집에 들어가자마자 곯아떨어졌고, 겨우 일어나서 학교에 기어왔는데, 학교에 도착하자마자 친구들한테 둘러싸이고 말았다. 어제는 뭐 했어, 나르 군은 어땠어 등등의 질문 공세에 시달리는 내가 불쌍해서 눈물이 날 지경이었다.

"그러니까, 라이벌이 등장하셨다고."

"뭐하는 사람이야!"

아악, 케이코. 목을 조르지는 마시게나.

"하라 마사코라고. 알아?"

"하라 마사코라니, 텔레비전에 자주 나오는?"

유리가 물었다.

"그런 것 같은데."

"심령 특집 같은 데에 자주 나오는 사람이잖아. 우리들이랑 나이가 비슷할 텐데. 무지 예쁘게 생긴······."

"응. 예쁘긴 하더라. 일본 인형같이 생겨서."

"걔가 시부야 선배한테 접근했다고?"

"아니, 오히려 나르가 마사코한테······."

"거짓말!!!!!!!!!"

케이코가 다시 내 목을 조르려 한다.

"하지만 그 성격 더러운 나르가 싫은 소리 한 번을 안 하던걸. 나르도 아마 얼굴 밝히는 타입인가 보지."

"이잉……."

케이코는 어깨를 축 늘어뜨리고 실망을 감추지 못했다.

"자, 자. 나르는 그냥 포기해. 다 너 잘 되라고 하는 말이야. 겉과 속이 달라도 너무 다르지, 뻥쟁이지, 입도 험한데다가 나르시스트지."

"그래도 잘 생겼잖아!"

얼굴만 잘 생기면, 진짜 그거면 다 되는 거야? 이쯤 되니 일종의 지조 비슷한 것까지 느껴져서 대단해 보였다.

반쯤 감탄하고 있을 무렵, 우리들을 신경 쓰며 지켜보는 듯한 쿠로다 여사와 눈이 마주쳤다.

애도 참 이상한 애야. 영능력이 있으면 원래 성격이 꼬이는 법인가?

쿠로다 여사는 뭔가 말을 하고 싶은 눈치였다. 그 표정을 보다 나는 문득 생각이 났다. 맞다. 무녀님 말을 신경 쓰지 말라고 얘기해 주려고 했지.

나는 쿠로다 여사에게 다가가려 했다. 그러나 여사는 내가 한 발짝 나아가기도 전에 휑하니 교실을 나가 버렸다.

수업이 끝나고, 나는 나를 잡아두려고 하는 친구들의 손을 뿌리치고 구교사로 향했다.

친구들은 오늘 하루 종일 나를 붙들고, 나르에 대해서 뭐든 얘기하라고 시끄럽게 굴었다. 불평불만이라면 사흘 밤낮이라도 얘기할 수 있지만, 대체로 내가 무슨 얘기만 꺼냈다 하면 그 이후에는 친구들이 멋대로 불타올랐다. 그러고는 내가 얘기를 하는 게 아니라 친구들이 나르 이야기를 하는 것을 강제로 듣고 있는 처지가 되어 버리고. 쓸데없이 스트레스만 더 쌓이게 되는 이 기묘한 사태.

어떻게든 이 상황을 벗어나기 위해 수업이 끝나면 잽싸게 구교사로 가려고 했건만. 또다시 친구들에게 포위되고 말았다. 혼신의 힘을 다해서 친구들을 진정시킨 뒤 겨우 교실을 나설 수 있었다. 머리 위로 뻥 뚫린 것 같은 파란 하늘이 펼쳐져 있었다. 아아, 날씨가 좋아서 다행이다. 그 무시무시한 구교사에서 하룻밤을 보내게 생겼는데, 비 따위나 내려서 음침한 분위기까지 조성되면 정말이지 참을 수 없는 노릇이지.

그래도, 오늘은 왠지 발걸음이 비교적 가벼웠다. 엊그제와 어제 이틀 동안 일단 아무런 일도 일어나지 않았고(무녀님이 갇힌 사건이 있었지만), 나르도 딱히 별 문제는 없다는 식의 태도고. 게다가, 그만큼 성격 센 영능력자 집단이 구교사에 득시글거리고 있다고 생각하니 이상하게도 안심이 된다고 해야 하나. 별로 무섭다는 느낌이 들지 않았다. 이게 좋은 거야, 나쁜 거야.

뭐 그런 이유 덕분에, 딱히 저항감 없이 구교사에 들어갔다. 와 완전 괜찮아. 하나도 안 무섭다.

"안녕!"

활기차게 실험실 문을 열어젖혔지만 그곳에 나르는 없었다. 대신 기계들 앞에 의외의 인물이 서 있었다. 쿠로다 여사였다.

"어…… 안녕? 무슨 일이야?"

"그냥 어떻게 돼 가나 궁금해서 온 거야. 시부야 씨는 안 계시네."

"어, 너도 못 봤어? 어디 간 거지?"

친구들에게 붙들리는 바람에 좀 늦게 왔는데, 한참 전부터 여기에 없었던 모양이다. 늦게 온 거 안 걸린 거네. 신난다.

"뭐가 굉장히 복잡하구나, 여기."

쿠로다 여사는 주변 기계를 손끝으로 만지작거리며 말했다.

"아, 그거 건들지 않는 게 좋을걸. 나르가 화낼 거야."

"그래?"

쿠로다 여사는 그만 둘 생각이 없는 것 같았다. 계속해서 기계 테두리를 손끝으로 만지작대며 나에게 물었다.

"어제 어땠어?"

"어땠냐니…… 별 일 없었어. 나르도 아무 이상 없다고 그랬고."

"그것 말고는?"

"무녀님이 교실에 갇힌 사건이 있긴 했지만. 그게 수상쩍은 일인지 아닌지에 대해선 의견이 갈렸어."

"어째서?"

쿠로다가 의아하다는 듯이 눈을 치켜떴다.
"영매가 구교사에는 영 같은 거 없다고 그랬거든. 갇힌 것도 무녀님이 뭘 실수해서 그런 걸거라고······."
그러니, 하고 여사는 표정 없이 중얼거렸다.
"······그 영매, 하라 마사코지?"
"맞는데?"
"하라 마사코는 가짜야."
"뭐?"
가짜라니, 그게 무슨 소리야?
"얼굴이 좀 예뻐서 텔레비전에 자주 나오는 것뿐이지, 영능력은 없어."
"······허."
도대체 뭐란 말이냐. 여사도 그렇고 무녀님도 그렇고, 어떻게 사람의 능력을 있다, 없다 간단하게 말할 수가 있는 거지. 눈에 보이는 것도 아닌데. 차라리 영혼은 없다, 영능력 같은 건 존재하지 않는다, 이러면 또 몰라. 아마 둘 다 자기한테는 능력이 있지만 다른 사람한테는 없다는 말을 하고 싶은 거겠지만······ 난 좀 이해가 안 된다.
"저······ 어제 그거, 별로 신경 쓰지 마."
"뭘?"
"그러니까 어제 무녀님이 너에 대해서 한 말 있잖아. 그 사람 누구한테나 다 그런 식이야. 다른 영능력자들도 처음부터 무능한 사람 취급하고……. 거의 사기꾼 취급하고 그랬거든."

물론 어제처럼 거짓말쟁이 취급받으면 당연히 화가 날 거고, 무심코 그 분풀이를 다른 사람한테 하고 싶어지는 너의 마음은 이해하지만."

"그런 게 아니야."

쿠로다 여사는 단호하게 말했다.

"타니야마는 영능력이 없어서 이해를 못하는 거야. 인간에게는 고유의 아우라가 있어. 그 색깔을 보면, 영능력이 있는지 없는지 간단하게 알 수 있다고. 영능력이 있는 사람의 아우라는 굉장히 선명하고 강한 빛을 띠는데, 그 거만한 여자한테도 하라 마사코에게도 그런 건 보이지 않아. 오히려 어둡고 더러운 색깔을 띠고 있지. 영능력도 없으면서 능력자 행세를 하고 있기 때문일 거야."

아 예……그렇습니까…….

"그러니까 그 사람들은 몰라. 여기엔 분명히 영이 있어. 그것도 아주 강한 게."

마음이 불편해졌다.

"저…… 있다거나 없다거나, 그런 거…… 결국 답 안 나오는 싸움 아니야?"

중얼거리듯 말하자 쿠로다 여사는 쌀쌀맞은 눈으로 나를 쳐다보았다.

"그래, 결국 너도 쓸데없는 논리나 이유를 가져다 붙이는 한심한 사람들의 친구라 이거구나."

으아……으으…….

"상관없어. 그런 사람들은 자신의 행동에 대한 대가를 치르게 될 테니까."

쿠로다 여사는 휙 등을 돌려 실험실을 나가 버리려다, 잠시 멈춰 섰다.

"말해도 믿지 않겠지만." 하며 나를 돌아보았다.

"거기 구석에 여자애가 있어."

'뭐?' 나는 엉겁결에 되묻고 여사가 바라보는 쪽으로 눈을 돌렸다. 그곳에는 먼지를 뒤집어쓴 책걸상이 쌓여 있을 뿐이었다. 어떻게 반응해야 할지 모르겠어서 여사를 쳐다본 순간, 갑자기 '삐걱' 하고 작게 귀에 거슬리는 소리가 났다.

"랩음(소리가 날 만한 것이 없는 공간에서 갑자기 어떤 소리가 발생하는 심령 현상의 일종 – 옮긴이 주)이네."

쿠로다 여사가 작게 키득거렸다.

"조심해, 집에 갈 때 널 따라갈지도 모르니까."

잠깐! 기다려! 이상한 소리만 잔뜩 늘어놓고는 무책임하게 돌아가지 마아!

……여기저기서 이런 식이었다면, 친구가 없는 것도 당연한 일이하다. 진짜 보이는 거면 나한테 들러붙지 않게 조언이든 제령이든 해 주고 가라고……. 있는 힘껏 혀를 잡아 빼서 메롱해 줄지, 당장이라도 뒤따라가서 발목을 부여잡고 살려 달라고 늘어져

야 할지 우왕좌왕했다. 그 순간 다시 빠직 하고 무언가에 금이 가는 듯한 소리가 울려 퍼졌다.

래, 랩음이라는 거, 그 말로만 듣던 그건가요. 그, 유령이 나올 때 들리는 소린가, 유령이 내는 소리던가, 그거.

애처롭게 몸을 움츠리고 주변을 두리번거렸다. 아직 저녁이 되려면 한참이나 남았는데, 교실에는 땅거미가 내리고 있는 것 같았다. 교실을 한 바퀴 둘러볼 때마다 여사가 손가락으로 가리킨 구석에 눈이 간다. 마사코는 없다고 그랬다. 나르도 심령 현상이라고 보기에는 의심스럽다고 말했어. 스스로를 열심히 설득시키는데, 느닷없이 사고로 죽었다는 인부의 모습이 뇌리를 스쳤다. 무녀님이 들었다는 '어이'라는 목소리, 그거 설마…….

……아니야, 아닐 거야.

나는 절레절레 고개를 내저었다. 스님도 잘못 들은 거든가 반향일 거라고 그랬잖아. 갇힌 것도 실수였을지도 모른다고.

열심히 나 자신을 설득해 보았지만, 그럴수록 상상은 정반대 방향을 향해 움직였다. 미치루 선배가, 아니, 미치루 선배네 친구가, 그 사람이 봤다던 하얀 그림자. 구교사 어딘가에서 자살했다던 선생님. 그 불행한 선생님은 숙직실에서 생을 마감했다지. 장지문을 꼭 닫지 않으면 어깨에 그 선생님의 발이…….

괜찮아, 여긴 숙직실이 아니지. 게다가 일단 숙직실이란 것 자체가 없어. 아마 한참 전에 없어졌거나, 그 괴담이 완전 헛소문이거나 둘 중에 하나겠지. 그래. 틀림없어. 분명히 그런 걸 거야.

……하면서도, '그게 정말 숙직실이었을까'라는 생각이 동시에 들었다. 숙직실이 아니라 어디 다른 교실 아닐까. 예를 들어 이 실험실이라든가. 어딘가에 그 흔적이 남아 있다든가……. 둘러보다 고개를 세차게 흔들었다. 남아 있을 리가 없다. 이 교실일 리가 없어. 왜냐하면 여사도 '여자애'라고 그랬으니까……가 아니잖아!

그 순간 나르가 교실로 성큼 걸어 들어왔다. 이때만큼 나르의 얼굴이 믿음직스러웠던 적이 없었다.

나르는 나를 힐끗 쳐다보더니, 수상쩍다는 듯 말했다.

"무슨 일이야?"

"아, 아무것도 아니야. 많이 늦었네."

그 순간, 다시 삐걱하고 마룻바닥을 짓밟는 소리가 천장에서 울려 퍼졌다.

"지금, 들었어?"

"뭘?"

"래, 랩음 같은 거."

나르가 눈살을 찌푸리자마자 다시 끼익 하는 마른 소리가 교실 구석에서 들려왔다.

"지, 지금 그거 들었지?"

나르는 무표정하게 천장을 바라보았다.

"집 울림이겠지."

……그렇구나, 집 울림이구나. 맞다 맞아. 우리 집에서도 이런

소리는 하루에도 몇 번씩 듣는걸.

"으음, 혹시나 해서 그냥 물어보는 건데. 랩음이랑 유령이랑 상관 있는 거야?"

"랩음은 심령 현상의 범주에 들어가지. 도대체 무슨 일이 있었던 거야?"

"방금 전까지 쿠로다 여사가 있었는데, 이 소리가 랩음이라고 그랬어."

나르는 눈썹을 일그러뜨렸다.

"그렇군."

"'그렇군.' 이라니. 이봐."

그렇게 얘기를 끝내지 마아. 솔직하게 말씀드리자면, 몹시 무섭단 말입니다아.

내가 당황하는 모습을 보고 무언가를 알아챘는지, 나르는 컴퓨터 앞에 털썩 앉아서 가볍게 한숨을 쉬었다.

"랩 현상은, 정확히는 랩스 또는 랩핑이라고 해. 일본에서는 정체불명의 기괴한 소리를 전부 랩음이라고 부르고, 그걸 영의 출현과 관련짓거나 영이 내는 소리라고들 하지. 하지만 엄밀히 말하자면 그건 잘못 이해한 거야. 원래 랩핑은 교령회에서 나는 소리를 이르는 말이니까."

"흐음."

"교령회에서는 실제로 영이 나타났다는 증거를 보여 주기 위해서 영매가 영에게 소리를 내도록 지시하는 일이 많아. 아니면 질문에 대해 소리를 내서 대답하라고 요구하기도 해. '똑똑' 하고 무언가를 두드리는 소리가 나는 게 대표적인데, 이걸 랩음이라고 하지. 그렇게 영매가 한 질문에 영이 소리를 내서 응답하는 현상을 랩핑이라고 부르게 되었고. 그 다음부터 영이 소리를 내는 모든 현상을 통째로 랩핑, 랩 현상이라고 일컫게 된 거야. 기괴한 소리도 랩음에 들어간다고 하는 사람들이 있지만, 정체불명의 소리를 전부다 랩음이라고 하는 건 옳지 않아. 랩음이라고 부르기 위해서는 영이 낸 소리라는 전제가 필요하니까."

"으……응."

"즉, 영이 낸 소리가 랩음이라는 말이야. '이상한 소리가 났고, 이상한 소리니까 랩음이고, 그러니까 여기에는 영이 있다.' 라는 논리는 완전히 본말전도야. 일단 어떤 소리를 정체불명의 소리라고 규정하기 위해서는 그 소리가 물리적으로 날 수 없는 소리라는 것을 증명해야 해. 쿠로다가 그걸 증명했어?"

"으음, 그러진 않았어."

"그럼 그냥 잠꼬대나 마찬가지지. 어쨌든 집 울림이라고 해석하는 게 훨씬 상식적이잖아."

그건 그렇다.

"하지만 저기, 이것도 여사가 그런 거긴 한데. 저기 구석에 여자애가 앉아 있다고……."

"잠꼬대."

아, 그렇습니까……. 그런데 그 어제 그 영매를 대할 때랑 태도가 달라도 너무 다른 거 아닙니까?

 불신감을 품고 나르를 바라보자, 나르는 키보드를 두드려 컴퓨터 화면 하나를 띄웠다. 무슨 일람표 같이 생겼다.

 "이건 조사를 시작한 후 밤에 녹음했던 소리에 대한 기록표야. 일정 기준 이상의 소리가 나면 자동적으로 기록하도록 되어 있지. 이게 녹음된 일시, 이건 녹음된 마이크 번호, 그리고 이게 소리 대조 코드다."

 나르는 화면을 손가락으로 훑으며 설명을 이어 나갔다.

 "코드가 붙어 있는 소리는 라이브러리에 존재하는 소리라는 뜻이야. 라이브러리에는 다양한 소리 데이터가 들어 있어서, 소리를 기록함과 동시에 이 소리를 데이터와 대조하고 조합하는 시스템이지. 예를 들면, 이 코드는 낡은 나무판자에 금이 갈 때의 소리를 뜻해. 금이 갈 때도 꽤 다양한 소리가 나는데, 여길 보면 그중 한 패턴과 소리 특징이 일치하는 걸 알 수 있어."

 "오호."

 감탄하며 지켜보는 내 앞에서 나르가 화면 스크롤을 내렸다.

 "보다시피, 지금까지 녹음된 소리 중에 대조 코드가 붙지 않은 소리는 없어. 즉, 물리적으로 설명할 수 없는 소리는 난 적이 없다는 거다."

 '그렇구나아.' 하다 나는 고개를 갸우뚱거렸다.

 "그런데 이거 밤에만 녹음한 소리잖아?"

 "주로 밤에 사람이 없을 때 녹음한 거지. 건물 안에 사람이 있을 때 녹음하면 기록하는 게 한도 끝도 없어. 하지만 밤에 안 난 이상한 소리가 딱히 낮이라고 날 이유가 있겠어?"

그건 그렇긴 한데…… 그래도.

"그럼 이상한 일은 밤에만 일어난다는 거야?"

"원인은 정확히 파악된 바 없지만, 낮보다도 밤에 훨씬 많이 일어나는 것만은 사실이야. 그 자리에 사람이 적을수록 이상 현상 출현률은 훨씬 높아지지. 특히 사람이 아예 없으면 기하급수적으로 높아져. 그래서 유령은 수줍음을 탄다고들 얘기하는 거고."

우와, 그런 거구나.

"저, 저기 있잖아. 이건 순전히 내 기분 탓인지도 모르겠는데. 엊그제 계단에서 사람 목소리 비슷한 걸 들었던 것 같아."

말하면서 나르의 얼굴을 쳐다보지 못하고 허공만 바라본 건, 또 무참하게 바보 취급당할 것만 같아서였다. 그러나 놀랍게도, 나르는 평정을 유지하며 되물어왔다.

"어떤 목소리?"

"음…… 남자인지 여자인지는 잘 모르겠고, 뭐라고 그랬는지도 못 알아들었긴 한데. 누가 작은 소리로 부르는 것 같은 소리가 멀리서 들렸어. 역시 그것도 스님이 말한 반향 같은 거야?"

"그럴 가능성이 높겠지."

"그리고 또 계단 주변에서 등줄기가 얼어붙는 것 같다고 해야 하나, 목덜미를 누가 쓱 만지고 가는 느낌이 들었는데……"

"틈새 바람이겠지."

아! 역시나.

"건물 안팎은 그다지 온도차가 나지를 않아. 바깥쪽이 낮은 경우에는, 미풍이라고 해도 불어드는 순간 이게 틈새 바람인지 아닌지 알아챌 수 있지만, 온도차가 나지 않거나 바깥이 다소 따뜻한 편이거나 하면, 바람이라고 느끼기 힘들 수도 있어."

"그렇구나······."

"틈새 바람이 들어온다면, 당연히 소리도 바깥에서 들어올 수 있는 거야. 사람들은 벽이나 천장에 둘러싸여 있으면 소리도 당연히 차단된다고 생각하는 경향이 있고, 그러다 보니 무슨 소리가 들렸을 때 자기가 있는 곳 내부에서 나는 거라고 느낄 수 있어. 하지만 틈새가 있으면 의외로 소리는 쉽게 새어 들어오게 마련이지. 스님 말처럼, 사실 소리의 출처라는 건 쉽게 판별하기가 어려워. 상황에 따라서는 원래 소리보다도 반향음이 더 잘 들리는 일도 비일비재하고."

'게다가' 하며 나르는 냉소적으로 웃었다.

"누군가를 부르는 소리, 혹은 혼내는 소리처럼 어조가 강한 목소리는 다른 것들에 비해 더 쉽게 전달되지. 마츠자키 씨의 경우에는 '어이'였지? 사람이 '어이' 하고 부를 때, 그 거리는 어느 정도일 거라고 생각해?"

"거리?"

나는 소처럼 눈만 꿈뻑거리고 있었다.

"으음, 근처 아닌가. 최소한 서로를 볼 수 있는 거리······."

"그렇지? 하지만 '어이' 같은 경우에는 방금 말했다시피 강한 어조의 말이니까, 상황에 따라서는 예상치 못할 만큼 멀리 전해질 수가 있어. 이걸 들어 버린 사람은 누군가가 '어이' 하고 자신을 불렀다고 인식하겠지."

"응. 당연히 그렇겠지."

"그런데 눈에 보이는 범위 안에는 아무도 없어. 누군가가 말을 걸었고, 목소리의 뉘앙스로 추정해 볼 때 상대방은 내 눈에 보이는 범위 안에 있을 텐데 말이야. 그런데 아무도 안 보인다. 이런 경우에 이 상황을 어떻게 해석하겠어?"

'이봐.' 하고 나는 나르에게 볼멘 소리로 답했다.

"아무리 내가 멍청해도, '어딘가 보이지 않는 곳에서 목소리가 들려왔구나.' 라고 생각하겠지."

"정말?"

어?

"냉정하게 생각하면 누구든지 그렇게 답할 거야. 그런데 생각할 여유조차 없는 상황에서는 말이지. 인간의 뇌란 혼란스러워하다가 결국 말도 안 되는 행동을 취할 때가 있어. 예를 들면, 오른편 멀찍이에서 목소리가 들려왔다고 치자. 청각은 이걸 정확히 파악하고, '오른편 저기 어디에서 '어이' 하고 누가 나를 불렀다.' 고 인식해. 그런데 말의 뉘앙스로 추정되는 범위 안에 상대방이 보이지를 않아. 그럼 청각의 정보와 시각의 정보가 어긋나는 거지. 그러면 뇌는 혼란스러워하다가 곧 시각 정보에 우선권을 주고, '가까이에 있지만 보이지 않는다.', 즉 '어디 안 보이는 구석에서 들려온 소리다.' 라고 판단을 내려 버리는 거야. 사람이 숨을 수 있을 만한 구석이 왼편에 있었을 경우에는, 왼편에서 소리가 들려왔다고 청각 정보를 수정해서 그 상황을 말이 되도록 짜 맞추는 거지."

"설마. 정말이야?"

"복화술이 그 좋은 예야. 복화술 중에는 디스턴스 보이스라는 기술이 있어. 무대 위 떨어진 장소에서 목소리가 들리도록 하는 건데 복화술사와 멀리 떨어진 곳에 인형이 있고, 이 인형이 말을 하는 거야. 물론 실제로 말하는 건 복화술사지. 하지만 복화술사의 입은 움직이지 않고 인형의 입이 움직이잖아? 그럼 인형 쪽에서 소리가 나는 것처럼 착각하게 돼. 시각 정보에 맞춰 청각 정보가 수정되는 대표적인 예라고 할 수 있지."

우와아아아.

"그럼 무녀님이 들었다는 목소리도?"

"비슷한 현상일 가능성이 높지. 물론 증거가 있는 게 아니니까 그 외의 가능성도 부정할 수는 없어. 다만 상식적인 범위 내에서 해석할 수 있는 현상이라면, 일단 그쪽을 우선시 하는 게 당연한 거 아니겠어."

그야 그렇다. 나는 감탄해마지 않다가, 잠시 고개를 갸웃거렸다. 뭔가…… 되게 영능력자 같지 않아. 이런 식으로 뭐든지 상식으로 재단해 버리면 영능력자가 활약할 여지 같은 건 남아나질 않는 거잖아.

 그런 생각을 하던 차에, 현관 쪽에서 사람들의 말소리와 발소리가 시끌벅적하게 들려왔다. 복도 쪽 창으로 고개를 내밀어 살펴보니, 무녀님과 사람들이 다가오고 있었다. 교장 선생님, 교감 선생님, 그리고 생활지도부 선생님도 보였다. 그 뒤를 스님, 존, 마사코가 따르고 있었다. 그리고 좀 떨어진 곳에 쿠로다 여사까지. 문자 그대로 '영능력자 일행 여러분'이네. 무녀님은 그 행렬을 지휘라도 하듯 맨 앞에 서 있다. 하얀 기모노에 새빨간 하카마를 걸치고 있었다.

 무녀님의 제령 의식이 시작되는 것이었다.

2

"쿠로다, 어쩐 일이야?"
 일행과 함께 돌아온 쿠로다에게 묻자, 쿠로다는 어깨를 으쓱해 보였다.
 "네가 걱정돼서. 그대로 혼자 내버려 두는 건 위험하지 않을까 싶었거든."
 "아…… 그래. 그것 참. 고마워."
 나르는 잠꼬대라고 했지만 너의 고운 마음씨는 받아둘게. 그래.

여사는 내 마음속을 들여다보기라도 한 듯이, 약간 험악한 표정을 지었다.

"믿든 안 믿든 마음대로 해. 친절하게 굴었다가 바보 취급당하는 거 한 두 번도 아니고, 익숙해졌으니 상관없어. 그냥 계속 네가 마음에 걸리는 게 싫었을 뿐이야. 그런데 여기로 오다가 저 가장무도회 행렬이랑 맞닥뜨렸지 뭐야. 품격의 차이를 보여 주겠다나 뭐라나."

하하하.

무녀님은 선생과 존을 마음대로 부려먹으며(가엾은 존), 현관 바닥에 공간을 만들고 백목 제단을 세우고 있었다.

"뭐, 잘들 지켜보라고."

무녀님은 복도 창 너머로 나르에게 눈길을 주더니 승리의 미소를 크게 지었다. 아직 아무것도 안 했으면서…….

"조건은 썩 좋지 않지만, 이 정도 쯤은 누워서 떡 먹기지."

스님이 반쯤은 질렸다는 듯, 그리고 반쯤은 감탄했다는 듯이 탄식했다.

"도대체 저 자신감은 어디서 오는 걸까."

"멀고 먼 저 산 너머 아닐까요?"

내가 대답하자, '그럴지도 모르지.' 하고 스님이 웃었다.

"그런데 돌팔이 같은 느낌은 안 들어."

"그래요?"

스님은 끄덕이고, 나르를 돌아보았다.

"할 수 있을 거라고 생각해?"

"글쎄요."

"저 무녀가 뭘 제령할 수나 있겠나 싶긴 하지만 뭐, 일단 지켜 보라니까 구경 정도는 해 줄 수 있지. 도련님은 어쩌시게?"

"신도식 제령은 한 번도 본 적 없으니 구경이나 해 볼까요."

하며 나르가 흘낏 돌아본 책장 위 텔레비전에 현관의 모습이 비추어지고 있었다.

무녀님이 백목 제단 앞에 섰다. 선생님들은 신기하다는 표정을 지으며 무녀님 뒤에 나란히 줄 섰다. 우리는 그다지 그 일행 속에 낄 마음이 없었기 때문에, 실험실 안에서 창을 통해 그 모습을 지켜보고 있었다.

무녀님은 손뼉을 짝 치더니 고개를 숙이고 말했다.

"감히 입에 담을 수 없는 귀한 이름, 위대한 이자나기노오오카미이시여, 치쿠시 너머 타치바나 오도의 아와지바라에서……."

뭐지, 이건. 무슨 잠꼬대처럼 들리는데 설마 그럴 리는 없겠지. 무녀님은 한동안 주문을 외치고는 막대기를 휘둘렀다. 막대기 끝에 매달린 하얀 종잇조각들이 나풀거렸다.

"간절히 또 간절히 비옵나이다. 이 죄 많은 땅에 강림하사 자리하시고, 부정한 것은 쫓고 쫓고 또 쫓으사 평강하고 안녕하게 하시어, 애닯게 빌어 올리는 중생을 어여삐 여기소서……."

나는 소근소근, '이거, 뭐야? 뭐라고 하는 거야?' 라고 물어보려 했는데, 나르에게 질문하는 실수를 범했다. 나르는 역겹다는 표정을 지었다.

"모르면 가만히나 있어. 일본 사람 주제에 축사도 모르다니, 어디 가서 일본 사람이라고 그러지 마라."

"축, 사?"

심지어 되묻기까지 하자, 나르는 나를 완전히 무시해 버렸다. 역시나 이번에도 나를 구원해 준 것은 존이었다.

"신도의 주문임니더."

"그렇구나아. 무슨 뜻이에요?"

존은 곤란하다는 듯이 웃었다.

"저도 거기까지는 잘 모르겠심더. 하지만 축사라카는 건 신에게 올리는 말씀 비슷한 거라고 들은 적이 있심더. 그러니 신에게 영을 내쫓아 달라고 부탁하고 있는 게 아닐까 싶은데예."

"음, 하지만 무슨 신한테 비는 거예요? 여긴 신사가 아닌데, 그래도 신한테 부탁할 수 있는 건가요?"

'네에.' 하고 존이 끄덕였다.

"마츠자키 씨 앞에 제단이 있지 않심꺼. 그 주위에 나무 봉을 네 개 세우고 줄을 쳐 놓은 거 보임니꺼? 저기가 신이 내려오는 자리라고 생각하는 거지예. 아마도 저걸 시메나와라고 할 겁니더."

"종이가 팔랑팔랑거리는 줄 말이죠? 무녀님이 들고 있는 막대기에도 붙어 있는데……."

"네, 저 종이를 시데(신도에서 신의 영이 깃드는 종이나 옷감을 이르는 말 – 옮긴이 주)라고 합니더. 시데를 붙인 막대기를 고헤이라고 했던 것 같고예. 시메나와는 일반적인 새끼줄과는 반대 방향으로 꼬아서 만든 새끼줄에 시데를 붙인 검니더. 장소를 나누기 위한 도구라고 들은 적이 있심더. 나쁜 곳이나 좋은 곳, 그런 특별한 곳의 구획을 나눈다고들 합니더. 그러니 아마 저 줄 안 쪽이 신사 역할을 대신 하는 게 아닌가 싶습니더."

그렇구나아. 나는 감탄하며, 호주 사람인 존에게 신도에 대해 배우고 있는 자신이 좀 한심하다고 생각했다.

"존은 정말 잘 알고 있네요. 신부님인데도."

'그렇지 않심더.' 하며 존은 얼굴을 붉혔다.

"저도 신도나 불교에 대해서는 잘 모릅니더. 사실 마츠자키 씨나 타키가와 씨한테 배우는 게 제일 좋을거라고 생각항께……."

존은 그렇게 말하더니 실험실 복도 쪽에 붙은 창가를 바라보았다. 스님이 의자에 앉은 채, 창틀에 턱을 괴고 꾸벅꾸벅 졸고 있었다.

이 축사라는 거, 확실히 단조로운 감이 있어서 어딘지 졸린 느낌이 들기는 해.

"나이를 먹어서 많이 피곤할 거예요, 저 아저씨는."

현관에서는 여전히 무녀님의 퍼포먼스가 계속되고 있었다.

"이제 걱정하지 않으셔도 됩니다. 당장 오늘부터라도 공사를 진행하실 수 있을 거예요."
 의식이 끝난 뒤, 무녀님은 교장 선생님에게 싱긋 웃으며 말했다. 어제부터 무녀님을 지켜봐 온 나로서는 '정말?' 하는 의문이 들었지만, 교장 선생님은 몹시 만족스러워했다. 얼굴 한가득 웃음을 띄우고, 교감 선생님을 필두로 모든 선생님들에게 입에 침이 마르도록 무녀님을 칭찬하고 있었다. 그 모습을 쿠로다 여사와 마사코가 경멸의 눈초리로 바라보고 있다. 실로 가슴이 싸늘해지는 구도였다.
 "어떻게, 오늘 한 잔 하시겠습니까?"
 교장 선생님의 간들간들한 목소리에, 무녀님이 위엄이 느껴지는 미소로 화답했다.
 "일단 제령한 뒤에는 밤을 새며 상태를 지켜보는 것이 원칙이라서요."
 "아아, 그렇군요. 역시 프로는 다르다니까."
 교장 선생님의 콧구멍이 약간 벌렁거리고 있는 것 같은데, 내 착각인가.
 "그럼 어디서 차라도 한 잔 하시지요. 일을 하셨으니 쉬셔야 하지 않겠습니까? 이번 일에 대한 답례는 무녀님 편하실 때 다시 날을 잡아서……."
 "네, 그렇게 하세요."
 무녀님은 '내가 이겼다'는 듯한 눈으로 우리들을 흘낏 쳐다보았다.

그 순간, 천장에서 끼익 하고 삐걱거리는 소리가 났다. 뒤이어 쿠웅 하는 속이 빈 소리가 들려왔다.

선생님들은 긴장한 기색이 역력한 얼굴로 주위를 두리번거렸다. 무녀님이 다시금 자신 있다는 투로 말했다.

"집 울림이에요. 이런 목조 건물이니 당연히 날 법도 하죠."

"아, 그렇군요."

사람들의 얼굴에 미소가 돌아왔다. 선생님들은 즐겁게 웃으며 무녀님과 함께 현관을 나서려 했다. 또다시 나무가 서로 부딪히며 삐걱거리는 소리가 났다. 현관 입구 위에서 나는 것 같았다. 교감 선생님이 머리 위를 흘낏 올려다보더니 머리와 어깨를 손으로 탁탁 털었다. 먼지 같은 게 떨어진 모양이었다. 다시 쿠웅 하고 소리가 났다. 그와 동시에, 역한 냄새가 실험실까지 빠르게 밀려들었다.

뭐지, 이건. 내가 주위 사람들에게 물어보려던 순간, 빠지직하며 나무결이 찢어지는 소리가 났다. 곧이어 무언가가 팍 부서지고, 튕겨나가는 소리. 그리고 현관문에 붙은 채광창 유리에 갑자기 여러 갈래로 금이 쫙 그어졌다.

"뭐……."

말할 틈도 없었다. 또다시 삐걱 하는 소리가 났다. 동시에 금이 간 유리창이 팍 하며 터지고 산산조각 났다. 무수한 유리 파편이 선생님들의 머리 위로 떨어져 내렸다.

3

"'이제 걱정하지 않으셔도 됩니다.' 라고?"

쿠로다 여사가 비아냥거렸다. 선생님들이 도망치듯 구교사를 떠난 뒤, 우리들은 실험실에 모여 앉았다. 흥이 깨진 듯한 분위기가 감돌았다.

"어디를 어떻게 제령했다는 건데?"

여사는 키득키득 웃었다. 무녀님은 여사를 노려봤지만, 아무 말도 하지 않았다. 유리 조각을 잔뜩 뒤집어 쓴 교장 선생님의 대머리가 온통 피투성이였던 게 생각난다. 다른 선생님들도 상황은 비슷했다. 무녀님은 다치지 않았지만, 오히려 그렇기 때문에 더욱 할 말이 없어지는 곤란한 입장에 처했다.

"그것은 사고였어요."

마사코가 싸늘하게 한마디를 던졌다.

무녀님은 거보라는 듯이 끄덕이며 마사코에게 동의했다.

"그래. 사고였다니까? 난 제대로 제령을……."

"제령이 성공했다는 뜻이 아니에요. 처음부터 이곳에는 영 따위 없었으니까요."

무녀님이 입을 다물었다. 휑한 침묵 속에서 세 사람 사이에 험악한 시선만 오가고 있었다. 이게 말로만 듣던 삼자 대결인가? 영은 존재하지 않는다는 마사코, 영이 존재하고 제령도 성공했다는 무녀님. 영이 존재하지만 제령은 실패했다는 쿠로다 여사.

서로를 노려보는 세 여자 옆에서, 남자들은 그저 고개만 갸우 뚱거리고 있었다.

"우연이었을까요?"

고개를 까딱거리던 존이 말을 꺼내자 스님이 반박했다.

"우연이라고 하기에는 애매하지 않나? 타이밍으로 보면 제령에 대한 반발이라고밖에 생각할 수 없는데."

"반발이라뇨?"

내가 묻자 스님이 어깨를 으쓱했다.

"간단히 말하자면 '네가 쳤으니 나도 널 칠 거야.' 같은 느낌이지."

"누가 무녀님을 때린 건데요?"

"글쎄."

하며 스님은 팔짱을 꼈다.

"이 건물이 워낙 낡아 빠졌으니, 유리가 깨진 것 자체는 그다지 이상할 것도 없는 일이야. 하지만 그렇다 해도 그 타이밍은 심상치 않아. 역시 뭐가 있는 게 아닌가 싶어. 무녀가 상대하기에는 버거운 센 놈이."

나르는 생각에 잠기듯 시선을 아래로 향했다.

"그 정도로 강한 영이라면, 좀 더 기계에 반응이 있었을 겁니다."

나르는 텔레비전 화면을 보고 있었다. 책장 위에 놓인 소형 텔레비전보다 좀 더 큰 텔레비전이 컴퓨터 바로 옆에 놓여 있었다.

그 화면에서는 무녀님의 제령의식이 여러 번 반복 재생되고 있었다.

에이, 뭔가 믿음직스럽지 못하네. 그렇게 마음속으로 중얼거리고 있는데, 쿠로다 여사가 한심하다는 듯이 이야기에 끼어들었다.

"고작 이 정도예요? 영능력자가 이만큼이나 모여 있는데, 영이 있는지 없는지도 모른다는 건가요?"

여사는 짜증이 솟구친다는 듯이 영능력자들을 둘러보았다.

"깊게 생각하고 자시고가 어딨어요. 영감을 발동시키면 일목요연하잖아요."

그래. 그렇게 말하고 싶은 너의 기분은 이해해. 텔레비전에서도 유령의 집 같은 곳에 영능력자가 가면 문제의 집에 들어서기 직전부터 '나쁜 기운이 느껴진다.'거나, '저기에 영이 있습니다.'라고 하잖아. 한 바퀴만 돌아보고서는 '여기에는 이러이러한 불행한 사고가 일어난 곳이고, 그래서 저러저러한 영들이 돌아다니고 있습니다.' 뭐 그런 식으로 바로바로 얘기해 주는데.

"당연히 일목요연하지요."

마사코가 단호하게 말했다.

"여기에 영 같은 것은 없습니다."

여사는 마사코를 비웃었다.

"정말 영감이 털끝만큼도 없구나. 영이 이렇게 많이 대놓고 돌아다니는데 그게 안 보여? 한참 전부터 이 교실에도 가득 차 있다고."

으악. 나는 무심코 주변을 두리번거렸다.

"분노의 파동이 느껴져. 다들 몹시 화나 있어. 자신들을 막 대하는 걸 참을 수가 없나 봐."

마사코는 초연한 눈으로 여사를 바라보았다.

"당신의 말을 어떻게 믿을 수 있나요? 딱 보기에도 여기 이 분과 별 다를 바 없는 평범한 학생이신 것 같은데."

여사의 얼굴이 하얗게 질렸다. 무녀님이 비아냥거렸다.

"이 분은 '자칭 영감소녀' 셔."

"자칭이라면 누구든 할 수 있지요."

"내 말이. 물론 여기에는 얘 말고도 다른 '자칭'들이 또 있는 것 같지만."

또 시작이다. 이 사람들은 도대체 왜 '자기만' 영능력을 가지고 있다고 주장하는 걸까? 쿠로다 여사는 예의 그 험악한 시선을 던지고 실험실을 나가 버렸다. 무녀님과 마사코는 실험실이 죄다 얼어붙을 만큼 냉랭한 눈으로 서로를 노려보고 있었다.

피곤해져서 시선을 텔레비전 화면으로 돌렸다. 화면 속에서는 빠른 속도로 시간이 거꾸로 흘러가고 있었다. 방금 전부터 나르는 녹화된 화면을 되감기하고 있었다. 컴퓨터 옆의 제일 큰 화면이 다 감기자, 동시에 책장 위에 얹힌 작은 텔레비전들도 화면을 되감기 시작했다. 벌써 여러 번, 무녀님과 선생님 일행은 화면 속에서 현관을 향해 뒷걸음질치고 있었다. 화면 구석으로 사라지고, 현관에 완전히 사람이 사라진 뒤에야 화면 속 시간은 다시 정상적으로 흐르기 시작한다. 아무도 없는 현관, 들어오는 무녀님 일행.

멍하니 바라보는데, 무녀님이 갑자기 소리쳤다.

"기다려, 방금 그거 뭐야?"

무녀님은 매니큐어를 칠한 손끝으로 현관이 비춰지는 텔레비전을 가리켰다.

"다시 뒤로 돌려봐. 방금 거기까지."

나르는 미심쩍다는 듯 무녀님을 한 번 쳐다보고, 시키는 대로 비디오를 다시 되감았다.

그것은 영능력자 일행 여러분이 구교사로 들어오기 바로 직전의 영상이었다. 현관에 놓아 둔 카메라는 현관과 계단을 기계적으로 비춰 내고 있다. 그저 그뿐이다.

"거기, 거기."

무녀님이 말했다.

"계단 정면에 벽."

나르는 자세히 보려는 듯 눈썹을 찡그리며 비디오를 한 번 더 되감았다. 다시 계단의 모습이 비춰졌다. 현관 구석에 설치한 카메라는 어두컴컴한 현관과 그 너머 계단을 찍고 있었다. 화면 위쪽 중간 부분에 벽이 보인다. 일층과 이층의 중간 정도에 해당하는 부분이다. 그곳에서 갑자기 하얀 것이 스윽 움직였다.

어?

현관 안쪽의 계단을 반 정도 오르면 잠시 계단이 끊기고 평평해진다. 그곳에서 백팔십 도 돌아서 나머지 계단을 올라야 이층이 나온다. 그 부분의 난간이 약간 비춰지고 있었다. 그 난간 너머에 갑자기 하얀 것이 나타나더니 바로 사라졌다. 계단 중반의 평평한 곳은 벽으로 막혀 있어 어두컴컴했다. 그 어둠 속에 나타난, 사람 머리만한 하얀 덩어리…….

"이거 뭐야!"

무심코 소리를 질러 버렸다. 지금 그건 도대체 뭐야. 텔레비전을 둘러싸고 있던 사람들이 일제히 숨을 들이켰다.

나르는 다시 녹화 화면을 되감았다. 하얀 얼굴이 난간 그림자 뒤에 숨어 현관 쪽을 쳐다보고 있었다. 흐릿한 윤곽이 약간 일그러져 있고, 물렁물렁해 보였다. 눈구멍이 두 개 뚫려 있는 그 하얀 얼굴에는 표정이 없다. 얼굴은 갑자기 가늘게 사라지다 난간 그림자 뒤로 숨어 버렸다. 그와 동시에 무녀님 일행이 현관으로 들어왔다. 현관을 살펴보다 영능력자가 들어오자 급히 몸을 숨긴 것 같았다.

"나…… 나 지금 닭살 돋았어."

내가 말하자 스님도 충격 받았다는 듯 중얼거렸다.

"으음…… 이거 대단한 것 같은데."

"거봐! 내가 있다고 그랬잖아!"

기뻐하는 무녀님과는 정반대로, 마사코의 얼굴은 잔뜩 굳어 있었다. 나르는 말없이 문제의 장면을 몇 번이고 되감아 느리게 재생하고 있었다.

"이게 증거야. 봤지?"

무녀님은 한 바퀴 휙 돌며 사람들을 쳐다보더니, 갑자기 무언가 생각난 듯 짝 하고 손뼉을 쳤다.

"맞아! 녹화! 어제도 녹화했지? 나 어제 갇혔을 때!"

맞다. 그걸 보면 정말 분명해지겠네.

기대하며 나르를 쳐다봤지만 나르는 고개를 저었다.

"녹화가 안 됐어."

"녹화가 안 되다니 그게 무슨 소리야?"

"마츠자키 씨가 그 교실에 들어간 직후부터의 영상이 끊겨 있습니다. 카메라가 잠시 멈췄는지……."

그러고 보니, 무녀님의 비명 소리에 놀라 실험실을 뛰쳐 나갈 때, 텔레비전 화면 하나가 꺼져 있었던 것 같아.

"도대체 어떻게 된 거야?"

"글쎄. 심령 현상이 일어나면 보통 기계가 오작동을 일으키곤 해. 그것 때문일 수도 있고. 아니면 단순히 기계 문제일 수도 있고."

"하지만 내가 그 교실에 들어가던 순간은 찍혔을 거 아냐? 그럼 내가 무의식중에 문을 닫았는지 어쨌는지는 확인할 수 있지? 빨리 돌려서 저기 저 계집애한테 보여 주라고."

무녀님은 마사코를 힐끗 쳐다봤다. 나르는 귀찮다는 듯이 한숨을 푹 내쉬고 컴퓨터를 조작했다. 제일 큰 텔레비전의 영상이 바뀌었다. 일층 복도가 비추어지고 있었다. 비디오를 미리 감아 놓았던 건지 아니면 벌써 편집을 마친 건지, 무녀님이 카메라를 향해 걸어오는 모습이 바로 흘러나왔다.

　무녀님은 교실 쪽을 쳐다보며 복도를 걸어왔다. 서쪽 끝 교실에 다다른 순간, 갑자기 뭔가를 발견한 듯이 발걸음을 멈췄다. 안타깝게도 문제의 '어이' 하는 소리는 들리지 않는다. 하지만 그 시점에서 교실 문이 열려 있는 모습만은 확인할 수 있었다.

　수상쩍은 표정으로 교실 안을 들여다본 무녀님은 주위를 둘러보더니 교실로 들어가려 했다. 한 손으로 바깥벽을 짚고 몸을 들이밀더니, 곧이어 손도 교실 속으로 스르르 사라졌다. 문은 여전히 열려 있었다.

"거봐!"

　무녀님이 득의양양하게 소리쳤다. 마사코는 불쾌하다는 듯 눈살을 찌푸렸다.

　카메라는 아무도 없는 복도를 비추고 있었다. 교실 문은 여전히 열려 있었다. 그런데 갑자기 화면이 숨을 훅 들이쉬는 것처럼 일그러졌다.

"뭐……?"

　어떻게 표현해야 할지 알 수 없었다. 카메라가 흔들렸다거나 그런 것도 아니었다. 갑자기 화면 전체의 톤이 싹 바뀌었다. 화면이 흔들린 것도 아니다. 초점을 잘못 맞춰서 황급히 다시 초점을 잡은 듯한 느낌과 제일 비슷했다. 그렇다고 화면이 희미해졌던 것도 아니다. 후욱 하고 한순간 화면의 인상이 바뀌었다. 스윽 하고 돌아오는 그런 모양새. 다시 정상으로 돌아온 순간 화면이 느닷없이 뚝 끊겼다. 그리고 수신 상태가 불량한 텔레비전처럼 지지직거리며 노이즈가 생겼다. 곧이어 갑자기 모래바람이 불어 닥친 것처럼 화면 전체가 노이즈로 뒤덮이고 말았다.

"영상은 여기서 끊겨 있습니다."

나르는 담담히 말했다.

"교실 문, 정말 안 닫았구나. 그건 알겠는데 마지막 노이즈는?"

"멈추기 직전에 자동 기능이 활성화된 것 같아. 이건 심령 현상과는 관계없어 보여. 기계 문제겠지."

"그럼 카메라가 고장났던 거야?"

"그렇다고 하기는 힘든데······."

"반대쪽 카메라는 어때?"

스님이 끼어들었다.

"복도 양쪽에 카메라를 설치했던 걸로 기억하는데."

"그 카메라는 거리 상 현관까지밖에 못 찍습니다."

"그러거나 말거나."

무녀님은 낭랑한 목소리로 선언했다.

"나는 그 문을 닫은 적이 없다. 중요한 건 그거야."

"아직 그렇게 단정지을 수는 없습니다."

마사코가 강하게 주장했다.

"제일 중요한 것은 문이 닫히는 부분인데, 그 부분이 찍히지 않앉으니까요. 그 뒤에 마츠자키 씨가 직접 닫으셨을 수도 있지요."

"타이밍을 좀 생각해. 교실에 들어가면서 무의식중에 닫았으면 방금 그 화면에 찍혀 있었을 거라고."

"무의식중에 닫은 게 아닐 수도 있겠지요. 마츠자키 씨가 무언가 사정이 있어 직접 닫았는데 열리지 않게 되어 당황했다고 생각할 수도 있고요."

"너 정말!"

아무리 그래도 그건 좀 말이 안 되지 않나.

'혹은,' 하며 마사코는 미소 지었다.

"다른 분이 닫으셨을 수도 있겠지요? 타키가와 씨가 마츠자키 씨를 놀려 주기 위해서 그러셨다거나……."

"이젠 나야?"

스님이 질렸다는 듯이 목소리를 높였다.

"그저 가능성에 대한 말씀을 드리고 있을 뿐이랍니다. 중요한 것은 이 시점에서는 아직 아무것도 확신할 수 없다는 사실이지요."

그야 그렇기도 하지만.

무녀님은 크게 한숨을 쉬었다.

"죽이 되든 밥이 되든 자기 주장을 관철하고 싶은 소녀가 있는 것 같은데, 그냥 내버려 두자고."

마사코에게 등을 돌린 무녀님은 우리들을 돌아보았다.

"뭔가 있었어. 너희들도 봤지? 방금 본 하얀 덩어리. 그거랑 나를 교실에 가둔 놈 사이에 무슨 관계가 있을 거라고."

그 덩어리를 떠올리자 다시 등골이 오싹해졌다. 계단 중간에서 쏙 얼굴만 내밀고는 황급히 사라져 버린 하얀 그림자……. 오늘 밤 잠은 다 잤네.

'어때.' 라는 듯이 무녀님은 나르를 쳐다보았다. 나르는 담담히 수긍했다.

"참고할 만한 증거입니다."

"거봐! 내가 그랬지!"

"구교사에는 아무것도 없다는 가설에 대해서 입니다."

나르가 냉정하게 답하자 무녀님은 입을 다물지 못했다.

"뭐라고?"

나르는 비디오를 되감았다. 화면은 다시 계단 중간을 비추고 있었다. 나르가 사람들을 돌아보며 말했다.

"이건 유령이 아닙니다."

스님이 몸을 앞으로 내밀며 물었다.

"이게 유령이 아니라고? 딱히 저 경솔한 무녀 편을 들자는 건 아닌데, 왜 그렇게 생각하는지 물어봐도 되겠어?"

'여깁니다.' 하며 나르는 다른 텔레비전의 화면을 손끝으로 가리켰다. 이층 복도를 찍은 영상이 일시 정지되어 있었다. 아마 이층 서쪽 끄트머리의 카메라가 찍은 영상일 것이다. 서쪽 끝 교실 앞에서부터, 일층과 이층을 잇는 계단이 딱 끝나는 부분에 있는 강당 주변까지 나오고 있었다. 화면 맨 구석 나르가 가리키는 부분에 찬장이 보였다. 찬장 표면이 하얗게 빛나고 있었다.

"찬장 유리창에 빛이 비치고 있습니다."

나르는 키보드를 두드렸다. 화면이 한 컷씩 천천히 흘러가기 시작했다.

"이 빛은 움직이고 있습니다. 저 유리창이 움직이고 있기 때문입니다. 복도 쪽을 보시죠."

나르가 가리킨 강당 바닥에, 하얀 그림자처럼 빛이 맺혀 있다.

"유리창이 열렸다 닫히면서 빛은 저 바닥에서 계단 쪽으로 이동합니다. 그리고 계단 중간 부분까지 내려가고 있습니다."

"어, 진짜네."

반사된 빛은 강당 바닥에서 서서히 이동하며 계단 중간으로 움직였다.

"반사된 것이라기보다도 굴절된 빛일 가능성이 높습니다만. 어찌 되었든 유리창이 비춰 내는 빛입니다. 그 빛이 계단 중간에 나타났다 사라지자, 스님들이 현관 쪽으로 들어오고 있습니다. 즉 현관문이 열렸다 닫힌 시점입니다."

"으음?"

"이층으로 올라가는 계단에 찬장이 있었던 거 기억나? 경첩이 헐거워진 유리문이 달려 있던."

아, 기억난다.

"맞아. 문이 헐거워서, 몇 번을 닫았는데도 멋대로 열려 있더라고."

"저절로 열리는 건 찬장이 기울어져서 그런 거겠지. 찬장이 앞쪽으로 기울어져 있으니까. 게다가 경첩도 헐거워서, 공기의 흐름이 약간만 바뀌어도 창이 흔들거리는 거야. 마이 네가 틈새 바람을 느낀 것도 여기였지?"

"응, 맞아."

"즉 공기가 잘 통하는 틈이 여기 근처에 있다는 거야. 현관 문이 열리면 그 틈으로 바람도 함께 불어 들어와서 이 유리창이 움직여. 그리고 현관 문이 닫히는 순간 바람도 멎고, 유리창은 다시 원래 자리로 돌아가지."

"그렇구나."

그렇군. 명쾌하다. 이런 식의 설명을 한 번 듣고 보니 문제의 영상은 아무리 봐도 벽에 빛이 비추었다 말았다 하는 식으로밖에 보이지 않았다. 방금 무녀님이 난리쳤을 때는 사람 그림자 같았는데⋯⋯. 인간이란 신기해.

"그런⋯⋯ 말도 안 돼⋯⋯."

무녀님은 실험 책상에 풀썩 엎드렸다.

이 무녀님 뭔가 이제 좀 불쌍해지네.

스님이 진절머리가 난다는 듯 한숨을 내쉬었다.

"그럼 여긴 아무것도 없는 건가? 마사코 말대로."

'없어요.' 하고 말한 마사코는 왠지 미안하다는 듯한 표정으로 무녀님을 바라보았다. 그래, 그 기분 나도 이해해.

"그렇지만 영이 없다면, 이상한 사건들도 일어날 이유가 없는 거 아닌가. 심지어 교장이 우리를 모아놨잖아. 우리 같은 사람을 제일 혐오하는 꼰대 족속들이, 있는 놈 없는 놈 싹싹 긁어모아서 영능력자를 이렇게 많이 불러 모았어. 그만큼의 이유가 있는 게 당연한 거 아니야?"

그렇게 말하더니, 스님은 '물론.' 하고 몇 마디 덧붙였다.

"세상에는 이상하리만큼 자신감이 넘치는 사람이 있는가 하면, 말도 안 되게 겁이 많은 놈들도 있는 법이니까 단언할 수는 없는 노릇이지만."

마사코는 고개를 갸웃거렸다.

"제가 느끼기에는 교장 선생님께서 구교사를 두려워하시는 것 같지는 않았습니다. 몹시 곤란하니 꼭 와 주었으면 한다고 끈질기게 부탁하기는 하셨지만 말이지요."

'그렇긴 해.' 하고 무녀님도 체념하듯 끄덕거렸다.

"두려워한다기보다도 영혼이니 뭐니 그런 얘기를 믿는 것 같지는 않았지."

"안 믿는 사람이 뭐하러 영능력자를 불러요?"

내가 반박하자 무녀님은 어깨를 움츠렸다.

"이런저런 사정이 있는 거 아냐? 나도 한 다리 건너서 이 일 소개 받은 거야. 이 학교 이사장인가 그랬을걸? 어떻게 좀 해 달라고 상담을 하길래, 그럼 내가 맡겠다고 했더니 교장이 정식으로 의뢰를 해 온 거야. 이사장이 부탁하는데 거절할 수도 없잖니?"

아, 하고 존이 말을 이었다.

"저도 그렇게 왔어예. 이사장님한테 연락을 받고 나서, 교장 선생님이 정식으로 의뢰하셨심더."

흐음. 그렇다면 영능력자를 부르고 싶었던 건 교장 선생님이 아니라 그 위의 이사진들이었던 걸까?

"그러고 보면 그렇네."

스님이 중얼거렸다.

"교장은 마치 자기 일이 아닌 것처럼 굴었지. 안 좋은 소문이 돈다고는 했지만, 그 소문의 내용을 자세히 설명하지도 않았고."

"그 대신 다른 얘기를 자세히 설명했잖아?"

무녀는 얼굴을 찌푸리며 말했다.

"건물이 언제쯤 완성됐으면 좋겠다든지, 그러기 위해서는 최소한 이때쯤에는 공사를 시작해야 한다든지."

"아, 나도 그 얘기 들었는데. 그럼, 공사를 시작하기 위해서 예의상 '제령했다' 는 척만 하고 싶었던 건가?"

"그런 '척' 이 하고 싶었던 거면, 그냥 칸누시나(신사의 신관 중 가장 높은 사람 - 옮긴이 주)나 스님을 불러다가 고사 비슷하게 지내 버리면 되잖아. 차라리 그쪽이 훨씬 겉보기에 설득력 있고, 비용도 저렴하고. 그래서 나도 처음엔 그렇게 하라고 추천했는데, 그건 옛날에 다 해 봤고 아무 효과도 없었다고 그러더라고."

추, 추천까지 한 거야? 의외로 양심적인 사람이네.

"즉." 스님은 팔짱을 끼며 말했다.

"통상적인 고사는 이미 지내 봤지만, 아무 효과도 없었다. 그렇기 때문에 그걸 근거로 공사를 반대하는 반대파가 있다. 뭐 그런 거겠구먼. 반대파를 설득하기 위해서 제령했다는 '척'이 하고 싶은 거고. 정확히는 '이제 공사를 해도 괜찮다.'는 '전문가'의 확인이 필요한 거겠지."

스님은 그렇게 말하고는 비아냥거리듯이 나르를 쳐다보았다.

"그래서 도심에 사무소를 두고 있는 전문가를 고용했지. 그 비싼 데에 사무실을 두었다니, 엄청 설득력 있어 보이잖아? 그런데 막상 만나 보니 너무 어려서 믿음직스럽지가 못했고."

나르는 씨익 웃는 스님을 완벽하게 무시했다.

"이 어린애로는 반대파를 설득할 수 없겠다 싶어서 그냥 연락 닿는대로 영능력자를 끌어 모았다 이거네. 나름 유명한 마사코까지 포함해서 말이야. 질보다 양, 뭐 그런 건가?"

'양' 취급 받아서 화를 내려나 싶었는데, 마사코는 오히려 고개를 끄덕거렸다.

"그런 것이겠지요."

"그럼 뭐야, 정말 아무것도 없는 건가?"

"사람 그림자를 봤다는 소문도 있어요."

나는 이야기에 끼어들었다.

"구교사에서 한밤중에 사람이 손짓을 한다는 그런⋯⋯."

마사코가 가볍게 한숨을 쉬었다.

"그것은 정말로 단순하기 그지없는 괴담 아닌가요? 어느 학교에서든 흔히 들을 수 있는 이야기이고요."

그거야 뭐 나도 그런 생각을 안 해 본 건 아닌데.

"어디에서 많이 들어 본 듯한 괴담에, 출처가 불분명한 소문……. 이 구교사에 전해 내려오는 이야기는 다 그런 식이로군요. 일단 저주를 두려워해야 할 만큼 이상한 일이 있었던 곳 같지도 않아요."

"물론 그럴지도 모르지만 그럼 도대체 왜 이 구교사만 아직까지 철거되지 않고 남아 있는 거야?"

"반대로 생각하세요."

마사코는 시원시원하게 받아넘겼다.

"어떤 사정으로 인하여 낡은 건물이 오래도록 철거되지 않고 남게 되었다. 그러자 소문이 우후죽순 생겨났다. 그렇게 된 것 아니겠어요?"

"어, 듣고 보니 그렇네."

그렇군. 납득하면서도 왠지 석연치 않았다. 왠지 영능력자 같지 않아. 나르 군이야 당연하지만, 무녀님이나 다른 사람들도 마찬가지야. '그럼 어떤 게 영능력자 같은 건데?'라고 물어봐도 대답할 도리는 없지만(일단 영능력자를 만난 게 이번이 태어나서 처음이고). 왠지 텔레비전에서 보던 영능력자와는 뭔가 근본적으로 다르다는 느낌이 든다. 그러고 보니, 일반적인 영능력자의 이미지와 가장 흡사한 건 쿠로다 여사네.

"뭔가 마음에 걸린단 말이지."

스님이 지겹다는 듯이 머리를 긁적였다.
"아무리 생각해도 마사코의 '없다' 가설이 신빙성이 높은데……."
"믿지는 못하겠다는 말씀이시지요?"
마사코가 말하자 스님이 한숨을 푹 쉬었다.
"대충 넘어갈 수는 없는 노릇이지. 아무것도 안 하고 돌아갔다가, 공사했는데 희생자가 나오면 어쩔 거야. 물론 네가 확신하고 있다는 건 알지. 하지만 내 입장에선 너의 확신 말고는 아무런 근거가 없는 상태니까. 그냥 집에 가도, 결과를 받아들일 수 있을 만큼의 각오가 필요한 거야."
'그렇구만요.' 하고 존이 부드럽게 끄덕거렸다.
"이게 단순한 폐가면 상관이 없겠심더. 하지만 공사를 몬하게 방해한다고 하잖습니꺼. 우리가 그냥 돌아가면 교장 선생님은 분명히 공사를 시작할 거 아닙니꺼. 하지만 실제로 현장서 일하는 건 사정을 잘 모르는 사람들일겁니더. 공사를 해도 좋다는 확신이 들지 않는 이상 이대로 끝낼 순 없는 노릇이지예."
그렇게 말하는 존의 얼굴이 몹시 프로다워 보였다. 그렇네. 그렇구나. 직업으로서 간판을 내걸고 있는 이상 다들 책임 의식을 가지게 되는 거구나. 물론 당연한 소리지만.
그런 생각을 하던 차에, 무녀님이 갑자기 자리에서 일어났다.
"그럼, 나 내일 다시 제령해 볼래."
"어이, 이봐……."

스님은 질린 듯한 표정을 하고 있었다.

"내가 한 번 더 부닥쳐 보겠다고. 어쨌든 유리가 깨졌잖아? 우연일지도 모르지만 그렇지 않을 가능성도 있어. 다시 한 번 해 보고 반응이 있는지 없는지 확인하면 되잖아."

아, 그럴싸하네.

"확인하기 위해서는 같은 수단으로 제령하는 게 좋지 않겠어? 만일 다시 무슨 일이 생긴다면 반발 반응일 가능성이 높은 거고, 아무 일도 없다면 우연이라고 간주하면 돼. 그렇지?"

모든 사람들이 수긍하는 분위기였다. 나르가 고개를 끄덕이며 말했다.

"시도해 볼 가치는 있습니다."

4

무녀님의 제안 덕분에, 학교에서 하룻밤을 보내려던 나르의 계획은 무산되었다. 집에서 푹 잠을 잘 수 있었다. 아 행복해. 잠을 잘 자서 그런지 기력과 체력도 완전히 회복되었다. 게다가 오늘은 토요일이라 오전 수업밖에 없고. 기분 좋게 자리에 앉아 수업이 시작하기를 기다리다, 문득 쿠로다 여사가 자리에 없다는 것을 깨달았다. 교실 앞쪽에 주인 없는 책상과 의자가 유독 눈에 띈다.

어디 아픈가? 어제 영능력자 집단한테 괴롭힘 당한 탓이 아닌가? 아픈 게 아니면 좋으련만.

뭐 그런 생각을 하며 멍하니 수업을 듣고 있는데, 일교시가 시작되고 반쯤 지났을 무렵 여사가 모습을 드러냈다. '늦어서 죄송합니다.' 라고 한마디 하더니 자리에 앉았다. 어디서 구르기라도 했는지 옷에 먼지가 묻어 있고, 머리도 약간 산발을 했다. 선생님도 그걸 깨달았는지 무슨 일이냐고 여사에게 물었지만, 여사는 아무 대답도 하지 않고 고개를 옆으로 저었다.

'아무것도 아니다.' 라는 뜻인 것 같았지만 아무것도 아닌 것 같지가 않았다. 그래서 수업이 끝나자마자 여사에게 다가갔다.

"저기, 왜 그래? 괜찮아?"

여사는 놀란 표정으로 나를 돌아보았다.

"괜찮아. 왜 그러는데?"

"……아니, 뭔가 되게 지쳐 보여서."

대답은 그렇게 했지만, 피곤한 기색은 없어 보였다. 다만 평소에는 태도와 몸가짐에 전혀 빈틈이 없는데, 오늘은 왠지 빈틈 투성이야.

"먼지…… 묻었어."

아, 하더니 여사는 손수건을 꺼내 교복을 털었다.

"아침에 구교사에 들렀다 왔어. 그래서 그럴 거야."

"구교사에? 왜?"

"좀 살펴보려고 했을 뿐이야. 그 사람들이 제대로 제령했는지 어쨌는지 궁금해서. 하지만 그대로더라."

"응. 뭐, 그 이후로 아무것도 안 했으니까. 무녀님이 오늘 한 번 더 제령한다고 했는데."

'그러니?' 여사는 조용히 중얼거렸다.

"괜히 자극하는 게 아닌가 모르겠어. 타니야마, 넌 거기 가까이 가지 않는 게 좋을 거야."

나도 가까이 가기 싫어요. 하지만 손해배상 청구가 두렵거든요.

"……위험한 느낌, 들어?"

"전보다 훨씬 더. 방금 전에는 습격당했어."

여사는 아무렇지도 않게 말했다.

"뭐…… 뭐?!"

"구교사 이층 복도를 걷고 있었는데, 갑자기 쌓여 있는 물건들을 무너뜨리더라. 도망치려는 순간 엄청난 힘으로 나를 끌어당기고는 목을 졸라서……."

그렇게 말하며 여사는 자기 목을 가리켜 보였다. 붉은 자국이 남아 있었다. 무슨 말을 해야 할지 몰라 멍해진 내게 여사가 미소 지었다. 불길한 느낌을 주는 웃음이었다.

"그리고 목소리가 들렸어. '너는 영감이 강해서 방해가 된다.'라고."

수업이 끝나고 나는 여사를 잡아끌어 구교사로 데리고 갔다.

나르에게 보고할 필요가 있었다.

"어차피 안 믿을 거야."

쿠로다는 심드렁하게 말했지만, 가지 않겠다는 말은 하지 않았다. 여사의 등을 떠밀며 구교사에 도착해 보니 나르는 차 짐칸에서 뭔가를 하고 있었다. 내가 부르자 고개를 들더니, 쿠로다 여사를 바라보고 언짢은 표정을 지었다.

'중요한 얘기니까 잘 들어라.' 하며 상사의 주의를 환기시킨 뒤, 나는 마뜩찮아 하는 쿠로다 여사에게 방금 전 했던 이야기를 다시 하도록 했다.

여사의 말을 들은 나르는 잠시 생각에 잠겼다.

"그게 언제쯤 일이지?"

"수업 시작 전이에요. 교실에 돌아간 게……."

"일교시 도중에 들어왔어."

내가 단언하자 나르는 고개를 끄덕이며 차 문을 닫고 실험실로 향했다. 실험실 안에서는 여전히 기계들이 열심히 일하고 있었다. 하나만 제외하고. 텔레비전 화면 중 하나가 꺼져 있다. 정확히는 아무것도 비춰지지 않는 것 같았다. 자세히 살펴보니, 이층 복도 서쪽에 설치한 카메라가 농땡이를 피우는 모양이었다.

"저거, 화면 안 나오는데?"

내가 화면을 가리키자 나르가 눈썹을 일그러뜨리며 여사에게 물었다.

"물건들이 무너져 내렸다는 게 어디지?"

"이층 복도요. 복도 끝에 상자가 무더기로 쌓여 있는……."

이층 서쪽 끝이다.

나르는 새하얀 손가락을 키보드 위에 올려놓았다. 그러자 컴퓨터 옆 제일 큰 텔레비전에서 영상이 재생되었다.

화면 끄트머리의 시각표가 수업 시작 십 분 전을 가리키고 있었다. 카메라는 아무도 없는 복도를 비추고 있었다. 일층과 마찬가지로 교실들을 볼 수 있도록 각도를 설정했기 때문에, 계단을 오르면 바로 나오는 강당까지가 화면에 비추어지고 있었다. 그 강당에 여사의 모습이 나타났다. 쿠로다는 좌우를 둘러보더니, 약간 긴장한 몸짓으로 이쪽(카메라 쪽)을 향해 걸어왔다. 무언가를 찾듯이 교실들을 하나씩 들여다보더니, 서쪽 끝 교실 바로 전에 있는 교실 앞에 멈추어 섰다. 그 순간, 갑자기 화면에 하얀 선이 가기 시작했다. 화면이 지지직거리더니 갑자기 아무도 없는 복도 영상으로 바뀌었다. 지지직, 아무도 없는 복도, 지지직, 아무도 없는 복도. 여러 번 반복되더니, 급작스럽게 화면이 바뀌고 쌓여 있던 상자들이 여사 위로 무너져 내렸다.

나는 깜짝 놀라 나도 모르게 자리에서 벌떡 일어섰다.

사람 키 높이만큼 쌓여 있는 상자가 쿠로다의 머리 위로 무너진 것이다. 여사는 상자를 피하려는 듯, 또는 무너져 내리는 상자에 떠밀리듯이 그 자리에 주저앉았다. 한순간이었다. 영상은 다시 지지직거리다 아무도 없는 복도를 비추고는 뚝 끊겨 버렸다. 더 이상 아무것도 나오지 않았다.

"뭐야, 이거 고장난 거 아니야?"

"고장은 아니야. 어쨌든 굉장히 의미 있네."

"의미 있어?"

나르는 고개를 끄덕거렸지만, 더 이상 아무 말도 하지 않았다.

그러고 보니, 영이 나타나면 기계가 오작동을 일으킨다고 했지. 이게 그런 건가. 뭔가 엄청 무섭다.

나르는 여사를 돌아보았다.

"목소리가 들렸다고 그랬지? 어떤 소리였어?"

"희미하긴 했지만…… 여자아이였던 것 같아요."

여자아이……. 몸이 살짝 움츠러들었다.

'그렇군.' 하고 생각에 잠기는 나르에게 물었다.

"있잖아, 그런데 마사코는 영 같은 건 없다고 그랬잖아? 그것도 그렇게 단호하게. 하지만 지금 이렇게 영상이 끊기고 그런 건 왜 그런 거야?"

"글쎄…… 마사코의 재능을 신뢰할 수 있다고는 생각하는데."

정말로오? 마사코만 특별 취급하는 거 아니고오?

쿠로다 여사는 가볍게 웃었다.

"하라 마사코, 정말 영감이 있기는 한 걸까? 매스컴에서 이래저래 치켜세워 주는 것 같기는 하지만."

"영매가 여성일 경우에는 몸 상태에 따라 능력 기복이 심해지는 게 보통이야."

나르는 잠시 생각하더니, 의미심장한 눈으로 여사를 바라보았다.

"……아니면, 너와 잘 맞는 거던가. 구교사에 영이 있다고 가정한다면, 그 영은 너와 파장이 잘 맞는 것 같군."

쿠로다는 의외라는 듯이 눈을 동그랗게 치켜뜨고는, 갑자기 배시시 웃기 시작했다.

"그럴지도 모르죠."

5

쿠로다는 웃었지만 영능력자들은 웃을 수 없었다. 내가 설명하는 동안에는 다들 믿지 못하겠다는 듯 내 말을 듣는 둥 마는 둥 했지만, 비디오를 보자 다들 할 말을 잃었다.

"마사코, 어때?"

맨 처음 입을 연 것은 스님이었다.

"기계 고장입니다."

마사코는 무뚝뚝하게 대답했다. 하지만 그 목소리에는 힘이 없었다. 쿠로다 여사는 험악한 눈으로 마사코를 노려보았다.

"고장? 이제 좀 인정하는 게 어때? 여기에는 분명히 악령이 있다고."

마사코는 아무 말 없이 조용히 일어서서 실험실 밖으로 향했다. 쿠로다 여사의 목소리가 그 뒤를 좇았다.

"도망치는 거야?"

"도망이라니요? 왜 그렇게 생각하지요?"

인형 같은 얼굴이 뒤를 돌아본다.

"다시 한 번 안을 살피고 오겠어요."

쿠로다 여사는 피식거렸다.

"아무래도 자신이 없나 봐? 그래, 그럼 이번에야말로 제대로 영감을 발휘해 보도록 해. 그럴 수 있다면 말이지."

마사코는 쿠로다 여사를 힐끗 쳐다보고는 말없이 등을 돌렸다. 그리고 실험실을 나서며 나지막히 말했다.

"……구교사에, 영은 없습니다."

"많이 충격받은 것 같십더……."

존이 마사코가 사라진 방향을 걱정스럽게 바라보며 중얼거렸다.

"당연하지."

그 중얼거림에 답한 것은 나르였다.

"일반인들이 볼 수 없는 것을 볼 수 있으니 영능력자 대접을 받는 건데. 그게 안 되면 더 이상 영능력자라고 할 수 없으니."

흐음? 나르 너 진짜 마사코 편만 심하게 드는 거 아니야?

"예쁜 여자한테는 약한가 보죠?"

나는 순간 내가 입을 잘못 놀렸나 해서 식겁했다. 내가 마음속에서만 내뱉은 말을 실제로 나르에게 던진 것은 쿠로다 여사였다. 나르는 차가운 시선을 던졌다.

"그건 무슨 뜻이지?"

"마사코 편만 엄청 들고 있잖아요."

"마사코는 실제로 많은 일들을 해결했고, 재능도 있어. 그 재능을 높이 평가하기 때문에 그에 걸맞는 경의를 표하고 있을 뿐이다."

흐으음? 그으래?

"그으래?"

어머나, 나랑 여사랑 생각하는 게 똑같네.

그 뒤를 이어 무녀님이 가시 돋친 말투로 비아냥거렸다.

"그럼 우리들한테도 좀 걸맞는 경의를 표해 주시지 그러셔?"

"마츠자키 씨의 어디에 경의를 표할 만한 구석이 있는지 좀 알려 주시지요?"

나르 너, 역시 태도가 다르잖아.

스님이 껄껄거렸다.

"그야 그런 꼴을 만천하에 보여 놨으니 어쩔 수 없는 노릇이지. 갇혀서 꺄악꺄악 비명을 질러 대질 않나, 제령도 실패하질 않나."

"내가 언제 꺄악꺄악 비명을 질렀는데?"

"지난번에 교실에 갇혔을 때 질렀잖아?"

"안 질렀거든!"

"허어. 그럼 우는 소리였나? 아니면 왈왈 짖는 소리였나?"

"너 진짜……."

또 시작이다. 아, 지겨워.

스님과 무녀님 쪽으로는 귀를 닫아 버리고, 나는 목소리를 살짝 낮췄다.

"있잖아요, 존. 좀 상관없는 질문이긴 한데……. 마사코가 그렇게 유능한 영매예요?"

존은 끄덕이더니, 나처럼 목소리를 낮춰서 답했다.

"그렇다고 생각합니다. 하라 씨는 꽤 유명하고……."

"텔레비전에 자주 나오니까?"

"그것도 그렇습다만, 전 텔레비전 쪽은 잘 모릅니다. 다만 하라 씨는 영매 중에서도 초일류급 영매라는 얘기를 들은 적이 있심더. 일본 연구자들 사이에서도 신뢰할 수 있는 영매라고 하고, 해외에서도 높은 평가를 받는 걸로 알고 있어예."

"연구자? 연구라니 영매를 연구하는 거예요?"

그런 한가한 연구를 하는 어른들이 있단 말이야?

"영매만 연구하는 건 아임니더. 초능력이나 영, 즉 흔히 말하는 초심리학이나 심령학 같은 걸 연구하는 거지예. 일본에는 이런 연구소가 많지 않지만, 민간 연구소는 꽤 있다고 들었심더. 대학 교수 중에도 전문적으로 연구하시는 분들이 있고예. 해외에는 굉장히 큰 심령 연구소도 많고, 초심리학 연구 단체나 심령학 관련 대학 강의도 있심더."

오호라. 그렇구나.

"하라 씨는 그런 해외 연구소에 초빙된 적도 있었을 검니더. 저도 옛날에 미국 연구자가 공수에 대해서 연구한 보고서를 본 적이 있고예."

"우와, 그건 마사코를 연구한 거예요? 뭔가 멋지다."

'네.' 하고 존은 웃었다.

"마사코가 그렇게 훌륭한 영매라면⋯⋯ 그럼 정말 구교사에 영은 없는 건가요?"

"그렇심더. 적어도 하라 씨가 그렇게까지 말씀하시는 한, 그럴 가능성이 높다고 생각합니더. 다만예⋯⋯."

"다만?"

존은 고개를 갸웃거렸다. 새파란 눈동자가 근심으로 약간 흐릿해졌다.

"전 왠지 이 구교사가 좀 꺼림칙합니더."

"그건⋯⋯ 안 좋은 예감이 든다거나 그런 거 비슷한 거예요?"

유령이 나오는 건물 중에는 위험한 것도 있다고 나르가 그랬지.

"예감이라칼만큼 거창한 건 아임니더. 그냥 좀 힘들다는 거지예. 두통까지는 아니지만, 여기에 있으면 머리가 심하게 무거워집니더. 약간 현기증도 남니더."

"아⋯⋯ 나 그거 알 것 같아요."

"타니야마 씨도 그렇심꺼?"

나는 고개를 끄덕였다.

"마이라고 부르세요. 음, 그렇게 막 심하지는 않지만, 그냥 기분이 안 좋아지는 것 같은 느낌이 들어요. 존이 방금 말한 것처럼 머리가 무거워진다고 해야 하나…….”

"마츠자키 씨도 갇혔을 때 그런 기분이 들었다고 말씀하셨심더."

그러고 보니, '싫다, 어지럽다.' 라고 그랬던 것 같은데.

"하라 씨를 못 믿는 게 아니고예. 하지만 아무것도 없는데 왜 이런 기분이 드는지를 알 수가 없심더."

존은 불안한 모습으로 주위에 시선을 던졌다.

"저도 도대체 왜 이러는지 모르겠슴다만, 여기 있기가 힘듭니더. 빨리 나가고 싶다, 집에 가고 싶다…… 그런 생각만 듭니더."

왠지 공감이 가서 숨이 턱턱 막혀 왔다. 그때 다시 쿠웅 하고 공허한 소리가 울려 퍼졌다. 모두가 일제히 입을 다물었다. 침묵 속에서 무언가 삐걱거렸다. 뒤이어 나뭇가지를 뚝하고 부러뜨리는 듯한 소리가 천장에서 들려왔다. 뚝, 뚝 하는 소리가 연속적으로 나면서 어딘가로 이동했다. 마치 가벼운 무언가가 천장 위를 빠르게 뛰어가는 듯한 느낌이었다.

스님이 경계하듯이 의자에서 엉덩이를 살짝 떼며 말했다.

"……랩음인가?"

뭘 두드리는 것 같은 작은 소리, 부러지는 소리, 또는 나뭇결이 찢어지고 뒤틀리는 소리. 그런 소리가 간헐적으로 여기저기서 울려 왔다.

갑자기 역겨운 냄새가 났다. 동시에 팍 하고 무언가가 터지는 소리가 나더니, 한순간의 공백에 뒤이어 격렬한 소리와 함께 서쪽 칠판에 금이 가기 시작했다.
"이게 뭐야!"
무녀님이 비명에 가까운 소리를 지른 그 순간이었다. 존이 크게 고함쳤다.
"하라 씨!"
깜짝 놀라 뒤돌아보자, 존이 책장 속 텔레비전에 거의 매달리다시피하고 있었다. 그리고 다급하게 뒤돌아 보며 존이 소리쳤다.
"하라 씨가 이층 교실서 떨어졌심더!"

1

 구급차가 운동장을 가로질러 달려 나갔다.
 운동장에는 저녁놀이 지고 있었다. 한바탕 소동이 빚어졌다. 무슨 일인가 싶어 달려온 학생들과 선생님들이 구교사를 에워싸고 있었다. 미심쩍다는 얼굴로 구급차의 뒷모습을 지켜보는 그들의 얼굴에 강한 석양이 내리쬐고 있었다.
 마사코는 이층 서쪽 끝 교실에서 떨어졌다. 일부 부서진 채로 방치되어 있던 그 교실이다. 철거된 서쪽 벽을 합판으로 대충 막아 놓았는데, 그 합판 가운데가 갑자기 쩍 하고 갈라진 것이다. 마사코는 갈라진 합판 틈으로 추락해서 삼 미터 높이의 지면에 내동댕이쳐졌다.
 그 밑에는 쇠파이프나 오래된 공사 자재, 도구 같은 것들이 그대로 널부러져 있었다. 마사코는 다행히, 그 사이에 약간이나마 남아 있던 부드러운 지면 위로 떨어졌다.
 만일 조금이라도 비껴 떨어졌다면…….
 우리는 일층 서쪽 가벽에 나 있는 임시 문을 지나 마사코에게 달려갔다. 우리가 도착했을 때 마사코는 고통스럽게 신음하고 있었지만, 의식도 있었고 말도 할 수 있었다. 무녀님이 일단 눈으로 살펴보더니, 심한 부상은 아니라고 했다. 나는 괴롭다는 듯이 신음 소리를 흘리는 마사코의 손을 꼭 쥐었다. 내 등 뒤로, 오래돼서 녹이 슨 쇠파이프가 난잡하게 이리저리 세워져 있는 게 느껴졌다.

"마사코…… 괜찮을까?"

학교를 돌아 나가는 구급차를 지켜보며 나는 중얼거렸다. 무녀님이 가볍게 내 어깨를 토닥거렸다.

"괜찮을 거야. 의식도 확실히 있었고 말도 잘하고. 팔다리도 다 움직일 수 있었으니까. 머리나 등을 세게 부딪힌 게 아닌 이상, 별 문제 없을 걸."

그래요. 그랬으면 좋겠어요. 나는 고개를 세차게 끄덕거렸다.

지금 가장 겁에 질려 있는 건 아무래도 교장 선생님인 것 같았다. 교장 선생님은 당황한 모습으로 뒤뚱뒤뚱 뛰어오고 있었다.

"이게 도대체 무슨 일입니까!"

교장 선생님의 이마에는 아직도 반창고가 붙어 있었다.

"제령을 해 달라고 부른 거 아닙니까. 지난번에도 조수인지 누군지가 다쳤다고 하더니 이젠 영능력자 장본인이……. 이러면 불길한 소문만 더 늘지 않습니까!"

나르는 교장 앞을 가로막았다.

"제 조수를 다치게 한 건 악령 같은 게 아닙니다. 칠칠치 못한 어떤 여학생이지요."

너, 지금 나보고 그러는 거야?

"이번 하라 씨 일도 단순한 사고입니다. 본인이 직접 자기 입으로 '자신이 부주의해서 다쳤다.'고 말했고요."

"아니, 그래도 말입니다."

교장은 불쌍한 표정으로 영능력자들을 둘러보았다.
"이만큼 프로를 모아놨는데, 소문이 사라지기는커녕 늘어나기까지 하면……. 여러분을 불러 모은 제 입장이……."
"그 부분은 잘 알고 있습니다."
"믿을 만한 사람들이라고 추천을 받고 여러분을 부른 겁니다."
"기대해 주신 만큼의 성과는 반드시 냅니다. 부디 쓸데없이 불안해하지는 말아 주십시오. 사고는 그저 사고일 뿐입니다. 서쪽을 가려놓은 합판이 비바람 때문에 약해진 겁니다. 이걸 너무 깊이 받아들이시고 불안해하시면, 도리어 소문을 부채질하게 될 거라고 생각합니다만."
"그야…… 그렇지만……."
"조사하러 돌아가겠습니다."
꿍얼꿍얼 불만을 토로하려 하는 교장의 입을 막더니, 나르는 구교사로 쌩하니 들어가 버렸다. 어느 모로 보나 냉정, 냉철 그 자체다. 하지만 마사코가 그렇게 된 건 정말 사고인 걸까? 그래, 물론 마사코가 자기 입으로 사고라고 말했지. 구급차에 실리던 마사코는 자기가 부주의해서 떨어졌다고 몇 번이고 말하고 있었다.
"마사코가 괜히 센 척하는 거 아닌가?"
모두들 실험실로 돌아온 뒤, 처음으로 입을 연 것은 무녀님이었다.
"영이 없다고 그렇게 주장해 놨으니, 그게 사고가 아니면 자기가 이상한 사람이 되어 버리잖아?"

그렇게 말하던 무녀님은 갑자기 뭘 찾기라도 하듯 주위를 두리번거렸다.

"어머? 영감 놀이하던 그 아가씨는 어디 가셨나?"

"집에 갔는데요."

내가 대답했다. 소란스러운 소리를 듣고 달려온 선생님들에 의해 강제로 돌아가게 된 것이었다. 여사와 마찬가지로 나도 집에 돌아갈 판이었지만, "그 학생은 저를 도와주고 있습니다." 라는 나르의 한 마디 덕분에 남을 수 있었다. 여사는 불만스러운 얼굴로 나를 쳐다보았다. 그 얼굴에는 남고 싶은 기색이 역력했다.

"어쨌든지 간에. 역시 여기엔 영이 있어."

"그래. 네가 제령에 실패한 영이 있지."

스님이 지적하자, 무녀님은 시무룩한 표정으로 입을 삐죽거렸다.

"알겠어. 인정할게. 내 제령은 실패했어. 조건이 워낙 안 좋았으니 어쩔 수 없었지만 말이야. 어쨌든 빨리 어떻게든 조치를 취하지 않으면 큰일이 날 거야."

나는 눈을 깜빡거리며 물었다.

"위험해요?"

무녀는 어깨를 움츠리며 말했다.

"제령에 실패한 영은 상처 입은 동물이나 마찬가지야. 몹시 흉폭해지지."

"뭐라고요? 그럼 마사코가 다친 건 무녀님 탓이잖아요!"

"뭐? 얘, 진정 좀 하고 내 말 좀……."

"지금 말한 게 결국 그 뜻이잖아요!"

"거기, 단세포 두 마리."

쌀쌀맞은 목소리가 날아왔다.

"성급하게 굴지 마."

"하지만……."

"그것도 영이 존재한다는 전제가 있어야 가능한 얘기잖아. 분명 제령에 실패할 경우 위험이 커지는 건 사실이야. 하지만 녹화 화면으로 보건대, 하라 씨의 추락은 사고라고밖에 설명할 수 없어. 하라 씨 자신이 주장했듯, 본인이 부주의한 탓에 실족한 거다."

나는 입을 다물었다. 그렇다. 마사코는 그 벽이 무를 대로 물러진 합판 한 장으로 되어 있을 거라고는 상상도 못한 것 같았다. 실제로 놀란 건 나도 마찬가지였다. 일층 서쪽 벽도 같은 합판으로 막혀 있지만, 그래도 이층보다는 좀 더 견고한 편이었다. 실제로 일층 가벽에는 문이 달려 있다. 문을 달 만큼 두께가 있다는 소리다. 하지만 이층 가벽은 정말로 나무틀에 합판을 붙여 놓았을 뿐이었다. 심지어 합판이 오랜 비바람으로 완전히 물러 터져 있었다. 그러리라고는 꿈에도 상상하지 못한 마사코가 그 가벽에 잠시 몸을 기댄 순간, 합판의 틈이 벌어지고 마사코는 그 사이로……. 영상에는 마사코가 떨어지는 과정이 처음부터 끝까지 정확히 찍혀 있었다.

······그렇지만.

신경 쓰이는 부분이 있었다. 마사코가 벽에 기대기 전에 갑자기 헛발을 디딘 것이다. 마치 현기증이라도 느끼는 듯, 혹은 누군가가 그녀를 갑자기 잡아끌기라도 하듯이. 다시 자세를 고쳐 잡은 마사코는 잠시 고개를 좌우로 흔들더니 벽에 몸을 기대고 떨어졌다. 떨어지기 직전 일련의 행동들이 무언가를 암시하는 것 같아서 무심코 넘어가기 힘들었다.

"······저기?"

무녀님이 심각한 표정으로 말을 꺼냈다.

"저 교실, 내가 갇힌 교실 바로 위에 있는 거지?"

네. 그렇습니다만.

"역시 원인은 일층 교실 아닐까? 위층에까지 영향을 미치고 있는 게······."

"반대일지도 모르잖아? 위에서 아래로 영향을 주는 걸 수도 있지."

"지령이라고 치면, 지면에 가까운 곳에 있다고 보는 게 정석이야."

"지령이라고 '치면' 그렇겠지."

야유하듯이 받아치는 스님에게, 무녀님은 약간 험악한 표정을 지어 보였다.

"흥, 됐어."

중얼거리던 무녀님은 벌떡 일어나서 실험실을 나가 버렸다. 그 뒷모습이 왠지 쓸쓸해 보여서 나는 이유 모를 죄책감을 느끼고 말았다. 마사코의 부상을 무녀님 탓으로 돌린 건 내가 너무 심한 말을 한 걸지도…….

"저기, 제령에 실패하면 그렇게 위험한 건가?"

딱히 누구한테 물어본 것도 아니었지만, 존이 부드러운 미소를 지으며 대답해 주었다.

"꼭 그런 것만은 아임니더."

"그럼, 그럴 수도 있어요?"

"상황에 따라 다르지예. 물론 어중간하게 손댔다가 사태가 악화되는 경우도 있심더. 하지만 이번 사고가 그런 거라고 단정짓기는 힘듭니더. 실제로 하라 씨도 사고라고 주장하고 말임니더."

"정말로 사고일까?"

"사고가 아니라고 할 근거도 없고 말임니더."

그건 그렇지만.

나르가 지겹다는 듯이 한숨을 쉬었다.

"제령이 성공하면 좋은 거지. 실패하면 반발이 일어날 수도 있고. 실패로 인해 사태가 악화되는 경우도 물론 있어. 다만 이번 하라 씨 같은 경우, 이 추락이 단순한 사고가 아니라고 주장할 만한 적극적인 근거가 없어. 물론 그 이전에 마츠자키 씨의 제령이 효과가 있는지 없는지도 확실치 않다는 문제도 있고."

"어…… 그럼 무녀님의 영능력이 가짜일지도 모른다는 거야?"

"능력 문제를 떠나, 방법론의 문제일 수도 있어. 제령은 의식이 아니니까."

응?

"어…… 무슨 소리야? 그럼 의식을 하면 확실히 효과를 볼 수 있는 거야?"

"제령과 의식은 별개라는 뜻이지."

……잘 모르겠는데요.

"그러니까 말이지."

스님이 한숨을 내쉬며 설명해 주었다.

"종종, 칸누시(일본 신사의 신관 - 옮긴이 주)를 모셔서 기도를 올린다거나 스님을 모셔서 경을 읽는다거나, 그런 얘기 들어 본 적 있지?"

"네."

"그런 종류의 의식과, 능력자들이 행하는 제령은 별개의 것이라는 뜻이야."

"……아직도 뭔 소린지 잘 모르겠는데요."

"자, 봐 봐. 여기 유령이 나오는 집이 있다고 쳐. 그리고 칸누시를 불러서 여기에서 기도를 해 달라고 부탁한단 말이지. 그리고 칸누시가 기도하자 악령이 뿅 사라진다고 치자. 그럼 우린 다 굶어 죽어야 돼. 일본에 신사랑 절이 도대체 몇 개나 되는 줄 알아?"

스님은 말을 이었다.

"실제로 칸누시를 불러도 악령이 사라지지 않는 경우가 많아. 그러니 미심쩍어하면서도 우리 같은 사람들한테 의뢰를 하는 사람들이 있는 거지. 영이 사라지지 않는 건 칸누시의 능력이 부족해서였을 거 아냐. 아니면 아예 능력이 없거나. 물론 칸누시의 능력보다 영의 힘이 훨씬 강했을 가능성도 있지만. 어쨌든 기본적으로 지금 일본에서 칸누시나 스님은 '종교인'이란 말이지. 칸누시나 스님이 되기 위해서 영능력을 갈고 닦는 거 본 적 있어?"

"그건 그렇네요."

영능력 테스트가 있다는 얘기 같은 건 들어 본 적이 없다.

"칸누시가 올리는 기도는 종교적인 '의식'에 가까워. '의식'에도 물론 어느 정도 효과는 있어. 이거야말로 옛 조상들의 지혜지. 효과가 있었으니 계속 이어져 내려오는 거 아니겠어? 물론 그것 때문에 사람들이 '유령이든 저주든 기도만 올리면 장땡이다.'라고 쉽게 생각하는 걸 수도 있겠지만. 하지만 유령에도 종류가 다양하잖아."

"다양하다고요?"

"예를 들어, 조상님의 영혼이 위험을 알려 주기 위해 나타났다, 뭐 이런 얘기 들어 본 적 있지? 이 경우, 조상의 영혼에는 악의도 없고, 자손에게 해를 입힐 마음 따위 전혀 없어. 오히려 자손이 다치지 않게 지키려고 하는 거니까, 착한지 나쁜지를 굳이 따지자면 착한 영이라고 할 수 있잖아. 이럴 경우에, 그 영혼을 악령을 쫓는 '의식'으로 쫓아내 버리면 문제가 생기지."

흠. 그건 그래.

"그러니 그때 그때 상황에 맞게 대처를 해야 하는 법이야. 그게 제대로 된 거지. '이거든 저거든 이 기도 한 방이면 오케이.' 하는 만능 기도가 있을 리가 없잖아. 시판 감기약을 생각해 봐. 누구든 쉽게 처방받을 수 있고, 감기의 여러 증상이 한 번에 나아지지만, 만약에 독감이라면 그 약이 듣겠어?"

"그게 의식이라는 거죠? 증상이 가벼우면 의식으로도 낫지만 증상이 무거우면 병원에 가서 이건 독감이라거나 폐렴이라거나 이런 식으로 진단을 받고 각각 적합한 치료를 받아야 한다, 그게 제령이다, 그런 거죠?"

"그렇지. 아가씨 꽤 똑똑한걸."

어머나, 그런가요?

"그렇다면, 무녀님은 일단 제령을 했지만, 진단을 잘못했을 수도 있고, 치료 방법이 안 맞았을 수도 있다, 그런 거네요."

"또는 근본적으로 치료할 능력이 없다거나. 왠지 이게 제일 가능성 높아 보이는데 말이지."

스님, 언제든 비아냥은 잊지 않는 사람이구나.

"능력이 없으면 제령을 백만 번을 해도 반발 반응 같은 게 일어날 리 없지. 상대한테 실낱 같은 생채기라도 내야 뭐가 돌아올 거 아냐. 그게 아니라면 주먹을 날렸는데 너무나도 미약해서, 상대방이 맞았는지 안 맞았는지 모를 수도 있고."

"그럼 반발이 일어날 수가 없는 거잖아요."

"그렇지. 아니면 진단이 완전히 어긋나서 말도 안 되는 약을 처방했다고 볼 수도 있어. 허공에다 주먹질을 한 거지. 물론 허공에 주먹질을 하다가 운 좋게 한 방 들어갈 수도 있지만, 어쨌든 안 맞을 가능성이 더 높잖아? 이런 경우에도 역시 반발 따위 일어날 일이 없는 거지."

그렇구나. 나는 이 사람들이 영능력자이면서도 이상할 만큼 논리를 따지는 이유를 알 것 같았다. 제대로 제령하기 위해서는 먼저 현상을 정확히 파악해야 한다. 그렇지 않으면 의미가 없으니까. 그런 거구나.

이상하게 감탄하고 있을 무렵이었다. 저기 하는 목소리가 스피커에서 흘러나왔다. 텔레비전을 돌아보자 그 중 한 대에 무녀님의 얼굴이 크게 비춰져 있었다.

"저기, 들려? 잠깐 이리로 좀 와 봐!"

2

그것은 일층 서쪽 끝에 설치된 카메라였다. 무슨 일인가 싶어 모두가 달려가자, 무녀님이 잔뜩 굳은 얼굴로 복도에 서 있었다.

"있어……. 여기, 뭐가 있어."

"또야?"

스님이 땅이 꺼져라 한숨을 내쉬었다.

"'또야.' 라니 너 그거 무슨 뜻이야. 여기 뭔가 있다니까. 발소리가 났어."

"발소리?"

나르가 진지한 표정으로 되물었다. 무녀님은 굳은 표정을 풀지 않은 채 작게 끄덕거렸다.

"이 방에 원인이 있을 것 같아서 조사하러 들어갔더니, 누가 내 뒤를 따라 들어왔어."

"따라 들어왔다고? 누가?"

스님이 묻자 무녀님은 고개를 저었다.

"내가 그걸 어떻게 알아. 돌아봤는데 아무도 없었어. 하지만 분명히 내 뒤를 따라오는 발소리가 들렸다고."

스님은 실소했다.

"네 발소리 아니고?"

"아, 니, 거, 든! 난 한 걸음씩 천천히 내딛고 있었으니까 내 발소린지 남의 발소린지 정도는 구분할 수 있었다고. 몇 번을 돌아봐도 뒤에 아무도 없는데, 따라오는 발소리는 계속 들렸어."

"그 안에 누가 있는 거 아니야?"

스님은 교실 안을 들여다보았다.

"없다니까! 없으니까 내가 지금 이상하다고 그러는 거 아냐!"

"이렇게 어두우니 뒤돌아봐도 아무것도 안 보이는 게 당연한 거 아닌가?"

"야, 너."

무녀님은 손가락으로 스님을 당장이라도 찌를 듯이 가리켰다.
"사람이 있으면 그림자 정도는 보여야지. 지금 완전히 아무것도 안 보일 정도로 깜깜한 게 아니잖아."
무녀님의 말을 듣고 나는 다시 교실을 들여다보았다. 복도 쪽 창문이 막혀 있고, 안쪽 창은 잡다한 물건에 가려 있다. 교실은 어두컴컴했다. 책장이 아무렇게나 늘어서 있는 탓에 그림자도 잔뜩 져 있다. 하지만 무녀님 말대로 아무것도 안 보일 정도는 아니었다. 무녀님이 갇혔을 때 스님이 문을 부숴 버린 탓에, 입구 문도 완전히 열려 있는 상태였다.
나처럼 교실 안을 들여다보던 나르는 무녀님을 돌아보았다.
"어디에서 발소리가 났습니까?"
"교실 저 안쪽에서."
무녀님은 손가락으로 교실 서쪽 구석을 가리켰다. 나르는 그 안으로 성큼 걸어 들어가더니, 교실 중앙에서 잠시 생각에 잠겼다. 그러더니 갑자기,
"마이, 여기로 와 봐."
"……나, 나?"
나르는 그럼 너 말고 누구겠냐는 식으로 끄덕이며 두 세 걸음 걸어 나왔다. 쭈뼛거리며 나르에게 다가가자, 나르는 문제의 교실 구석을 가리켰다.
"저기 정면에 있는 책장에서 상자를 가져와."
"내가아?!"

나는 나르와 교실 구석을 몇 번이고 번갈아가며 쳐다봤다. 창
쪽에 철제와 목제 책장이 어지럽게 서 있다. 정면 책장이라 함은
저 맨 안쪽에 있는 철제 책장을 말하는 거겠지…….
"가져오라니…… 나 혼자서?"
"혼자서."
그거언…… 싫어어어 하고 발끈하려 하자, 냉혹하고 무자비한
시선이 날아왔다.
"아무 상자나 상관없으니까 빨리 가져 와."
그 표정이 '가기 싫다면 어떻게 되는지 알고 있겠지.' 라고 말
하는 것 같았다. 아마 그 '어떻게' 라는 건 손해배상 청구와 무관
하지 않을 것이다.
"여기 있을 거지?"
"물론."
나는 어깨를 축 늘어뜨리고 슬금슬금 걷기 시작했다. 발밑에
걸리는 잡다한 물건들을 피하며, 숨죽이고 책장을 향해 걸어갔
다. 구석구석에 어둠이 감돌고 있다. 그 어둠이 눈에 들어올 때마
다 오싹해져서, 몇 번이고 뒤를 돌아보며 나르와 영능력자 무리
들이 잘 있는지 확인해 본다.
영능력자들이 저렇게 많은데 왜 하필 나야…… 으허헝.
발밑을 더듬거리며 장애물을 피하고, 겨우 문제의 책장 앞에
도착할 수 있었다. 책장에는 상자와 종이 더미, 천 쪼가리 같은
게 아무렇게나 처박혀 있었다. 적당히 작은 상자를 하나 골라서

집어 들고 빠르게 뒤돌았다. 입구를 향해 질주하고 싶었지만 발밑에 뭐가 많아서 그럴 수도 없고. 조심조심 나가고 있던 그때였다.

……삐걱, 하는 작은 소리가 등 뒤에서 들려왔다.

등골이 서늘해졌다. 아니, 문자 그대로 전신이 얼어붙은 것처럼 굳어 버렸다. 걸음을 멈추고 귀를 기울였지만 더 이상 아무 소리도 나지 않았다. 나르를 보며 천천히 한 걸음 내딛어 보았다. 끼익 하는 소리는 내가 내고 있는 발소리임에 틀림없었다. '교실 바닥이 낡아서 그럴 거야.' 스스로를 달래며 다시 한 걸음 내딛으려고 발에 체중을 싣는 그 순간, 등 뒤에서 다시 삐걱 하는 소리가 났다. 안 돼. 이번엔 진짜 안 돼. 몸이 완전히 굳어 버려서 움직일 수가 없다. 나는 눈만 이리저리 굴리며 영능력자들에게 도움을 구하는 눈빛을 보냈다.

"왜 그래?"

나르가 차가운 목소리로 물었다.

"뭐가…… 소리가…… 나……."

나는 한 마디씩 겨우 발음했다.

"거봐!"

무녀님이 소리치며 교실 안으로 걸어 들어오려는데, 나르가 한 손으로 무녀님을 제지했다.

"지금 네 등 뒤에는 아무도 없어."

"하지만…… 발소리…… 나는데……."

"네 기분 탓이다. 빨리 와."

고개를 끄덕이고 다시 발끝에 체중을 실어 앞으로 나아간다. 그리고 한 걸음 더 삐걱.

"소리⋯⋯ 또⋯⋯ 났는데⋯⋯."

나르는 끄덕이면서 내 곁으로 다가왔다. 그러더니 옆에 있던 나무 책장을 잡고는, 빨리 가라는 듯 내게 눈짓을 했다.

끄덕 하고 쭈뼛쭈뼛 한 걸음 내딛었다. 이번에는 내 발소리만 났다.

"⋯⋯어?"

다시 한 걸음 내딛어 본다. 역시 내 발소리만 날 뿐이다. 이상하다는 표정으로 나르를 뒤돌아봤다. 나르가 잡고 있던 나무 책장에서 손을 뗐다.

⋯⋯어라?

한 걸음 앞으로 나아가자, 문제의 그 소리가 다시 났다. 삐걱거리는 작은 소리가.

"어라아?"

"무슨 일인데 그래?"

무녀님이 물었다. 나는 천천히 입구 쪽으로 돌아갔다. 왠지 웃음이 나왔다.

"⋯⋯소리가 나긴 났는데, 별로 이상한 거 아닌 것 같은데요."

"뭐?"

동의를 구하며 나르를 쳐다보자, 나르는 무뚝뚝하게 고개를 끄덕였다.

"그런 거였군."

"무슨 소리 하는 거야?"

"저거예요. 저 책장."

나는 입구로 돌아가서 나르가 잡고 있던 나무 책장을 가리켰다.

"지금 이 교실 바닥이 낡아서 삐걱거리잖아요? 즉 바닥이 뒤틀려 있다는 뜻이고요. 그래서 저 책장이 흔들거리는 거예요. 그 소리였던 거죠."

"뭐?!"

"나르가 책장을 잡고 있으면 그 소리 안 나요. 손을 놓으면 발소리 같은 게 나고요."

무녀님은 설마 하는 눈빛으로 불만스러운 소리를 냈다. 동시에 스님이 꼴좋다는 듯이 웃었다.

"하하하, 맙소사."

비웃음이 잔뜩 섞인 스님의 목소리에 자극받았는지, 무녀님은 "잠깐 기다려 봐." 하며 나르가 있는 책장 근처로 갔다. 그 주변을 한참 왔다갔다하더니, 어깨를 축 늘어뜨리고 교실을 나왔다.

"이제 납득하셨습니까?"

나르의 목소리는 이제 거의 무녀님을 위로하는 것 같은 느낌이 들었다.

"하, 하지만……."

"아마 이 근처 마루는 다른 곳에 비해 더 심하게 일그러졌을 겁니다. 밟으면 바닥이 삐걱거리고, 책장이 기울어지지요. 밟은 발을 들면 바닥이 원래대로 돌아오고, 책장도 제자리로 돌아갑니다. 책장이 제자리로 돌아가는 순간 책장 위에 얹힌 잡다한 것들이 서로 부딪히는 겁니다. 그래서 문제의 소리가 발소리보다 한 박자 늦게 나는 거고요."

나르는 설명하면서 책장을 들여다보더니 바닥을 몇 번 발로 굴러 보았다. 그러더니 곧 책장 밑에 있는 나무 상자를 찾아냈다.

"이거군요."

저 나무 상자가 소리의 원인이었구나. 그렇구나.

"어이구. 이것 참 대단한 미행이 붙었구먼?"

스님이 유쾌하다는 듯이 말했다. 무녀님은 잔뜩 심통이 난 표정으로 쿵쿵거리며 교실을 나왔다. 그대로 아무 말 없이 실험실로 돌아갔다.

무녀님…… 왠지 가여워.

3

"여기 도대체 뭐야!"

쿵쾅거리며 실험실에 들어간 무녀님은 화풀이라도 하듯 의자를 거칠게 끌어당기더니 털썩 앉았다.

"왜 장소 탓을 해. 네가 멍청한 것뿐인데."

스님이 질렸다는 듯이 말했다.

"시끄러워!"

무녀님은 거의 폭발하기 직전이었다. 존이 무녀님을 달래듯이 미소 지었다.

"마츠자키 씨가 착각할만도 합니더. 저도 시부야 씨 설명을 안 듣고 거기 들어갔음, 마츠자키 씨랑 똑같이 생각했을 겁니더."

"그렇지?"

무녀님이 크게 고개를 끄덕거렸다. 자기 편한대로 하는 사람이구먼 이거. 하지만 이번만큼은 무녀님에게 한 표 던질 수밖에 없다. 나도 나루의 설명을 듣지 않았다면 분명 누군가가 나를 따라오고 있다고 믿어 의심치 않았을 테니까.

"아무리 그렇다 쳐도 이것 참 경솔하기 그지 없구먼."

스님이 한 마디 툭 던졌다.

"자기가 문을 닫아 놓고는 갇혔다고 비명을 지르지 않나, 아무 소리도 안 나는데 났다고 우기지를 않나."

"내가 안 닫았다니까!"

"반사되는 햇빛을 심령 현상이랑 착각하고, 거기에 있지도 않은 미행이 붙었다고까지······."

"그 햇빛은 너도 착각했······."

무녀님의 말을 끊고 스님이 주위 사람들에게 물었다.

"여기, 진짜 뭐가 있는 거 맞아?"

무녀님을 포함한 모두가 순간 입을 다물고 말았다. 무녀님이 사람들을 둘러봤다.

"있……잖아? 뭐가 있으니까 의뢰가 들어왔겠지."

"그렇긴 해도 교장이 실제로 뭐가 있다고 믿는 것 같지는 않잖아. 너도 그랬잖아. 저주가 내렸다는 거나 전에 사고가 나서 공사가 중단됐다는 얘기는 들었지만, 사실 그게 어느 정도 신빙성 있는 이야기인지는 잘 모르겠는데."

"그건 그렇지만……."

불만스럽다는 듯이 말한 무녀님은 나를 쳐다보다 갑자기 가까이 다가왔다.

"맞다. 여기 있네. 당사자가."

"저, 저요오?"

"그래. 실제로 어때? 여기 말야."

어떠냐고 물어보셔도 할 말이 없는데요.

"그냥 단순한 괴담을 들은 것뿐이라서……. 그리고 저 외부진 학자라서 여기 다닌지 얼마 안 됐어요."

"단순한 괴담이라도 좋으니 말해 봐. 교장은 이런저런 소문이 있다고 그랬는데, 도대체 어떤 소문이 있는 건데?"

"그러니까…… 원래 불길한 일이 많이 일어나는 곳이었다고……."

나는 기억을 되살려가며 이야기했다. 사고가 나서 철거가 중단된 일, 여기서 뭐가 '나온다'는 소문, 그 소문을 부정하며 구교사에 들어갔다가 시체로 발견된 선생…… 등등을.

이야기가 끝나자, 무녀님은 팔짱을 낀 채 마뜩찮은 표정을 지었다.

"막연하기 그지없는 이야기네."

'그러네.' 하고 스님도 동의했다.

"마지막 그 창문에서 보였다는 하얀 그림자 얘기 같은 건, 정말 어디서든 들을 수 있는 얘기라서 신빙성이 없어."

존도 고개를 끄덕였다.

"그렇군요. 게다가 전형적인 FOAF입니더."

"FO…… 뭐?"

내가 고개를 갸웃거리자 존이 설명했다.

"프렌드 오브 어 프렌드, 친구의 친구 뭐 그런 뜻이지예. 실화라면서 전해져 내려오는 괴담은 대체로 '친구의 친구'의 체험담인 경우가 많심더."

"아, 듣고 보니 그러네요."

그러네. 잘 생각해 보면 괴담이란 거, 실화라고 말들은 하지만 주인공이 '나'나 '내 친구'였던 적은 없었어. 항상 '친구의 친구'거나 '선배 아는 사람'이거나 '우리 오빠 친구' 뭐 이런 식이었지. 재미있다. 왜 그런 걸까.

스님도 끄덕였다.

"이야기가 '친구의 친구' 단계까지 가 버리면 밑도 끝도 없지. 하얀 그림자 괴담은 정말 단순한 괴담에 지나지 않을 가능성이 높아. 물론 다른 얘기도 막연하긴 마찬가지고. 일단 시작부터가 미심쩍어. 원래 불길한 일이 많이 일어났던 곳이고 사람이 많이 죽었다는 그 부분. 물론 거기에 대해서 자세히 아는 바는 없지만……."

스님은 고개를 갸웃거렸다.

"화재에, 사고에, 사람이 죽는다? 뭔가 그럴싸한 불행만 다 모아 놓은 것 같잖아."

"……그럴지도요."

"정말 누군가가 죽었다거나 특별히 불길한 일이 일어났다면, 조금 더 구체적인 이야기가 전해져 내려올 법하잖아? 신빙성이 떨어져. 여자애가 죽었다며? 그건 구교사에서 죽은 거야?"

"죽었는지 살해당했는지, 그런 식으로 얘기했는데……. 저한테 얘기해 준 친구도 정확히 아는 건 아니었던 것 같아요."

"마찬가지구먼. 그럼 결국 믿을 만한 건 철거할 때 났던 사고밖에 없는 건가? 작업하던 인부들이 죽었다던."

"뭐 저도 그렇다고 듣기만 한 거라서요."

"이것만은 사실일 가능성이 높아. 이 이야기만 다른 것에 비해서 유별나게 구체적이고. 사고로 죽은 인부들의 영혼이 돌아다닌다는 소문이라……. 그 소문 때문에 구교사에 들어간 선생이 자살했다. 이 자살은 또 어떤지. 여기 안에서 죽었다면서?"

"그렇다고 하더라고요. 아마 숙직실이었던 것 같은데."

"여기 숙직실 같은 건 없던데."

"작년에 공사할 때 철거된 거 아닐까요?"

스님은 잔뜩 찌푸린 얼굴로 천장을 바라보았다.

"'숙직실에 들어가면 장지문을 닫아야 된다.'라……. 이러면 안 된다, 저러면 안 된다. 안 그러면 '나온다'……. 금기 사항과 괴담이 한 세트로 묶여 있잖아. 주술에 징크스에 괴담까지 모여 있는 게 정말이지 딱 '학교의 일곱 가지 불가사의'스럽긴 하다."

"그런 거예요?"

"이 얘기를 들으면 반드시 누군가에게 다시 전해야 된다든가, 언제가 되기 전에는 반드시 잊어야 한다거나. 그 유명한 '하나코' 괴담(일본의 유명한 구전 괴담. 시리즈처럼 여러 이야기가 옴니버스식으로 존재하고, 큰 틀은 비슷하나 지역마다 이야기에 약간씩 차이가 나는 것이 특징 - 옮긴이 주)도 마찬가지잖아. 어떤 규칙이 있고, 그 규칙에 맞춰 하나코를 불러내는 게. 즉 주술과 괴담이 함께 존재하는 거지."

"아, 그렇군요. '불러내면 이렇게 해야 하고, 그러지 않으면 나쁜 일이 생긴다.' 그런 말들 많이 하니까요. 그렇게 생각하면 금기 사항도 있는 거네요."

"그런 거지."

"하지만 숙직실의 선생님 유령은 본 사람들도 많아서 꽤 큰 소동이 났나 봐요. 덕분에 구교사가 출입 금지 시설이 되었고요."

"그거야말로 얘기가 꼬리에 꼬리를 문 거 아닌가?"

"그렇긴 해요."

"일단 작년에 일어난 사고는 사실인 것 같은데."
"그렇죠? 신문에도 실렸다고 했어요. 전 기억이 나지 않지만……."
"나도 마찬가지야. 본 것 같기도 한데 다른 사고일지도 모르지. 그런 사고가 어디 한두 번 나는 것도 아니고."
그도 그렇지.
"하지만 역시 뭔가 마음에 걸리네."
스님이 인상을 찌푸렸다.
"일단 그 사고는 사실이라 치자고. 하지만 왜 하필 그 사고가 저주 취급을 받게 된 건지가 궁금해. 저주라고 불러야 할 만큼 특이한 사고였는지, 아니면 그때 생겨났지만 전해지지 않은 괴담이 있는 건지."
그렇게 말씀하셔도 저도 잘 모릅니다요.
모두 생각에 잠긴 듯 교실이 조용해졌을 때, 나르가 질린다는 듯이 한숨을 천천히 내쉬었다.
"구교사가 사용되는 동안 사람이 많이 죽은 건 사실입니다."
응? 옆에 있던 나르를 돌아보니 나르는 심드렁한 표정으로 얇은 파일을 열어보고 있었다.
"정말로?"
내가 되묻자, 나르는 끄덕이며 파일을 몇 장 넘겼다. 나르가 연 페이지에는 깨알 같은 글씨로 종이 한 가득 메모가 남겨져 있었다. 살짝 들여다봤지만, 마치 의사가 쓰는 차트 같아서 알 수가 없었다. 가로로 써 놔서 읽을 수가 없어(일본에서는 세로쓰기가 주를 이루고 있다. - 옮긴이 주).

"건물이 사용되기 시작한 초기에 계속해서 몇 명이 사망했고, 그 뒤에도 얼마간의 간격을 두고 빈번하게 사망자가 발생했습니다. 그리고 이곳이 학교 건물로 이용되던 기간이 있는데……마지막 삼 년 동안, 학생과 교사가 사망한 기록이 남아 있습니다."

'정말이냐' 라는 듯 스님은 멍한 표정을 지었다. 나르가 담담히 고개를 끄덕였다.

"하지만 이건 당시 사정으로 미루어 보건대 그리 이상한 일도 아닙니다. 이 교사는 2차 대전 이전에 지어졌어요. 성인이 되지 못하고 죽는 어린아이들도 많았습니다. 게다가 그 후에는 전쟁이 일어났죠. 전후에는 식량 사정도 나빴고, 전염병도 많이 돌았을 겁니다. 그러니 사망자 수가 많은 것 자체는 그리 이상할 게 없습니다. 마지막 삼 년 간 사람들이 연달아 죽은 것도 어찌 보면 당연한 일입니다."

'그렇구나.' 하며 내가 중얼거렸다. 스님은 여전히 벌어진 입을 다물지 못하고 있다.

"뭐야, 너 그런 것도 다 조사했어?"

나르는 노골적으로 눈살을 찌푸리며 경멸하듯 스님을 쳐다보았다.

"이 정도도 조사 안 하고 뭘 어떻게 하려고 하셨습니까?"

나르가 지적하자 스님은 어딘가 먼 곳으로 시선을 돌려 버렸다. 무녀님과 존마저 살짝 나르의 시선을 피하는 것이 보였다.

"이 건물은 1936년, 즉 쇼와 11년에 지어졌습니다. 이 건물을 지은 학교는 1923년에 설립되었는데, 형편이 어려운 여성들에게도 교육의 기회를 주자는 게 창립자의 이념이었죠. 이후 학생은 순조롭게 늘어났고, 그에 따라 학교도 작은 사설 학원 형태에서 점점 규모가 커졌습니다. 이런 추세에 대응하기 위해 이 구교사를 지었던 겁니다. 당시에는 이 건물 바로 옆에 있는 뒷문이 정문이었고, 현재 체육관이 있던 곳에 강당이 있었습니다. 그 후 학교가 공학으로 바뀌면서 학생 수는 한층 증가했고, 그에 맞춰 학교 건물도 증축되었습니다. 삼십이 년 전 도로 건너편에 있던 대학이 교외로 이사를 갔던 것을 계기로, 대학 자리에 초등부와 중등부를 옮겼고요. 고등부도 교사를 새로 세우고, 낙후되어 필요 없어진 구교사를 철거하기로 한 겁니다. 그리고 이 철거 공사 중에 지붕이 떨어지는 사고가 일어났고요."

"그럼 그 얘기가 사실이었구나……."

"반 정도는."

"반 정도는? 무슨 뜻이야?"

"그 이야기에서는 사고로 인부들이 사망했다고 하지만, 그런 기록은 남아 있지 않아. 다섯 명 정도 다치기는 했지만 전부 경상이었어. 원인은 작업과실이었고, 해당 공사를 진행했던 업자도 이 부분을 인정하고 보상을 했지."

헉 하고 전원이 얼빠진 표정을 지었다.

"그럼 아무도 안 죽었어?"

이게 바로 꼬리에 꼬리를 무는 거구나. 나르는 덤덤하게 고개를 끄덕였다.

"공사는 당초 예정대로 구교사 삼 분의 일 가량을 철거한 뒤 종료되었어."

"예정대로라니……. 사고 때문에 중단된 거 아니었어?"

"그런 기록도 없어. 공사 계획으로 미루어 보건대, 새 교사를 크게 짓는 바람에 운동장이 줄어들자, 운동장을 더 넓게 쓰기 위해 구교사의 삼 분의 일을 철거했던 것 같아."

나는 왠지 허무해졌다.

"뭐야, 그런 거였어?"

"그 뒤에도 구교사는 여러 번 보수해 가며 교실로 사용했던 것 같아. 하지만 새 건물, 즉 지금 건물 전에 쓰던 교사가 완공된 후에는 창고 비슷하게 되어 버렸고. 그때에도 불길하다거나 저주가 내린다는 소문은 돌았던 모양이지만 구교사가 철거하다 만 상태로 남아 있게 된 이유와는 관련이 없다고 할 수 있지."

하지만……. 나는 고개를 갸웃거렸다.

"그건 부자연스럽지 않아? 십 년 전쯤 지금 우리가 쓰는 교사를 새로 지었는데, 아직까지도 구교사가 남아 있잖아. 나중에 세운 건물을 무너뜨렸는데 이런 낡아빠진 건물을, 그것도 무너지다 만 걸 남겨 둘 이유가 있어?"

'없어.' 하고 무녀님과 스님이 한 목소리를 냈다. 하지만 나르는 가볍게 받아넘겼다.

"있다 해도 이상할 건 없어. 교장 선생님의 말에 따르면, 이용의 편의성을 따지니 학교 건물을 이렇게 배치할 수밖에 없었다고 하더라고. 그리고 실제로 있을 수 있는 일이지. 정해진 토지 안에 건물을 세워야 하잖아. 정문의 위치가 결정되면 교사를 지을 수 있는 곳은 한정되게 마련이고."

무녀님은 왠지 납득할 수 없다는 듯 미심쩍은 표정을 지었다. 하지만 스님은 납득한 것 같았다.

"그렇군. 듣고 보니 그럴싸하네. 초등부와 중등부가 건너편으로 이사 가서 정문 위치가 바뀌었던 거야. 전에는 구교사 옆쪽이라고 했지? 그렇다면 학교 정면이 구십 도 돌아가게 된다는 얘기잖아."

그렇구나. 지금 정문은 초등부랑 중등부 쪽을 마주보고 있지. 정문 쪽을 '학교의 정면'이라고 생각한다면, 학교 정면이 동쪽에서 북쪽에서 바뀐 거니까 교사도 거기에 맞춰 구십 도 돌아가는 게 합리적이겠네.

그렇구나, 하고 무녀님이 이제야 이해했다는 듯 말했다.

"이 교사는 철거하다 만 게 아니었어. 이용 가치가 없는 장소라 애초부터 부술 필요 자체가 없었던 거야."

오호라. 나도 절로 수긍하게 되었다.

"그래서 방치해 뒀던 거구나."

나르가 끄덕거렸다.

"그런 거야. 미관상 좋지 않으니 부숴 버리자는 의견도 있었던 것 같지만, 그런 의견이 나올 때마다 오래된 건물이니 잘 보수해서 보존해야 하지 않겠냐는 의견도 나온 거지. 반드시 부수어야 할 만한 이유가 없다면, 굳이 철거하기는 힘든 상황이었던 것 같아. 그런데 작년에 체육관을 새로 세울 필요가 생기자 빈 땅이 필요해졌지. 교장 선생님의 말에 따르면, 체육관이 있던 곳에 실내 운동장 겸 다목적 건물을 세우려는 계획인 듯 해. 그래서 작년에 구교사 철거 공사에 들어갔지. 하지만 이 공사는 중단되었어."

"트럭 사고 때문에?"

나르는 고개를 한 번 끄덕이더니 파일에 스크랩되어 있던 종이를 꺼내 내밀었다.

신문 기사를 복사한 듯했다.

-운동장에서 트럭 폭주, 학생 9명 사상

까맣고 큰 글씨로 제목이 쓰여 있었다.

"해체 작업 중에 나온 잡동사니를 싣고 나가던 트럭이 갑자기 폭주했어. 그때 마침 운동장에서는 체육 수업을 하고 있었고. 트럭은 바로 근처에 있던 배구 코트로 뛰어들었고 일곱 명이 중경상을 입고, 두 명이 사망했지."

기사 밑에 사망한 학생 두 명의 사진이 실려 있었다. 나랑 같은 일 학년이네. 살아 있었다면 이 학년이고, 내 선배가 되었을 학생들이다. 어쩐지 우울해졌다.

나르는 담담하게 이야기를 이어갔다.

"트럭 운전사는 점심 때 술을 먹었어. 가볍게 취한 상태였지. 조작을 잘못해서 현장에 있던 중장기와 부딪히기 직전 급히 핸들을 꺾었는데, 그때 브레이크랑 액셀을 잘못 밟은 거야. 이게 사고 원인이지. 이 사고 때문에 공사는 일단 중단되었어. 구교사의 불길한 소문도 한몫한 것 같지만, 이전에도 큰 사고가 나는 바람에 공사가 중단된 적이 있었어. 아무래도 구교사의 저주 같다는 그 소문 말이지. 학생뿐만 아니라 이사진, 교직원 중에도 이 소문을 믿는 사람들이 많아."

"흐으음."

기사를 손에 들고 있던 존이 의문을 제기했다.

"그러면 자살한 사람이 있다던 그 소문은 어떻게 된검니꺼? 그 외에 다른 사망자들은요?"

"자살한 사람이 있는 건 맞아."

유령 따위 있을 리가 없다며 구교사에 들어갔다가, 자살한 채 발견된 선생님……. 내가 중얼거리자 나르가 반박했다.

"그 선생님이 실제로 그런 말을 했는지는 확인할 수 없었지만, 일단 그 괴담은 사실이 아니야. 소문에 따르자면 무너지다 만 채 창고 대용으로 사용되던 구교사에 유령 같은 건 없다면서 들어간 거였지?"

"응. 그렇게 들었어."

"하지만 그건 사실이 아니야. 선생님이 자살한 건 철거가 시작되기 전의 일이야. 전쟁이 끝난 직후에 일어난 일이라고."

"어어? 그럼 이것도······."

"그런 셈이지. 여름방학에 숙직하던 선생님이 자살을 했어. 구체적으로 어디서 죽었는지는 전해지지 않지만, 방학 중이라 시체를 늦게 발견한 탓에 상당히 큰 소동이 빚어졌다고 하더군. 구교사는 불길하다, 저주가 내렸다는 이야기는 아마 이 사건을 계기로 돌기 시작한 거겠지."

"왜 자살한 거야?"

"그것도 확실하지는 않지만, 그 사건이 일어난 뒤 그 선생님이 결핵 환자라는 사실이 밝혀졌어. 입원해서 요양을 해야 할 정도였다고 하더군."

"이해가 되네."

무녀님이 중얼거렸다.

"전쟁 직후라면 결핵은 상당한 중병이야. 그때도 치료약은 있었던 걸로 알지만, 일반인에게는 여전히 불치의 병처럼 느껴졌을 거야. 그런 고민을 안고 자살한 거겠네."

"그렇다고들 하더군요."

"그럼 여기서 꼬리는······ 유령 같은 게 어딨냐면서 구교사로 뛰어 들어간 부분인 거지?"

"그렇게 되지. 적어도 그 이후로는 선생님이 자살한 사건 따위 일어나지 않았으니까."

스님이 의미심장하게 되물었다.

"적어도?"

"그렇습니다. 정확히는 재직중인 선생님이 자살한 적이 없다는 뜻입니다. 퇴직한 사람 중에는 있을 수도 있지만, 퇴직한 선생님에 대해서까지 학교 측이 파악하고 있을 리가 없지요. 기록 같은 것이 남았을 리도 없고요. 하지만 재직중이든 혹은 퇴직했든, 학교 안에서 자살했다면 당연히 어떤 식으로든 기록이 남을 겁니다. 그렇게 생각해 보면, 그 이후로 자살한 선생님은 없다고 단정지어도 좋을 것 같습니다."

나는 감탄하며 탄성을 질렀다.

"우와…… 대단하다. 정말 자세하게 조사했구나."

'다 옛날 일들인데.' 그렇게 생각했지만, 나르는 아무렇지도 않다는 듯 대답했다.

"이 정도는 당연히 해야 되는 거고, 나한테는 식은 죽 먹기니까."

아 그러셔. 내가 질렸다는 듯이 시선을 돌리자, 뒤에 늘어서 있던 영능력자 여러분들의 시선이 허공을 떠 다녔다.

"그리고 또 한 명, 여자아이가 죽었다는 소문이 있었지만 이건 확인할 수 없었어. 일설에 따르면 살해당했다고도 하지만 그런 신문기사도 찾을 수 없었고."

나르는 그렇게 말하고는 파일을 닫았다.

"어찌 되었든, 내 조사에 의하면 구교사의 저주는 소문 그 이상 이하도 아니야. 불길하다고 떠들어 대는 것에 비해 실제로 일어난 사건 수가 너무 적어. 사고가 두 건에 자살이 한 건이니까. 가장 최근에 일어났던 사고가 가장 비참한 사례이기는 하지만, 모두들 저주의 '결과'라고 생각하지. '원인'이라고 여기는 사람은 없어. 원인 취급할 만한 건 실제로는 아무도 죽지 않았던 공사 현장에서의 사고, 그리고 자살한 선생님 정도인데. 이건 어떤 경위로 사건이 일어났는지 확실하게 밝혀져 있지. 초현상적인 느낌이 개입할 여지가 없는 듯해."

무녀님이 짜증난다는 듯이 머리를 쥐어뜯었다.

"저주 그 자체는 그저 단순한 괴담에 지나지 않는다는 거야?"

"그렇습니다. 그걸 적극적으로 부정할 만한 충분한 이유도 없고요."

이게 대체 무슨 일이람. 용두사미라는 게 이런 걸 두고 하는 말인가.

힘이 있는 대로 쭉 빠졌다. 하지만 왠지 당연하다는 생각이 들기도 하고 복잡한 심경이었다. '여기에 뭐가 있다.' 같은 말을 들으면 무섭지만, 이렇게 확실히 아니라고 밝혀지면 그건 그것대로 어쩐지 아쉬워. 이런 생각을 하는 나 자신이 신기하기까지 했다. 미치루가 해 준 괴담을 들었을 때는 물론 '구교사에서 그런 일이 일어나다니!' 하며 약간 두근두근거리기도 했지만, 그렇다고 그걸 믿었던 건 아니다. 그래, 믿지 않았다. 그렇다고 미치루를 의심했다는 게 아니다. '괴담이 다 그렇고 그런 거지.' 라고 생각했다. 이야기를 제대로 듣는다기보다도 이야기의 분위기만 즐기는 그런 느낌.

실제로 구교사에 들어오면 묘한 분위기가 느껴졌다. 정말 뭔가 있을 것만 같아서 무섭기까지 하고. 하지만 미치루가 해 준 괴담 때문에 무서워졌던 게 아니다. 당장 눈앞에 닥친 분위기에 휩쓸려서 괴담 같은 건 생각할 여지도 없었지.

정말 그 괴담을 믿었다면 이층 교실 온도를 재고 다닐 때 생각이 났어야 했다. 그곳 창문에서 하얀 사람 그림자가 보였다는 그 이야기가.

'다 그런 건가.' 하고 나는 쓴웃음을 지었다. 괴담도 다 그런 거고, 그런 얘기를 하는 우리도 다 그런 거고. 하지만 어쩐지 기분이 좀 그래. 무서운 건 싫지만, 이것도 저것도 다 단순한 이야기에 지나지 않는 거고 다 기분 탓인 거라는 결론은…… 어쩐지 마음에 안 든다.

잠시 생각에 잠겨 있다가, 별 생각 없이 텔레비전 쪽을 쳐다보았다. 그런데 화면 중 하나가 묘한 분위기를 풍기고 있었다.

여기는 아마, 아니 확실하다. 마사코가 떨어진 이층 서쪽 끄트머리 교실이었다. 이층에 있는 교실들도 일층과 마찬가지로 이런저런 잡동사니들이 가득 차 있었지만, 이 교실만은 예외였다. 칠판 앞에 낡은 교단 몇 개가 굴러다니고, 복도 쪽에는 반쯤 썩어가는 다다미가 쌓여 있기는 하지만, 다른 교실에 비해 대체로 뭐가 덜 들어차 있는 편이었다. 그 밖에는 책걸상이 약간 작은 산을 이루고 있을 뿐이고, 교실 중간에는 텅 빈 공간이 남아 있었다.

"나르!"

나는 화면을 가리키며 나르를 불렀다. 먼지가 수북이 깔린 빈 공간에 의자 하나가 뚝 하니 떨어져 놓여 있었다. 마사코가 떨어지던 장면을 몇 번이고 다시 봤지만, 저기에 의자 같은 건 없었어. 책걸상은 모두 복도 쪽 벽면에 쌓여 있었을 텐데.

나르는 모양새 좋고 단정한 눈썹을 일그러뜨렸다.

"누구, 이 교실에 갔던 사람 있나요?"

영능력자들은 일제히 아니라고 고개를 저었다. 그리고 화면을 쳐다보더니 이상하다는 표정을 지었다. 그 표정을 보며 나르는 비디오를 되감았다. 선반에 얹힌 텔레비전 화면들이 시간을 거슬러 올라갔다. 그리고 선반 주위로 모여든 사람들의 눈앞에서, 화면이 다시 재생되었다.

표시된 시간으로 보건대, 마사코가 구급차로 실려 나간 직후인 듯했다. 이층 서쪽 끝 교실. 교실 쪽에 모여 있는 책걸상들. 순간 화면이 작게 흔들리고, 동시에 의자가 꿈틀댔다. 적어도 내게는 그렇게 보였다. 더불어 뭔가를 끌어당기는 듯한 마찰음이 들렸다. 또르륵 하고 무언가가 굴러가는 소리가 나더니, 의자는 다시 좌우로 들썩이기 시작했다. 작게 진동하던 의자는 마치 있던 자리에서 밀려나는 것처럼, 다리 한쪽을 축으로 삼아 빙글빙글 돌면서 교실 바닥 위를 미끄러졌다. 물론 아무도 손대지 않았다. 의자가 이동한 거리는 고작 십수 센티미터. 하지만 옹기종기 모여 있던 책걸상에서 그 의자만 뚝 떨어져 나간 것은 분명해 보였다. 그리고 다시 소리가 났다. 타박타박타타타 하고 이어지던 그 소리는 무언가가 굴러간다기보다도…….

"……발소리?"

몸집이 작고 가벼운 무언가가 달려 나가는 소리였다. 그리고 갑자기 쌓여 있던 의자들이 무너져 내렸다. 위에서 힘이 실린 듯 푹 하고 의자로 된 산이 찌그러졌다.

멍하니 그 모습을 지켜보던 나는, 정신을 차리고 나르에게 물었다.

"이게 어떻게 된 거야?"

나르는 '글쎄' 하고 무덤덤하게 대답했지만, 목소리와는 다르게 표정이 잔뜩 굳어 있었다.

"지금 이 의자, 움직인 거 맞지? 아무도 안 만졌는데 저절로……."

이게 도대체 무슨 일인가. 이런 일이 실제로 눈앞에서 일어나다니. 나는 완전히 넋을 놓았다. 영능력자들도 마찬가지였다.

"……폴터가이스트네."

꿀꺽 하고 침을 삼키며 무녀님이 말했다.

"폴터가이스트라니요?"

"소란스러운 유령이란 뜻일걸. 영이 물건을 움직이거나 소리를 내는 현상을 두고 이르는 말이야."

나르는 미간에 주름을 잡으며 말했다.

"폴터가이스트라고 보기에는 좀 힘든 것 같은데……."

"어째서?"

"폴터가이스트가 움직인 물체는 따뜻하게 느껴지는 게 일반적입니다. 실제로 관측해 보면, 약간이지만 표면 온도가 주변에 비해 상승하는 것을 알 수 있어요. 하지만 이 경우에는 그렇지 않습니다. 서모그래피를 보면, 의자의 온도가 오르지 않았다는 걸 알 수 있습니다."

서모그래피…… 물체의 온도를 색깔로 구분해서 표현해 주는 기계였지. 흐으음, 실제로 이렇게 사용되는 거구나.

존이 고개를 갸웃거렸다.

"그렇지만 폴터가이스트의 조건은 채우고 있는 거 아닐까예? 여기저기서 소리가 났고, 의자가 움직였고……. 그리고 마츠자키 씨가 갇힌 적도 있지 않심꺼."

나르가 쓴웃음을 지으며 말했다.

"티자누."

"그게 뭔데?"

무녀님이 물었다.

"에밀 티자누. 폴터가이스트의 분류법을 만든 프랑스 경찰입니다."

"허어."

스님이 놀랍다는 듯이 중얼거렸다. 스님도 몰랐나 봐.

"1925년부터 1950년 사이에, 프랑스 경찰이 폴터가이스트에 해당하는 현상을 조사한 보고서가 있습니다. 1951년에 이 보고서를 정리한 사람이 티자누입니다. 티자누는 폴터가이스트에서 일어나는 현상을 아홉 가지로 분류했습니다. 물건, 특히 돌 같은 것이 날아올 때. 대부분 집 밖에서 일어나지만, 밖에서 창을 뚫고 날아 들어오는 경우도 있습니다. 그리고 문이나 벽, 가구를 두드리는 소리가 나는 것. 혹은 이유 없이 이상한 소리나 소음이 나는 것. 문이 저절로 열리거나 닫히는 것. 또는 물건이 멋대로 움직이거나, 누군가가 던지기라도 한 듯 날아오는 것. 완전히 상식을 벗어난 움직임도 있습니다. 예를 들면 책장의 책이 어느 날 보니 모조리 반대로 꽂혀 있다던가 하는……. 드물기는 하지만, 밀실 또는 자물쇠로 잠긴 찬장이나 상자에 이물질이 침투하는 경우도 있고요. 그 외에도, 원래 없던 것이 느닷없이 모습을 드러내는 일도 있습니다. 하늘에서 떨어지기라도 한 듯이 말이지요. 그리고 이러한 현상에 관련된 물질들의 공통점은, 관찰자가 손을 뻗어 만져보면 따뜻하게 느껴진다는 점입니다."

"우와아……."

"폭격, 노크, 이상한 소리, 문의 여닫힘, 물체의 이동, 운동, 침입, 출현, 이상 물체의 표면 온도가 상승하는 것. 이것이 티자누가 말하는 아홉 가지 항목입니다. 티자누의 이론과 이 교실에서 일어난 일을 대조해 봅시다. 문의 여닫힘과 물체의 이동, 그리고 이상한 소리까지…… 세 가지밖에 안 됩니다. 유리가 깨진 원인은 아직 알 수 없지만, 이것을 폭격 또는 물체의 운동으로 친다고 해도 네 가지만 일치할 뿐입니다. 폴터가이스트라고 판단하기에는 아직 약한 감이 있습니다."

"하지만 티자누가 폴터가이스트를 정의한 건 아니지 않심꺼? 단순히 현상을 분류한 것 뿐이고예."

음냐? 도대체 무슨 소린지 못 알아듣겠다. 존을 물끄러미 쳐다보자, 푸른 눈동자가 가볍게 미소 지었다.

"티자누는 '이 아홉 가지 현상이 일어나야 폴터가이스트다.'라고 한 게 아닌 검니더. 폴터가이스트에서는 여러 종류의 기묘한 현상이 일어나는데, 이건 이렇게 아홉 가지로 분류할 수 있다, 뭐 이런 뜻인 검니더."

"그럼, 그중 하나만 일어나도 폴터가이스트일 가능성이 있다는 거예요?"

"네. 그렇심더."

오호라. 존은 말을 알아들은 나를 바라보며 살짝 웃더니, 시선을 나르에게 돌렸다.

"이상한 소리가 자주 나고 있는 것만은 사실임니더. 집 울림이라카면 그런 것 같기도 함다만, 이 소리가 전부 집 울림이라고는 할 수 없는 거 아임니꺼. 전에 마츠자키 씨가 제령했을 때 유리가 깨지지 않았심꺼. 물론 우연이라칼 수도 있지예. 하지만 그것과는 상관없이, 실제로 유리가 깨졌다는 건 힘이 가해졌기 때문일 검니더. 그렇지 않으면 깨질 이유가 없잖심꺼?"

나르는 대답하지 않았다. 험한 표정을 짓고는 생각에 잠겨 있었다.

"저는 일단 마츠자키 씨가 갇힌 것 자체가 이상하다고 생각해

예. 무의식 중에 문을 닫았다캐도, 교실이 깜깜해지면 보통 알아차리지 않겠심꺼?"

"아니, 하지만 그건……."

말을 끊은 스님에게 존은 부드럽고 단호하게 말했다.

"다 제쳐두고라도, 의자는 보통 혼자서 제멋대로 움직이지 않심더."

다 맞는 말이다.

심지어 의자더미가 무너져 내리기까지 했다. 그리고 그 전에 들려온 발소리 비슷한 거는 어떻게 설명할 거야. 그래, 처음에는 뭔가 굴러가는 소리인 줄 알았다. 하지만 두 번째로 났던 소리는 분명히 발소리였다. 아마 처음부터 발소리였을 것이다. 처음 난 소리가 워낙 작고 짧아서 굴러가는 소리처럼 들렸을 뿐일 거야.

게다가 그 소리는 전에도 난 적이 있어. 구교사에 처음으로 들어온 날이었다. 기온을 재기 위해 구교사 안을 어슬렁거릴 때였나. 이층에서 문제의 그 교실 온도를 재다가 무서워져서 뛰쳐나왔는데, 계단 쪽에서 사람 목소리가 들렸지. 나르는 바깥 소리가 새어 들어온 거라고 했지만…….

"잠깐!"

스님이 벌떡 일어나며 소리쳤다.

"일층!"

스님은 다른 텔레비전을 가리켰다.

"다시 되감아 줘. 의자들이 무너져 내리던 곳으로."

나르가 키보드를 두드리자, 모든 화면이 다시 시간을 거슬러 올라갔다. 그리고 의자가 움직이기 직전 상태로 돌아갔다. 재생하자 의자가 움직이기 시작했다. 발소리가 나고, 쌓여 있던 의자들이 무너져 내렸다. 그리고 그때.

일층 복도 서쪽 끝이었다. 복도를 비스듬하게 찍고 있는 카메라. 합판으로 막혀 있는 벽. 그리고 교실 문이 열린 채 어두컴컴한 입을 벌리고 있었다.

'여기' 하며 스님이 손가락으로 화면 위를 찍었다.

교실 출입문 위쪽이었다. 문을 들어서면 바로 머리 위에 있는 천장 부분. 그곳을 무언가가 빠른 속도로 스쳐 지나갔다. 새하얀, 사람 다리였다.

"다시 한 번."

무녀님의 목소리에 다시 한 번 비디오가 되풀이되었다. 몇 번을 봐도 마찬가지였다. 새하얀 사람 다리였다. 허리도 보이지 않고, 발목 아래도 안 보이지만, 분명히 다리였다. 두 다리가 어둠을 헤치고 달려 나갔다. 이건 단순한 빛이 아니야. 무릎이 부드럽게 굽혀졌다 펴지는 것이 보여. 아무리 봐도 달리고 있는 다리야. 하지만 여전히 뭔가 이상하다.

"천장을 달리고 있어."

반복되는 영상을 지켜보던 무녀님이 중얼거렸다.

그거다. 이 이상한 위화감은. 다리가 천장 쪽으로 갈수록 가늘어지고 있다. 보이는 것이라고는 약간 잘린 허벅지와 무릎, 그리고 종아리뿐이었다. 하지만 확실히 발이 천장에 붙어 있었다.
 뒤돌아보자 나르가 심각한 표정을 하고 서 있었다.
 "다리, 맞지?"
 "그렇겠지. 조사 방향을 바꿔야겠어. 마이!"
 "예이."
 "나는 차로 돌아간다. 무슨 일 있으면 연락하도록."
 나르는 책상 위에 설치된 기계의 스위치를 눌렀다.
 "이 스위치를 누르면 마이크가 켜지고, 인터폰으로 연결될 거야."
 나르는 대답할 틈도 주지 않고, 잔뜩 굳은 얼굴로 실험실을 나가 버렸다.

4

 "뭐야, 저건."
 스님이 어이가 없다는 듯이 중얼거렸다.
 "기분 상한 거 아니겠어?"
 무녀님이 웃으며 말했다.
 "'없다' 쪽이었으니까."
 "이런 상황에서 없다……고 주장하기는 좀 힘들지."
 "힘든 정도가 아니라 불가능해. 다리는 어떻게 억지춘향으로 우길 수 있다 쳐도 의자는 어떻게 설명할 거야?"
"그렇지."
스님은 고개를 올려 천장을 바라보았다.
"그럼 있다고 하자. 뭐가 있는 걸까?"
"방금 그 발소리, 어쩐지 가벼운 느낌이 들었어요."
내가 말했다. 그 순간 무언가 뇌리를 스치고 지나갔다. 지난번에 쿠로다 여사가 여기에 '여자아이가 있다.'고 그랬는데. 딱히 믿고 있는 건 아니지만 혹시 또 모를 일이지.
"소리의 느낌만 가지고는 알 수가 없어."
스님은 한 마디 툭 내뱉고는 생각에 잠겼다.
"오히려 여기에 뭐가 있다고 친다면, 제일 있을 법한 건 맨 처음에 자살했다던 선생 아니야? 하지만 그 무대로 추정되는 숙직실은 현재 존재하지 않아. 이미 철거된 거겠지."
"그래서…… 그래서 그런 거 아닐까요?"
내가 별 생각 없이 말을 꺼내자 스님이 고개를 갸우뚱거렸다.
"숙직실이 무너졌으니까 저주를 내린다는 뜻인가?"
'그러네.' 하고 무녀님이 손가락을 탁 튕겼다.
"그래서 철거를 방해하는 걸 거야. 자기가 있을 곳을 또 잃어버리고 싶지 않은 거겠지."
있을 곳이라…….
"영이란 건 보통 그렇게 한 자리에 눌러 붙는 법인가요?"
나는 살며시 질문해 보았다. 물론 나도 이런저런 괴담을 통해서, 자기 집을 빼앗으려는 인간에게 해를 가한다는 말 정도는 들어 보았다. 그래도 궁금하니까.

"눌러 붙지. 그게 네가 말했던 지박령이라는 거야. 특정 장소에 매여서 움직일 수 없게 된 영을 지박령이라고 해."

"그럼 그때, 특정한 장소가 없어지면 어떻게 되는 거예요?"

"그래도 지박령은 그 자리에 남아 있어. 하지만 인연으로 매여 있던 장소가 사라져 버렸으니, 닻을 잃은 배나 마찬가지 꼴이지. 그래서 행동 범위가 넓어지는 경우가 많아."

"즉, 숙직실에만 매여 있던 것이 구교사 전체를 돌아다니게 된다는 건가요?"

"그렇게 생각하면 돼."

"그럼, 구교사가 없어지면 행동 반경이 더 넓어지겠네요?"

"그건 그렇지."

무녀님은 스님과 존을 힐끗 돌아보았다. 스님이 말을 이었다.

"그렇다고 영원무궁하게 그 자리에 눌러 붙는다고 말하기도 좀 뭣한데. 지박령이 된 이유에 따라 차이가 있지 않겠어?"

"이유라뇨?"

"영이 남아 있다면, 남아 있는 이유가 있는 거지. 그만큼 신경이 쓰이는 일이 있다던가. 구애받을 원인이 숙직실 그 자체라면, 숙직실이 철거된 시점에 그 영도 사라졌을 가능성이 있어."

"그렇다고 선생님이 그 숙직실에 그렇게 신경을 쓰셨을 것 같지는……."

"않았겠지. 게다가 자살한 자의 영이니 기본적으로 어느 정도는 깊은 사념을 가지게 마련이야. 스스로 목숨까지 끊게 된 고통이라고 해야 하나. 죽고 싶지 않지만 죽는 수밖에 없다. 그 사념이 지박령이 되는 원인이고, 실제로 강한 사념의 흔적이 그 자리에 남게 되지. 그래서 그 자리에서 몇 번이고 다시 자살하곤 하는 거야."

"그 경우에는 숙직실이 없어지든 말든 별로 상관이 없겠네요."

"상관없겠지."

스님은 그렇게 말하고는 존을 쳐다보았다.

"사라지지 않을겁니더. 실제로 아무것도 없는 허공을 돌아다니는 영도 있지예. 그 영은 사실 그 전에 있던 건물 복도를 걷고 있는 겁니더. 건물이 새로 지어지면서 복도 높이가 달라지는 바람에, 아무것도 없는 허공을 걷게 되는 겁니더."

"그렇구나. 그럼 결국 구교사가 없어져도 영은 여기에 남겠네요?"

"그럴 거라고 생각함니더."

"그러면 구교사가 철거된다 해도 별로 상관없는 거 아닌가요?"

"그렇지예. 영은 자기 살 곳이 없어지는 것을 싫어한다는 말씀들을 자주 하시는데, 사실 그건 조금 틀린 말이 아닌가 싶심더."

'엥' 하고 무녀님이 이상한 소리를 냈다.

"하지만 자주 듣잖아, 그런 말들."

"네, 물론 그렇심더. 하지만 영이 '부수지 마라.' 라는 메시지를 직접 보내는 케이스는 드물지 않심꺼? 거처를 잃는 것을 싫어한다는 말은 영이 직접 한 게 아니라, 주변에서 그렇게 해석하고 있을 뿐이 아닐까 싶심니다."

"공사를 하면 묘한 일이 일어나고 그러니 자연스럽게 영이 싫어한다고 해석한다는 뜻이야?"

"그렇심더. 철거 도중에 일어나는 사고들은 제령에 대한 반발일 수 있단 검니다."

무녀님과 스님이 눈을 동그랗게 뜨고 존을 바라보았다.

"그 선생님의 영은 원래 숙직실에 매여 있었을 거 아임니꺼? 철거한다는 것은 그 숙직실을 부수어야 한다는 뜻이고, 즉 영의 존재와 거처에 간섭을 하게 되는 거지예. 그런 의미에서 제령과 비슷한 부분이 있고, 그에 대한 반발이 일어난다는 뜻임니더."

나는 '그렇구나.' 하고 작게 수긍했다.

"하지만 철거한다고 해서 제령에 성공하는 게 아니니까, 단순히 자극만 하게 되고, 이상한 현상이 점점 심해지는 거군요?"

무녀님이 묘한 소리를 내며 끼어들었다.

"영이 사라지기는커녕 힘만 더 키우게 되고, 다시 철거하려고 들면 더 강한 반발이 일어나는 거겠네."

존은 끄덕였지만, 스님은 고개를 갸웃거렸다.

"괜찮은 의견이라고 생각하지만 '숙직실' 자체가 잘못된 정보일 수도 있지 않겠어?"

"잘못된 정보?"

"그래. 방금 얘기했지만, 학교에 도는 괴담이란 건 대개 규칙이나 징크스가 나란히 붙어 다니게 마련이야. 자살한 선생님의 이야기와는 별개로, 숙직실을 쓸 때는 장지문을 닫으라는 규칙이 있었을 수도 있다는 거야. 그 규칙이 '닫지 않으면 불길하고, 으스스한 일이 일어난다.'는 식으로 변질되었을 가능성이 있지."

"그렇게 변질된 규칙이 자살한 선생님 이야기와 합쳐졌다는 뜻인가요?"

"그래그래. 괴담이나 일곱 가지 불가사의 같은 이야기들은 구전으로 전해지니까, 그 과정에서 당연히 어느 정도는 변형되는 법이야. 특히 일곱 가지 불가사의 같은 경우에는 '일곱'이라는 개수가 한정되어 있으니, 그 수를 맞추기 위해서 어떻게든 이야기를 합치거나 분리하거나 하게 돼. 숙직실 괴담과 자살 선생 괴담은 사실 별개의 이야기였을 가능성이 있어. 그렇다고 하면, 선생이 자살한 현장이 숙직실이 아닐 수도 있다는 결론이 나오지. 숙직 중이었던 선생이라 숙직실에서 죽었겠거니 하고, 자연스럽게 숙직실 괴담과 합쳐지게 된 것 같지 않아?"

"그럴 수도 있을 것 같은데……. 그럼, 이 구교사 어딘가에 실제로 선생님이 죽은 곳이 남아 있다는 뜻인가요?"

나는 그렇게 말하고는 무심코 주위를 두리번거렸다. 내 시선의 끄트머리에서 존은 고개를 갸웃거리고 있었다.

"……왜 그러세요?"

"숙직실이 정말 없는 걸까 해서 말입니더."

"하지만 없잖아요?"

"숨겨져 있는지도 모르잖심꺼?"

"숨겨지다니, 어디에요?"

"이 안 어딘가에……."

존은 복도 쪽을 돌아보며 말했다.

"복도 동쪽 끝 말임니더. 그쪽에 이층 부분이 없고 일층만 있는 공간이 있잖심꺼. 창고 같긴 했는데, 뭔가 이상한 느낌이 드는 창고였지예."

그러고 보니 그렇네.

스님이 알겠다는 듯이 손가락을 퉁겼다.

"입구까지 물건이 삐져나와 있는 곳 말이지? 그래, 거기가 좀 이상하긴 했지. 창고 치고는 지나치게 크기도 하고. 교실을 창고 대용으로 쓰는 건가 했는데 잘 보니까 복도 쪽으로 창문이 안 나 있더라고. 출입구도 하나뿐이고."

"그렇다면…… 설마 그곳이……."

"가능성은 충분히 있지."

"확인해 보지 않으시겠심꺼? 건물 밖에서 들여다보면 어느 정도 알 수 있을 검니더."

"오케이."

스님의 한 마디에, 모두 구교사 바깥을 향해 기세 좋게 뛰쳐나갔다.

일층 동쪽 끄트머리. 이 공간 위에는 이층 부분이 없다. 뒤뜰로 돌아가서 살펴보니, 창문에 비바람을 막는 덧문이 붙어 있었다. 스님이 손을 뻗어 문을 흔들어 보았지만 꿈쩍도 하지 않았다. 발뒤꿈치를 들고 들여다 볼 만한 틈이 있나 살펴봤지만, 내부를 확인할 만한 곳은 없었다.

"여기서 확인하기는 힘들겠는데."

스님은 낡은 덧문이 붙어 있는 창을 물끄러미 바라보며 말했다.

"하지만 여기서 보니 알 것 같아. 이 부분은 다른 교실과 완전히 구조가 달라. 교실로 사용된 곳이 아닌 것 같다."

"그럼, 정말로?"

내가 모두의 얼굴을 돌아보자, 존이 끄덕였다.

"안에서 확인해 보는 수밖에 없겠심더."

존의 한 마디에 스님과 무녀가 동시에 싫다는 듯 얼굴을 찡그렸다.

"뭐…… 어쩔 수 없지. 확인해 보자."

5

구교사 안쪽에서 봤을 때, 문제의 창고는 교실이 줄줄이 이어지는 복도 맨 끝에 위치하고 있었다. 복도 쪽으로 창이 아예 나 있지 않고, 출입구도 하나밖에 없었다. 서쪽 끝 교실과 몹시 비슷하지만, 거긴 있던 창을 합판으로 막은 거니까 여기와는 다르다. 이 창고에는 처음부터 창문이 없었던 것 같았다. 복도쪽 벽을 보니, 천장 근처에 채광을 위한 가로창이 가늘게 나 있었다. 그 창으로 보나, 벽으로 보나 처음부터 이랬다고밖에 생각할 수 없는 일체감이 느껴졌다.

눈앞에 있는 출입문을 열자, 안에 잡동사니가 산을 이루고 있었다. 기울어진 책장이나 잔뜩 쌓아 올린 상자들. 안에 남아 있는 공간은 한 사람이 겨우 설 수 있을 정도로 좁았다. 틈새 곳곳까지도 나무판자나 각목 등 잡다한 것이 처박혀 있어서, 거의 안을 살펴볼 수 없을 지경이었다.

"진짜 꼭꼭 채워 놨네요. 뭔가를 숨기려 했다고밖에 생각할 수가 없을 정도예요."

눈앞을 산처럼 가로막는 상자더미를 올려다보며 말하자, 존이 말했다.

"정말 숨겼는지 어쩐지는 알 수 없심더. 학교 사람들도 딱히 뭘 숨길 의도 같은 건 없었을지도 모르지예. 단순히 물건을 놓아두다 보니 이렇게 됐을 수도 있는 검니더."

존이 그렇게 말하며 맨 위에 놓인 상자를 향해 손을 뻗었다. 하지만 손끝이 겨우 닿을 뿐, 상자를 내릴 수는 없었다. 낑낑거리는 존 뒤에 서 있던 스님이 가볍게 그 상자를 집어 내리더니, 갑자기 한숨을 내쉬며 말했다.

"제발 숨길 의도가 있는 거였으면 좋겠는데."

"네?"

"숨기기 위해서 쌓아 놓았으면, 여기 부분만 가리려고 대충 쌓아 놓았을 거 아냐. 눈속임하기 위해서. 만약 그게 아니라면, 이 방 한 가득 이런 식으로 짐이 쌓여 있다는 거잖아."

으아악. 나도 '숨길 의도가 있었다.'는 의견에 적극 찬성합니다. '더러워', '무거워' 하며 불평불만을 쏟아 내고 있는 무녀님도 분명 같은 생각을 하고 있을 거야. 부탁해요, 제발 숨기려고 한 거라고 말해 줘요. 나는 이름 모를 누구를 향해 마음속으로 간절히 기원하며, 스님이 내려 주는 짐을 받아서 치웠다. 왠지 장난 아니게 중노동일 것 같은데.

건물 밖에서 여기를 확인해 보고 다시 안으로 들어오면서, 나는 차에 들러 나르에게 말을 걸었다. 무언가 열심히 하고 있던 나르에게 '숙직실 좀 조사해 볼게.'라고 하자, 나르는 '맘대로 해.'라고 쌀쌀맞게 대답했다. 나르는 이미 우리가 그곳을 조사할 거라는 걸 예상했던 것 같다.

진짜 제멋대로라니까. 나는 입 속으로 꿍얼거리며 열심히 짐을 날랐다. 잡동사니의 산을 이어달리기하듯이 천천히 무너뜨렸다. 짐을 내리고, 받아서, 복도에 내놓았다. 그리고 곧 우리는 결론을 내릴 수 있었다.

"뭘 숨길 생각이 아니었던 것 같은데요."

"그런 것 같네."

스님도 지친 기색이 역력한 표정으로 동의했다. 짐을 옮겨도,

옮겨도 끝이 없었다. 아아악, 이 방 한가득 짐이 쌓여 있는 모양이야.

하지만 이 예측은 보기 좋게 빗나갔다. 입구 근처에는 자잘한 것들이 한가득 쌓여 있었지만, 안쪽으로 들어갈수록 책장처럼 부피가 큰 것들이 많아졌다. 게다가 꽉꽉 들어찬 게 아니라 대충 그 자리에 놓여 있는 정도였다. 책장들을 밖으로 들어내자 나무로 된 책상 같은 것이 나왔다. 그 위에서 커다란 컴퍼스와 삼각자가 잔뜩 든 상자를 들어내던 스님이 갑자기 소리쳤다.

"저기 좀 봐!"

스님이 턱 끝으로 어딘가를 가리켰다. 나무로 된 책상 위에 타일이 붙어 있었다. 그리고 이 책상은 옮길 수 있는 게 아니었다. 벽에 확실하게 고정되어 있었기 때문이다.

"이거……"

말없이 존에게 상자를 넘겨주던 스님은, 나무 책상 위에 놓인 나머지 상자들을 빠른 속도로 치워 내기 시작했다. 맹렬하게 짐 더미를 헤집으며 책상을 따라 길을 냈다. 짐을 거의 내던지다시피 치워 버리자, 그 사이로 거뭇거뭇한 타일 바닥과, 수조처럼 깊어 보이는 구멍이…… 싱크대다. 싱크대가 나왔다. 때가 덕지덕지 묻은 수도꼭지가 있었고, 그 너머에는 녹이 잔뜩 슬어 있는 가스레인지가 있었다.

'부엌?' 이겠지. 그리고 부엌이 있다는 건…….

"여기…… 숙직실, 이죠?"

"틀림없이."

스님은 대답하더니 갑자기 뒤를 돌아보았다. 스님 뒤에는 어설픈 손재주로 대충 만든 듯한 나무 책장이 줄줄이 놓여 있었다. 스님과 존이 책장 속에 들어찬 책을 마구 끄집어 내기 시작했다. 무녀님도 무서운 기세로 짐을 집어던지다시피 하고 있었다. 나는 사람들이 넘겨주는 짐을 싱크대 위로 던져 버렸다. 복도에 내놓으러 가는 시간도 아까웠다. 금세 텅 비어 버린 책장을 옆으로 밀어 넘어뜨리자, 그 뒤에 또 찬장이 나왔다. 각목을 대충 끼워 맞추었을 뿐인 찬장이라 뒤쪽이 휑하니 뚫려 있었다. 찬장에 쌓여 있는 잡동사니를 손으로 밀쳐 냈다. 그리고 그 사이로, 안쪽 깊은 곳의 어둠이 엿보이기 시작했다.

"누구 손전등 같은 거 있는 사람?"

나는 황급히 주머니에 넣어 두었던 펜라이트를 건넸다.

"뭔가 보여요?"

"방이 있어. 이 안에는 짐도 그렇게 많지 않아."

스님 옆으로 고개를 삐죽 내밀고 들여다보자, 정면에 창문이 보였다. 방금 바깥에서 보았던 그 창문인 것 같았다. 방 안에는 빛이 거의 들어오지 않았다. 덧문까지 꽉 닫혀 있으니 당연하지만. 방 곳곳에 조금씩 나 있는 틈새로 약간의 빛이 새어 들어왔지만, 방을 밝히는 데는 아무 도움이 되지 않았다. 펜라이트 빛이 방을 헤집고 다녔다. 여기저기 무언가가 굴러다녔지만, 방을 꽉 메우고 있는 정도는 아니었다. 물건들 사이로 마룻바닥이 보였다. 먼지가 켜켜이 쌓인 나무 바닥이 교실 바닥과는 질감이 확연히 달랐다. 그리고 마루 위치가 좀 높아 보여. 여기서 두세 계단 정도는 올라가야 하는 높이.

"남아 있었어."

탄식하듯 중얼거리는 내 옆에서, 무녀님은 다시 기세 좋게 잡동사니들을 헤치고 나아갔다. 마침내 텅 빈 찬장을 구석으로 밀어내자, 문제의 방이 모습을 드러냈다. 한 단 올라가면 나무로 된 마루가 있었고, 거기서 한 단 더 올라가니 네 평 정도 되는 작은 방이 나왔다. 장지문은 보이지 않았지만, 문틀이 깔려 있어 옛날에는 문이 있었다는 것을 짐작할 수 있었다.

펜라이트 빛만으로는 도저히 안을 살필 수가 없었기 때문에, 실험실에서 커다란 손전등을 들고 왔다. 손전등의 환한 빛이 방을 비추자, 그 빛 바깥이 한층 더 어두워진 것처럼 느껴졌다. 방바닥을 비춰 봤다. 다다미가 깔려 있지 않아서 방바닥이라고 하기에도 애매했다. 다다미로 추정되는 판자들이 방 안 쪽 붙박이 장롱 앞에 쌓여 있었다.

우리는 각자 손전등을 들고 방 안으로 들어갔다. 마루가 삐걱거렸다. 켜켜이 쌓인 먼지 위에 대충대충 쌓아 놓은 잡다한 물건들. 대체로 학교 비품들이었지만, 개중에 작은 책장이나 낡은 냄비, 라디오 같은 것들이 눈에 띄었다. 약간이나마 사람 사는 냄새가 났다.

창문 위에 시계가 걸려 있었다. 열어젖혀진 채 늘어져 있는 커튼의 잔해. 빛이 바래고 찢어진 커튼 위에 먼지가 수북이 앉아 있었다. 방 한 구석에는 붙박이 장롱이 두 개 붙어 있었다. 한쪽 장롱 문이 열려 있고, 그 틈으로 부피가 큰 이불이 처박혀 있는 모습이 보였다. 그 안쪽 장롱은 닫혀 있었고, 문에 화려한 무늬가 그려져 있었다.

무늬가 아닌데. 새까만 얼룩 같아. 그 얼룩은 문 밑의 바닥에도 번져 있었다. 그 앞에 쌓여 있는 다다미에도 새까맣고 무슨 먼지를 굳힌 것 같은……

"서, 설마……."

내가 떨리는 목소리로 말했다. 스님이 다가와서, 문제의 얼룩을 손전등으로 비추어 보기 시작했다. 설마…… 이 많은 게 다…… 피……?

스님이 쭈그려 앉아 살펴보더니 말했다.

"……곰팡이야."

"곰팡이? 정말요?"

"어. 통풍이 안 되니 별 수 없지."

그렇구나. 곰팡이구나. 나는 안도의 한숨을 내쉬었다. 곰팡이는 안쪽 벽과 그쪽 창문에 걸린 커튼까지 번져 있었다. 마치 무언가가 흩뿌려져서 튄 것 같은 모양새였다. 곰팡이라는 걸 알면서도 기분 나쁜 건 마찬가지였다.

'으샤' 하고 몸을 일으킨 스님이 손전등으로 천장을 비춰 보기 시작했다. 나무판으로 된 천장에, 기울어진 채 달랑거리는 전등이 붙어 있었다. 입구 쪽 벽면에는 액자가 몇 개 걸려 있었다. 액자 안은 새까매서 뭐가 뭔지 알 수가 없었다. 수묵화 그림 같은데……. 저것도 아마 곰팡이겠지.

주위를 둘러보던 스님이 갑자기 피식거렸다.

"헛소문인가."

"네?"

스님이 나를 돌아보며 본격적으로 웃기 시작했다.

"봐봐. 목을 매달고 싶어도, 줄을 걸 만한 곳이 없어."

어라.

그 말을 듣고, 나도 다시 주위를 두리번거려 보았다. 그러네. 줄을 걸 수 있을 만한 곳이 없다. 굳이 하나 꼽자면 천장에 매달린 전등 정도이려나. 무녀님도 나와 같은 생각을 했는지, 천장에서 내려온 전등 줄을 잡아당기고 있었다. 그러자 삐걱하며 천장이 대놓고 일그러졌다.

에이, 뭐야.

갑자기 힘이 쭉 빠졌다. 아, 나 엄청 긴장하고 있었나 보네.

"그럼 '목 매달아 죽었다.'는 게 잘못된 정보 아니었을까?"

이제야 겨우 한숨 돌렸는데, 무녀님이 또 이상한 소리를 했다.

"마이가 해 준 그 괴담은 목을 매단 게 아니면 성립이 안 되잖아."

"그 부분만 헛소리일 수도 있지."

"물론 그럴 수도 있겠지만."

무녀님은 손전등으로 다다미 쪽을 비추며 말했다.

"저것도 곰팡이가 아닐지도 몰라."

"곰팡이가 아니면 뭔데. 제발 부탁인데 핏자국이라고는 하지 마라. 저게 혈흔이면 여긴 바로 대량 학살의 현장이 된다고."

"하지만 선생이 죽은 거 여름이었다며? 그리고 방학이라서 시신도 늦게 발견되었고."

무녀님이 낮은 목소리로 대답하자, 나와 스님의 얼굴이 동시에 찌푸려졌다.

"기분 나쁜 소리 좀 하지 마. 어쨌든 그 의견은 아웃. 다다미는 그렇다 쳐도 장롱 문짝이랑 벽에 있는 얼룩은 설명이 안 돼."

'그렇긴 하네.' 하고 무녀님은 좀 아깝다는 듯이 끄덕였다.

"어쨌든 숙직실은 실제로 존재하는 거네. 그리고 시간상으로 따져 보면 제일 처음 일어난 사건은 이 선생이 자살했던 거잖아? 나르도 이 사건 때문에 불길한 소문이 돌기 시작한 것 같다고 그랬고. 역시 모든 원흉은 이 선생이 아닐까."

"원흉이 있다면 그럴 수 있겠지."

스님은 대답하더니 전등을 꺼 버렸다. 갑자기 방이 새까만 어둠 속으로 가라앉았다. 하지만 곧 눈이 익숙해졌고, 부엌 위쪽의 작은 채광창을 통해 저녁놀 빛이 들어오는 것을 볼 수 있었다.

"숙직실은 실제로 존재해. 하지만 지금으로선 그뿐이야."

스님은 그렇게 말하며 방을 나섰다.

"물론 나도 여기에 뭔가 있다고 주장하고픈 심정은 이해해. 이

만큼 고생했는데 그게 다 도로아미타불이라고 생각하면 끔찍하지."

"내 말이 그 말이거든."

무녀님은 단어 하나하나에 힘을 주어 가며 긍정했다.

"하지만 여기서 누가 목을 매달아 죽은 적은 없다고 생각해. 역시 자살 선생과 숙직실 괴담은 별개의 이야기였던 게 아닐까?"

스님이 말하자 무녀님이 다른 의견을 제시했다.

"츠쿠모가미일 수도 있어."

"츠쿠모가미요?"

"원래 영혼이 없는 물건이 주변 정령의 파동이나 인간의 감정을 오랜 시간 빨아들이면, 영혼이 깃들게 되는 경우가 있어. 무생물이 마치 영혼이 있는 것처럼 굴게 되지."

"우와."

"자살한 선생은 아무런 사념도 남기지 않았을지 몰라. 실제로 최근의 트럭 사고를 제외하면 사망자가 나온 사고는 없었던 거잖아? 하지만 사람들은 오래도록 구교사의 저주를 믿었고 그런 학생과 선생 들의 감정을 빨아들여서 여기에 영혼이 깃든 게 아닌가 싶어. 즉 구교사에 대한 공포를 먹고 커진 거지."

스님이 약간 바보 취급하는 표정으로 무녀님을 바라보았다.

"너 방금 전까지 지령이라고 주장했잖아? 그 의견은 갑자기 어디로 간 거야?"

"물론 그 주장도 아직 유효해. 이 토지에 깃든 정령을 중심으로, 인간들의 나쁜 감정이 모여들어서 츠쿠모가미로 변한 게 아닐까? 만일 그렇다면, 상당한 강적인데."

"허어, 그러셔?"

또 또 시작이다. 나는 존을 돌아보았다.

"어떻게 생각해요?"

"저도 아직 잘 모르겠심더."

존은 곤란한 표정으로 웃어 보이더니, 뭘 확인하려는 듯 고개를 까딱거렸다.

"하지만 위험하다는 의견에는 동의함니더. 아직 뭐가 원흉인지 알 수는 없지만, 의자가 움직인 이상 뭔가 문제가 있는 건 확실하지예. 그렇다고 하면 계속되는 사고도 단순한 우연으로 치부할 수는 없는 노릇임니더. 어쨌든 제가 한 번 제령해 보도록 하겠심더."

"허어, 드디어 엑소시스트님의 등장이신가?"

스님이 존을 놀렸지만, 존은 가볍게 고개만 끄덕일 뿐이었다. 존은 당신네들 싸움 같은 거에 안 끼거든요? 당신들이랑 달라서 성격이 좋으니까.

"존, 도와줄까요?"

"물론임니더. 제가 기도를 시작하면 기계를 주목해 주심 됨니더. 뭔가 반응이 있을 수도 있어예."

"알겠어요."

6

화면에 이층 교실이 나오고 있다. 미치루네 선배가 하얀 그림자를 봤던, 그리고 마사코가 떨어졌던 그 교실이다.

해는 이미 져 버렸지만, 이층 교실에는 아직 잔잔한 노을이 비쳐 들어오고 있었다. 그때 영상이 갑자기 뚝 끊기더니 흑백으로 변해 버렸다.

"어?!"

거친 흑백 화면이었다. 나는 당황해서 마이크를 켜고 나르를 불렀다.

"나르!"

"무슨 일이야."

"비디오 화면이 흑백으로 변해 버렸어."

"걱정할 것 없어. 바깥이 어두워져서 야간촬영 모드로 자동 전환된 거야. 지금 상황은?"

"존이 기도를 시작할 거야. 아, 나왔다."

교실에 존이 나타났다. 어쩐지 고풍스러워 보이는 옷(저게 신부님들이 입는 옷인가)으로 갈아입은 존의 목에, 광택이 도는 얇고 가는 천이 걸쳐져 있었다. 흑백 화면이라 그런지, 존의 금발이 훨씬 빛나 보이고, 장엄한 인상을 주었다.

존은 교실 안으로 천천히 걸어 들어가서, 물이 든 작은 병을 꺼내들었다. 병 입구에 손끝을 대어 물을 한 방울 묻히고는, 그 손끝으로 기둥에 십자가를 그렸다.
 같은 식으로 벽과 기둥 여기저기에 십자 표시를 하더니, 존은 교실 중앙에 있는 교단을 작은 제단으로 삼았다. 작은 은빛 촛대와 접시를 두 개씩, 그리고 은으로 된 그리스도상을 하나 놓았다.
 존이 초에 불을 켜자 주변이 환해졌다. 화면에서는 촛불 끄트머리만 밝게 빛나는 것처럼 보였다. 화질은 별로였지만, 신기할 정도로 엄숙한 느낌을 주는 영상이었다.
 존은 손을 모으고 천천히 고개를 숙였다. 가느다란 목소리가 스피커를 통해 흘러나왔다.
 "하늘에 계신 우리 아버지."
 그 목소리에서는 이상한 억양이 전혀 느껴지지 않았다.
 "그 이름 찬미하게 하소서. 영광의 나라를 저희에게 주소서. 하늘에서 이루어지는 것이 땅에서도 이루어지게 하시고, 우리 죄를 사하시고, 우리를 시험에 들게 하지 마시고, 악에서 구하소서. 이 나라와 권능과 영광이 영원히 당신과 함께 하나이다. 아멘."
 부드럽게 노래하듯 기도한 존은 물병을 들고 주변에 물을 뿌렸다. 혹시 저게 말로만 듣던 성수라는 건가.
 그러더니 성서를 펼쳤다.
 "주여, 주께서는 오래전부터 우리의 집이시었나이다. 이 땅과 이 땅의 모든 것을 손수 만드시기 이전부터, 처음과 같이 지금도 항상 영원히 가장 높은 분이셨나이다."
 진짜 신기하다. 어째서 기도할 때는 억양이 표준말이지? 어쨌거나 존의 기도는 듣기 좋았다. 무슨 뜻인지는 못 알아듣겠지만, 부드러운 목소리가 매끈한 억양으로 흘러나왔다. 언제까지나 듣고 있어도 좋을 것 같은 목소리였다. 어쩐지 기분도 편안해지고.

"꽤 하는 걸?"

화면을 지켜보던 스님이 조용히 중얼거렸다.

"꽤 한다니요?"

"기도하는 거 들어보면 얘가 된 놈인지 아닌지는 금방 알 수 있어. 겉치레나 허세가 전혀 느껴지지 않아. 기도가 완전히 입에 배어 있는걸."

"흐으음."

존이 칭찬받는데 왜 내가 기분이 좋아지는 걸까. 아무튼.

"어디 그 무녀씨랑은 다르게, 과장되지 않고 침착하잖아."

항상 한 마디 많아요.

물론 무녀님이 그 말을 놓칠 리가 만무했다.

"뭐라고?"

"아뇨. 아무것도 아닙니다."

이제 해가 완전히 지고 말았다. 실험실 안에 빛이라고는 텔레비전 화면뿐이었다. 텔레비전이 워낙에 많다 보니 꽤 밝기는 했지만. 텔레비전 빛이라는 게 워낙 사람을 질리게 하는 구석이 있어. 아무 말 없이 화면을 지켜보는 무녀님과 스님의 얼굴 위로, 텔레비전 빛이 기계적인 그림자를 드리우고 있었다.

이층 교실에서는 여전히 존이 기도를 계속하고 있었다. 존은 제단 위에 올려놓은 은접시에서 하얀 가루를 손끝으로 집어 올렸다. 눈은 성서에 두고, 성서를 읽어 내려가며 하얀 가루를 바닥에 뿌렸다. 소금인 것 같다.

"태초에 말씀이 있었고, 말씀은 그분과 함께했다. 말씀은 그분 자체였다."

갑자기 존이 성서에서 눈을 떼고 고개를 들었다. 기도가 한 순간 끊기고 말았다. 기도가 몸에 배어 있는지 곧바로 다음 구절을 이어 나갔지만, 존의 시선은 어딘가를 공허하게 배회했다. 기도도 어쩐지 매끄럽지 못했다. 마치 딴 생각을 하는 것처럼.

"무슨 일이지?"

존은 무언가를 신경 쓰고 있었다. 신경 쓰이게 하는 원인을 필사적으로 찾고 있었다.

스피커 볼륨을 높이자, 존의 목소리 사이사이에 무언가가 뚝뚝 부러지는 소리가 나고 있었다.

"랩음 아냐?"

무녀님이 벌떡 몸을 일으키며 말했다.

"말씀은 태초부터 그분과 함께했나니 만물이 이로서 나고, 그 중 말씀으로 이루어지지 않은 것이 없었다."

존에게 무슨 일이 생긴 건가?

화면은 교실 동쪽 끝 방향부터, 대각선상에 있는 서쪽 끝까지를 비추고 있었다. 아무것도 없는 교실에서 곤혹스러운 표정으로 주위를 둘러보는 존이 안쓰러워 보였다. 삐긱거림이 점점 심해졌다. 뭐가 부러지는 소리, 작게 두드리는 소리까지.

"……그러므로 생명이 말씀 속에 있었다. 생명은 사람을 비추는 빛이었다."

존은 입 속으로 중얼거리며 몇 번이고 뒤돌아 천장을 쳐다보았다.

"앗!"

나는 얼떨결에 자리에서 일어나고 말았다.

교실 천장. 존이 계속 신경 쓰고 있는 그 주변이다. 교실 서쪽, 존의 등 뒤에 해당하는 그 바로 윗부분.

천장이 내려앉고 있었다.

당장이라도 무언가가 천장을 뚫고 떨어져 내릴 것 같았다.

"존이 위험해!"

천장이 이렇게 가라앉고 있는데, 존은 몇 번을 뒤돌아 봤으면서 왜 알아차리지를 못하지?

맞다, 지금 우리가 보고 있는 건 야간 촬영 모드의 카메라 화면. 카메라에선 이렇게 명백히 보이는데, 존한테는 보이지 않는 거야!

나는 의자를 걷어차며 뛰쳐나갔다.

"어이, 아가씨!"

스님이 당황한 목소리로 나를 불렀지만, 나는 손전등을 집어 들고 실험실을 박차고 나갔다. 전속력으로 계단을 뛰어 올랐다. 어두워서 발밑이 잘 안 보였다. 하지만 그런 걸 신경 쓸 여유 따위는 없었다. 서쪽 교실이 가까워졌다. 존이 있는 곳에서 나던 기괴한 소리는, 복도에서도 들을 수 있을 만큼 컸다.

"존, 존!"

교실 안으로 뛰쳐 들어가자 존이 놀란 모습으로 뒤돌아봤다.

"마이 씨?"

나는 존의 팔을 잡고 냅다 끌었다.

"존, 위험해요. 빨리 나와요!"

"네?"

"됐고, 빨리 나오라고요!"

문제의 천장을 손으로 가리킬 틈도 없었다.

머리 위에서 우당탕탕하고 격한 발소리가 났다. 동시에 나무판이 쩍 갈라지는 기분 나쁜 소리, 땅이 울리고 물건들이 마구잡이로 떨어지는 소리가 났다. 그리고 먼지가 훅 피어 오르며 바닥이 흔들리기 시작했다. 흔들리던 촛대가 결국 떨어지고 빛이 사라지자, 주변은 새까만 암흑으로 돌변했다.

7

손전등 불빛들이 이리저리 얽히고 있었다.

교실 중앙에 무너져 내린 잔해가 산을 이루었다. 부러진 나무판과 각목에 산산조각이 난 기와, 그리고 꾸깃꾸깃한 파란 비닐,

대량의 토사까지. 마사코가 떨어진 가벽은 반쯤 뚫려 있는 상태였는데, 그 주변부터 교실 중앙까지 건물 천장이 아예 지붕 채로 무너져 내린 것이다.

"마이 씨 아니었음 큰일이 났을 겁니더."

존의 목소리가 조금 떨리고 있었다. 나를 뒤따라 온 무녀님과 스님의 얼굴도 완전히 굳어 버렸다. 나르는 부러진 각목 조각을 집어 들고는 생각에 잠겼다.

"여긴 위험해. 밑으로 내려가는 편이 좋겠는데."

스님이 잔뜩 긴장한 목소리로 말했다. 무녀님은 한기를 느꼈는지, 양팔로 스스로의 몸을 감쌌다.

"미안하지만, 나 오늘은 돌아가야겠어."

"어라, 이런 의지박약 같으니라고."

스님이 야유하듯 말했지만, 무녀님은 발끈할 기색이 없어 보였다.

"살아 있어야 이 일도 해먹는 거야. 마사코도 조금만 잘못 떨어졌으면 목숨이 간당간당했을 거라고. 존도 마찬가지고. 몸을 사려야겠다 싶을 때는 사려야지. 난 현명하니까."

"결국 겁을 먹으셨다 이 말이구먼?"

"뭐라고든 지껄여. 기도에 반발하고 있는 거야. 그 결과가 이거라고."

나는 무녀님의 옷자락을 끌어당겼다.

"또 흉폭해질 수도 있는 거예요?"

무녀님은 나를 잠시 쳐다보더니 고개를 푹 숙이며 대답했다.
"이런 말 해서 미안한데. 이쯤 되니 얘가 감당할 수 있는 놈인지 아닌지도 잘 모르겠어. 그렇게 만만한 상대가 아닌 것 같아. 지금 이 꼴을 좀 봐."
무녀님은 손전등 불빛으로 잔해를 비췄다.
"지붕을 무너뜨릴 정도로 난폭한 놈은 처음이야. 이런 짓을 할 수 있는 놈이면, 단순한 제령으로는 생채기 하나도 내기 힘들 거야."
"그럼 어떻게 하실 건데요?"
반발 때문에 섣불리 제령할 수 없다면, 어떻게 해야 하는 거지?
"이쪽도 만반의 준비를 하고 진지하게 전투에 임하는 수밖에. 아니면 전 이거 감당 못합니다, 하고 꽁지 빠지게 도망치던가."
"프로면서……."
"프로니까 자기가 할 수 있는 것 없는 것을 확실히 구분해야 하는 거야. 뭐든 최선을 다하면 어떻게든 되겠지, 하면서 쓸데없이 힘을 낭비하는 건 초보나 하는 짓이고. 어쨌든 나는 오늘은 이만 실례하겠어. 밤에 여기에 남아 있는 건 완전히 바보짓이야. 일은 내일부터 다시 시작할래."
'그런 게 어딨어요?' 하고 나는 무녀님의 발목을 잡고 늘어질 뻔 했다. 댁은 돌아가면 그걸로 끝일지 모르지만, 저는 여기 남는단 말입니다. 무서우니까 집에 가고 싶다고 해도 엄격하신 주인님이 허락해 줄 리 없고.

"확실히 지금은 여기를 벗어나는 게 좋겠군."

돌아보니 그렇게 중얼거린 것은 놀랍게도 엄격하신 주인님, 나르였다.

"어이어이, 나르."

스님이 질렸다는 듯이 내뱉었다.

"너까지 겁먹은 거냐?"

"좋을 대로 말씀하시지요. 하지만 지금은 무녀님의 말이 옳습니다. 마이, 너도 돌아가."

나르는 각목을 손에 든 채 나를 돌아보며 말했다.

"정말?"

어머, 내 목소리가 싱글벙글 춤을 추네.

"이봐, 계집애들도 아니고 참 나……."

아직도 꿍얼거리는 스님의 말을 나르가 시선 한 방으로 멎게 해 버렸다.

"일단 충고해 두겠습니다만, 스님도 오늘은 돌아가시는 게 좋을 겁니다."

존이 한숨을 푹 내쉬었다.

"저는 충고에 따라, 오늘은 그만 돌아가 보도록 하겠심더."

스님은 나르와 존을 번갈아 쳐다보더니 가볍게 혀를 찼다.

"쳇, 어쩔 수 없군. 오늘은 이쯤 하고 갈까?"

앗, 스님도 혼자 남는 건 무서운가 보다. 히히.

스님이 포기함과 동시에 우리는 썰물처럼 교실을 빠져나왔다.

계단을 내려와 현관을 통해 나가려 하는데, 나르가 갑자기 발걸음을 멈췄다.

"어라? 나르는? 집에 안 가?"

"잠깐 조사하고 싶은 게 생겼어."

나는 무심코 현관을 나서는 사람들과 나르 사이에서 갈등하고 말았다. 주인 되시는 분이 무모하게도 이 시점에 구교사에 남으신다는데, 충직한 신하인 내가 집에 돌아가는 것이 마땅한 일인가. 도의적인 문제를 떠나서, 나중에 자기 혼자 일 빼먹고 집에 갔다는 둥 그런 소리를 지겹게 듣게 된다면 속이 쓰릴 것 같아. 내가 머뭇거리자 다른 사람들도 덩달아 멈춰 섰다. 나를 바라보는 눈들이 뭐해, 집에 안 가? 라고 말하고 있었다.

나르는 눈썹을 한 번 밀어 올리더니 한 손으로 손짓을 했다.

"뭐 해. 가도 된다니까."

"하지만……."

나르 혼자서 여기에 남는다니……. 그래도 괜찮은 걸까.

"난 신경 쓰지 말고. 어서 가."

나르의 말에 떠밀려, 나는 구교사를 등 뒤로 했다. 석연치 않은 기분에 휩싸인 채로.

5

1

 다음 날, 나는 일어나자마자 학교로 향했다. 휴일이었다. 그러니 바른 자세로 수업을 열심히 듣자고 학교로 갔던 건 아닌 셈이다.
 '나르, 괜찮을까……'
 물론, 천하의 나르에게 무슨 일이야 있었겠냐마는 신경이 쓰이는 건 어쩔 수 없는 노릇이었다. 존이 그런 일을 당한 게 불과 몇 시간 전인데 다시 또 그런 사고가 나면 어쩌려고 혼자서 학교에 남은 거지? 그 야밤에 혼자 구교사에 남으면 도움을 청할 사람도 아무도 없고.
 뭐, 그런 생각을 하며 사복을 입고 학교로 향했고, 구교사를 향해 냅다 뛰었다. 사복 입고 학교에 오면 어째서 쓸데없이 두근두근거리는 걸까? 심장박동을 느끼며 교사 뒤로 돌아들었다. 구교사는 그 자리에 무사히, 멀쩡히 서 있었다. 나는 안도의 한숨을 내쉬었다.
 막상 바깥에서 보니 구교사는 지나치게 멀쩡해 보였다. 어제의 그 사고들이 무색할 정도로 말이다. 문제의 이층 서쪽 가벽에는 여전히 큰 구멍-마사코가 떨어진-이 나 있고, 그 위에 얹혀 있는 지붕이 약간 일그러진 것 같긴 했다. 하지만 어쨌든 지붕 기와 위에는 파란 시트지가 멀쩡하게 덮여 있었다. 자세히 보지 않으면 사고가 났는지 어쨌는지 알 수 없을 것 같았다.

어젯밤 또 새로운 사고가 일어났다는 느낌도 전혀 들지 않았다. 이상해라. 그렇게 생각하며 구교사로 들어갔다. 현관에서 실험실 방향을 향해 한 발 올라서자, 돌연 이상한 냄새가 훅 끼쳐왔다.

"뭐지, 이거……."

혼잣말하며 실험실에 들어왔지만, 나르는 그곳에 없었다. 나르뿐만 아니라, 산처럼 쌓여 있던 기자재의 절반 정도도 함께 사라졌다. 남아 있는 절반도 작동하지 않는 것이 태반이었다. 코드는 콘센트에서 빠져서는 뱀이 똬리를 틀듯 돌돌 말려 있었다. '지금 치우고 있습니다.' 같은 느낌이었다.

'무슨 일이지?'

나는 바깥으로 달려 나왔다. 실험실에 없으니 차에 있을 거라는 생각이 들었다. 구교사 뒤편으로 돌아나가자, 나르의 회색 밴이 항상 있던 그 자리에 서 있었다(생각해 보니 조수씨가 다친 이후 계속 그 자리에 차를 내버려 두었던 것 같다. 나르는 미성년자잖아). 짐칸을 슬쩍 들여다보았다. 나르는 비좁은 짐칸 안에서 잔뜩 웅크린 채, 기계에 몸을 기대고 잠들어 있었다.

나는 차창을 두드리며 나르를 불렀다.

"나르!"

나르의 눈꺼풀이 두어 번 깜빡거리다 이내 열렸다. 잠시 멍하니 허공을 바라보던 나르가 나를 돌아보았다.

이 자식, 진짜 잘생기긴 했구나.

거의 반쯤 잠이 덜 깬 사람의 얼굴이 예술 작품으로서의 감상 가치를 지니다니. 이건 사기야.

"……마이."

"좋은 아침."

"뭐야, 도대체. 이른 아침부터."

나르는 기분이 썩 좋지 않다는 듯 험악하게 한마디 내뱉었다. 뭐야. 걱정돼서 한달음에 달려왔더니만!

"이른 아침이라뇨. 벌써 열한 시 넘었거든요?"

"아직 오후도 아니잖아……."

아직 오후도-라니, 너 도대체 어떤 식으로 살고 있는 거야?

"어쨌거나, 커피 내려왔는데. 마실래?"

"별 일이 다 있네. 오늘은 머리 회전이 잘 되나 보군."

이게 칭찬이야 욕이야. '별 일이 다 있네.'라는 부분이 몹시 신경 쓰이는데? 그냥 깔끔하게 고맙다 한마디만 딱 하면 어디가 덧나? 쳇, 됐어. 이제 익숙해졌으니까.

나는 속으로 꿍얼거리면서 포트에서 커피를 따라 건네주었다.

"그래서 어제 뭐 알아낸 거 있어?"

"응."

엥? 정말? 별 기대 안 하고 있던 나는 눈을 끔벅거렸다.

"'응'이라니……. 정말 뭔가 알아낸 거야?"

아뿔싸, 같은 질문을 두 번 했다. 그러나 나르 특유의 경멸하는 시선은 날아오지 않았고, 나르는 무표정하게 고개만 끄덕였다.

커피가 고마워서인지, 단순히 아직 잠이 덜 깨어서인지는 모르겠지만.

아니, 그런 건 아무래도 좋다. 어쨌든 뭘 알았다는 거야.

내가 다시 나르를 붙잡고 뭘 알아냈는지 캐물으려던 찰나, 나르를 부르는 목소리들이 들려왔다.

영능력자 여러분이 도착하셨구먼.

스님과 무녀님과 존이 차를 향해 허겁지겁 달려오고 있었다. (그런데 왜 셋이 나란히 함께 오고 있는거지?) 스님이 가쁜 숨을 내뱉으며 먼저 말을 꺼냈다.

"이봐, 어떻게 된 거야?"

마치 무슨 일이라도 난 듯했다. 나는 고개를 갸웃거리며 물었다.

"뭐가 어떻게 됐는데요?"

"실험실에 있던 기자재들 말이야."

아, 맞다. 나도 사라진 기자재들에 대해 물어보려던 참이었다.

그러나 내가 말을 꺼내기도 전에, 무녀님이 비꼬듯이 나르에게 물었다.

"벌써 갈 준비하는 거니?"

"그렇습니다."

나르는 아무렇지도 않다는 듯이 대답했다. 무녀님은 무슨 소리냐는 듯 눈을 동그랗게 치켜뜨고 있었다. 뭐야뭐야, 이게 무슨 소리야.

"농담이지?"

"농담 아니니까 실험실을 정리하고 있는 건데?"

갑자기 모두가 잠잠해졌다. 서로의 눈치를 보는 듯한 적막이 잠시 흐른 뒤, 모두들 나르가 진심이라는 것을 깨닫고는 당황하기 시작했다.

"잠깐, 너 그거 무슨 뜻이야?"

"그라모 제령이 됐다는 검니꺼?"

"그럴 리가 없지……. 없지?"

나르는 머리가 울린다는 듯이 이마를 가볍게 만지작거렸다.

"조용히 좀 해 주시지요……. 일어난 지 얼마 안 됐단 말입니다. 얼마 자지도 못 했는데."

헉, 밤을 샌 거야?

스님이 자기 얼굴을 나르 얼굴 앞에 불쑥 들이밀며 물었다.

"간다니, 이유가 뭐지?"

"사건이 해결되었다고 판단했기 때문입니다."

"제령했다는 거야?"

"하지 않았습니다."

엉?

나르는 졸린 얼굴로 근처에 있던 서류를 더듬거리더니, 그것들을 집어서 스님 앞에 내밀었다.

"이게 뭔데?"

"마루 밑에 설치한 위치 센서 그래프입니다."

'헤에' 하며 스님은 그 그래프를 살펴보기 시작했다. 무녀님과 존이 스님 어깨 너머로 그래프를 들여다봤다. 나도 모두를 따라 한번 들여다보기는 했지만…… 무슨 뜻인지 알 리가 없지.

"그래서, 이게 어쨌다는 건데?"

"구교사가 어제 반나절 동안 0.2인치 가까이 가라앉았다는 뜻입니다."

"뭐라고?"

스님은 깜짝 놀라서는 나르의 손에서 그래프를 낚아챘다. 그리고 쭉 살펴보다가는 머쓱한 표정을 지었다.

"……봐도 모르겠지만."

무녀님이 이야기에 끼어들었다.

"도대체 무슨 소릴 하는 거야?"

"건물이 가라앉고 있다는 뜻입니다. 지반이 침하하고 있어요."

"뭐? 그럼 이 괴현상의 원인이 지반침하라는 거야?"

나르는 대답하지 않았다. 대신 산처럼 쌓여 있던 종이 더미를 뒤지기 시작했다.

"고지도, 지도, 지도……. 지층도, 수맥도."

그렇게 말하며, 열 장 가까이 되는 종이를 순서대로 나열했다.

"뭐하는 거야?"

"보면 알아."

우리는 나르가 꺼내 놓은 종이들 중 한 장씩을 집어 들었다. 자기 종이를 뚫어져라 쳐다 본 뒤, 서로의 종이를 들여다보기도 했다.

"지도네요."

"지도네."

으악! 뭐가 뭔지 모르겠다고요.

나르는 이제야 겨우 잠에서 깨어난 듯 했다. 가볍게 기지개를 켜며 말했다.

"이곳은 원래 습지였습니다. 이 일대 토지는 전부 습지를 메운 간척지고요. 그뿐만 아닙니다. 거기, 그 종이에 있는 우물 위치를 보세요. 상당히 거대한 수맥이 학교 중앙을 지나고 있습니다."

모두가 다시금 지도를 들여다보았다. 각각의 지도 위에는 몇 개의 검은 점이 찍혀 있었고, 그 중 몇 개에 빨간 펜으로 표시가 되어 있었다.

"그 표시된 우물 중 지금까지 남은 우물은 모두 두 곳. 둘 다 신사에 있습니다. 수량을 확인했더니 둘 다 바짝 말라 버렸더군요. 무슨 뜻인지 아시겠습니까?"

"뭐?"

"그러니까, 여기는 원래 지반이 약한 곳이었던 겁니다. 습지를 메워서 만들었으니 어쩔 수 없죠. 그리고 밑에 커다란 지하 수맥이 흐르고 있었지만, 수량이 줄어서 수맥이 말라붙었습니다. 수량이 줄면 지반은 수축합니다. 흙 입자 사이를 메우던 물이 사라지는 거니까요. 즉 땅의 두께가 줄어들게 되고. 그래서 지금 지반침하가 일어나고 있습니다."

우리는 사이좋게 멍한 표정을 짓고 있었다.

"그것도 꽤 심하게. 특히 심한 부분이 이곳입니다."

나르는 구교사 배치도를 꺼내 들고는, 파랗게 칠해져 있는 곳을 가리켰다.

"이 부분. 전형적인 부동침하 현상입니다. 지반이 균등하게 수축하지 않아서, 침하에 편차가 생기고 있어요. 건물 한쪽이 급속하게 기울어지기 때문에 여기저기가 뒤틀리고 있는 겁니다. 교장 선생님이 구교사를 철거하지 못해서 안달이 나 있지만, 사실 그럴 필요도 없을 정도죠. 구교사가 무너지는 건 시간문제입니다."

"그렇지만 말이다."

말을 꺼내려던 스님을 제지하고, 나르는 차 근처에 떨어져 있던 목재를 가리켰다. 각목이 두세 개 떨어져 있었다.

"어제 떨어진 각목들입니다. 잘려 나간 단면을 좀 보시죠. 급격한 부하가 실려서 부러진 거라면 단면은 깨끗해야 합니다. 하지만 지저분하게 찢어져 있는데다, 단면 자체의 색깔이 몹시 더럽습니다. 장기간 힘이 실려서 마침내 부러지고 말았다는 증거입니다."

적막.

스님이 어깨를 축 늘어뜨렸다.

"……뭐야. 그럼 결국 그것 때문에 의자가 움직이고, 지붕이 떨어지고 그랬다는 건가?"

"그렇습니다. 의자가 움직였던 그 교실, 경사를 재 봤더니 서쪽이 동쪽보다 최대 이 인치 반 정도 높았습니다."

"이 인치 반이라면 육 센티미터 정도인데. 엄청나구먼."

"실제로는 마루가 상당히 불규칙하게 일그러져 있습니다. 서쪽 벽 끝 라인을 기준으로 해도 평균적으로 삼십오 밀리미터 정도의 차이가 납니다. 나무는 콘크리트와는 달리 탄성이 있고, 구교사는 대부분 나무로 만들어져 있어요. 옛날 공법으로 만들어진 건물이라 겨우 형태를 유지할 수 있는 겁니다."

나르는 종이 더미 속에서 폴라로이드 사진 한 장을 꺼내 들더니 말을 이었다.

"서쪽 마루 밑을 찍은 사진입니다. 합판을 들어내고 봤더니 이렇더군요."

기둥뿌리인 것 같았다. 주춧돌을 두고 그 위에 나무 기둥을 세웠던 것 같은데……. 나무 기둥과 돌 사이가 한참 벌어져서, 기둥이 공중에 떠 있는 것 같았다.

'맞다!' 하며 스님이 머리를 긁적였다.

"그러고 보니 현관 천장 쪽도 금이 가 있었어."

"잡초 때문에 잘 보이지는 않지만, 조사해 보니 외벽 쪽 기초 부분에도 상당히 금이 가 있었습니다. 현관도 마찬가지고요. 먼지가 쌓여 있어 잘 보이지 않지만, 닦아 내고 보니 금이 가 있었고 바닥의 높낮이도 달랐습니다. 현관에 서 있던 신발장들이 기울어져 있는 것은 신발장 문제가 아니라 바닥이 뒤틀려 있었기 때문입니다."

그렇구나아. 나는 내심 무릎을 쳤다. 조수씨가 다친 그날, 신발장이 그렇게 쉽게 도미노처럼 와르르 무너져 내린 건 애초부터 바닥이 평평하지 않았기 때문이다. 하긴 나 하나 부딪혔다고 그 무거운 신발장들이 한꺼번에 쓰러진 건 이상했지. 그렇고말고.

하지만 무녀님은 인정할 수 없다는 듯이 목소리를 높였다.

"정말 그 이유 하나로 이 모든 일이 설명될 수 있다고 생각하는 거야?"

"네. 그렇게 생각합니다."

"좋아. 내가 갇힌 거, 그건 지반침하지 뭔지 그것 때문이라 치자고. 바닥이 기울어져 있으면 문이 저절로 닫힐 수도 있고, 운 나쁘면 안 열릴 수도 있겠지. 하지만 그 사람 다리, 천장에 붙어서 달리던 다리 영상은 어떻게 설명할 건데?"

"그건 다리가 맞습니다. 하지만 유령이 아니라, 운동장을 달리던 학생의 다리였을 겁니다."

"뭐?"

"핀홀 현상입니다. 그때 바깥에는 강한 석양이 비치고 있었죠. 그게 건물 틈새로 들어와 어두운 건물 벽에 상을 맺히게 한 겁니다."

'어' 하며 스님이 알았다는 듯이 중얼거렸다.

"그 카메라의 원리, 그거 말인가?"

"맞습니다. 그래서 영상은 거꾸로 뒤집혀 있고, 바닥을 달리던 다리가 마치 천장을 달리는 것처럼 찍히게 된 겁니다. 그 전에도 맑은 날이나 석양이 비친 날은 많았지만 핀홀 현상이 관찰된 적은 없었습니다. 즉, 그 전까지 없었던 틈이 갑자기 생겨났고, 그 틈을 통해 현상이 일어난 거라고 볼 수 있죠. 지반침하와 더불어 건물이 무너져 내리고 있다는 것도 알 수 있고요."

'하지만' 하며 무녀님은 아직 석연치 않다는 듯한 표정으로 말했다.

"그럼 램음은 왜 난 거고?"

"그건 램음이 아니라, 실제로 건물이 무너져 내리는 소리입니다."

"그럼 집 울림이라는 거야?"

"틀림없습니다. 관측을 시작했을 때부터 집 울림은 빈번하게 들려왔어요. 초현상적인 소리는 집 울림과는 특징이 다른 경우가 많은데, 이 소리는 라이브러리와 비교해 봐도 집 울림과 크게 다를 바가 없습니다."

오오오.

"그럼 발소리는?"

"발소리가 아니라 물소리야."

"어? 하지만……."

"라이브러리와 대조해 본 결과도 마찬가지였어. 물방울이 얇은 판 위로 떨어지는 소리더군. 빗물이 천장 어딘가에 고였다가 떨어졌을 거야. 방수 시트 같은 것이 천장 속에 깔려 있었을 가능성이 높아. 실제로 어제 무너져 내린 잔해에도 파란 비닐 시트가 있었지. 건물이 조금씩 뒤틀리면서 방수 시트가 기울어지면, 어디 틈새에 고여 있던 물이 시트를 따라 쏟아져 내리면서 간헐적으로 천장 판자를 두드리게 되는 거다. 그게 발소리처럼 들렸을 확률이 높아."

"어어…… 그래도……."

"구교사에서는 정체불명의 소리가 난 적이 없어. 지금까지 난 소리들은 이 정도 폐가라면 당연히 날 법한 것뿐이었어. 좀 특이하다 싶었던 건 쇠파이프를 두드리는 것 같은 금속음 정도였어. 아마 오래 된 수도관이 서로 부딪히고 있는 거겠지."

아, 그 소리. 속이 빈 듯 깡 하고 울려 퍼지던 소리를 기억해 냈다.

"그게 수도관 소리였어?"

"그럴 거야. 바닥을 뜯어 본 바로는 배수관 연결 상태도 그다지 좋지 않았어. 관과 관이 이어지지 않고 빠져 있는 부분이 많을 거야. 이층 계단을 올라가다 보면 그 소리가 나지? 너도 봤겠지만, 그 계단을 올라가면 강당 근처에 손 씻는 곳이 있어. 아마 이층에서 일층으로 향하는 수도관이 빠져 있을 거야. 빠진 수도관이 진동으로 흔들려서 부딪히고 있는 거지."

"그럼 그건? 가끔 뭐가 썩는 것 같은 냄새가 나는데……."

나르가 고개를 끄덕였다.

"고인 물이 썩는 냄새일 거야. 그러니까 결국 처음부터 이상한 건 아무것도 없었어. 공기 중의 냄새를 계측하면서 따라가 보니 계단 밑이 제일 수상해 보였어. 기계로 관측되는 냄새는 심령 현상이라고 할 수 없지. 심령적인 냄새는 그저 이미지에 지나지 않을 뿐, 관측이 되지는 않는 법이야. 그때부터 혹시 이 밑에 썩은 물이 고여 있는 게 아닐까 싶었는데, 아무래도 실제로 그런 모양이야. 계단 밑, 반 정도 올라가다 보면 잠깐 계단이 끊기고 평평해지잖아, 그 밑에 작은 창고가 있어. 그 창고 바닥을 일부 뜯어 내고 내시경을 투입해 봤는데, 역시나 마루 밑에 깊은 웅덩이가 있더군. 아마 건물 틈새로 유입된 빗물이 오랫동안 고여서 이루어진 거겠지."

우와…… 뭔가 대단하다. 모든 걸 설명해 버렸어.

"잠깐 기다려!"

무녀님이 격하게 이의를 제기했다.

"소리나 냄새도 그렇다 치자고. 하지만 그것만으로는 설명이 안 되는 게 있어. 서쪽 끝의 그 교실은 정말로 이상하다니까!"

'그렇심더.' 하며 존이 무녀님의 의견에 동의했다.

"마츠자키 씨 말씀에 저도 동의합니다. 그 교실은 어쩐지 심상 찮은 느낌이 듭니더. 그것도 지반침하 때문인 검니꺼?"

"그래서 지반침하 때문이라고 하는 겁니다."

"그래서?"

나르는 끄덕이며 말을 이었다.

"그 느낌이 무엇인지 알고 있습니다. 여기서 오랫동안 작업을 하면 현기증이 나는 경우도 있고요. 그때부터 건물이 뒤틀려 있던 게 아닌가 하는 생각은 하고 있었습니다. 인간의 눈이나 평형감각이라는 것은 본인이 생각하는 것 이상으로 둔한 법입니다. 사람이 위화감을 느낄 정도가 되려면 건물이 천 분의 육 정도는 일그러져야 합니다. 천 분의 십이 되면 일상생활에 지장이 생기고, 장기간 생활할 경우 자율신경에 영향을 미쳐 불면증이나 두통이 생기는 경우도 있습니다."

"잠깐, 그럼."

스님이 끼어들었다.

"천 분의 십이라면…… 어…… 서쪽 끝이 평균 삼십오 밀리미터 침하되었다고 했고, 교실 입구가……."

"경사의 문제가 아닙니다. 다각형으로 생각하세요. 이 건물처럼 변형경사, 즉 건물 모양이 총체적으로 변형되어 있는 경우에는, 두 점을 잡고 그 사이의 경사를 구하는 것은 별 의미가 없습니다. 건물 전체에서 측량점을 정하고 각각의 점마다 변형각을 일일이 구할 필요가 있습니다. 시간이 별로 없어서 정확하게는 재 보지 못했지만 최대 수치는 천 분의 십칠이었습니다."

물 흐르듯 막힘없이 설명하던 나르가 우리를 돌아보았다.

"참고로, 천 분의 십오 이상 일그러져 있을 경우, 그 건물은 무너질 위험성이 있다고 판단할 수 있습니다."

무녀님이 소스라치게 놀랐다.

"그럼 우리 지금 엄청 위험한 곳에서 계속 있었다는 거잖아!"

"그런 것 같네."

"우리들뿐만이 아임니더."

존의 목소리는 잔뜩 긴장해 있었다.

"학생들이 위험함니더. 교장 선생님께 부탁드려서 출입 금지령을 내려달라고 부탁해야 하니더, 합니다."

스님이 앞으로 폭 자빠지며 웃었다.

"존! 부탁이니까 사투리 뒤에 표준말 어미 붙이는 것 좀 그만해."

"죄송함니더."

존 괴롭히지 마! 존이 잘못한 게 아니잖아! 가르친 사람이 나쁜 거지!

"존 씨의 말이 옳습니다."

나르는 어디까지나 냉정 그 자체였다.

"교장 선생님께, 구교사 부근 출입을 통제하도록 부탁드릴 필요가 있습니다. 구교사는 머지않아 무너질 테니까요."

2

그 후, 나와 나르 둘이서 기자재를 정리하는 곳에 쿠로다 여사가 찾아왔다. 무녀님과 스님과 존은 지반침하의 증거인지 뭔지를 구경하러 갔다(뒷정리에 동원되는 게 귀찮아서 그랬을지도 모르겠다). 반 정도는 나르가 다 치워 놓은 상태였지만, 남은 기자재를 확인한 뒤 차로 옮기고, 선반을 분해하고, 임시로 설치한 전원에서 코드를 빼고(아무래도 근처 전신주에서 직접 전기를 끌어왔었던 모양이다), 구교사 구석구석에 깔려 있던 코드를 감아서 정리하는 등…… 남아 있는 작업에는 끝이 없었다. 묵묵히 그 작업을 수행하던 중, 사복 차림을 한 여사가 나타났다.

아주 자연스러운 발걸음으로 실험실에 들어온 여사는, 주위를 둘러보더니 놀란 표정으로 물었다.

"도대체 어떻게 된 거야?"

"아, 안녕."

나는 일단 인사를 해 보았다. 하지만 여사는 아무런 말없이, 힐끗 나에게 눈길을 줄 뿐이었다. 그러고는 책상 주변을 치우던 나르에게 다가갔다.

"설마 도망가는 건가요?"

나르는 말이 없었다. 옆에서 명명백백히 물어보고 있는 걸 그렇게 대놓고 씹냐, 보통?

"어, 저기 있잖아, 조사가 끝났대."

나는 불친절한 나르 대신 설명했다. 이 건물은 지반침하 때문에 뒤틀리고 있고, 랩음과 폴터가이스트가 일어난 것도 그 때문이고, 딱히 심령 현상은 아니었다는 것을.

여사는 눈을 동그랗게 뜨고 나르를 돌아보았다.

"그런……. 고작 그 정도 결론을 내리고는 갈 준비를 하고 있다는 말이에요?"

나르는 그제야 겨우 고개를 끄덕였다.

"의뢰받은 건에 대해서는 정리가 됐으니까. 오늘 중으로 보고서를 작성하면, 그걸로 끝이지."

나르가 무뚝뚝하게 내뱉은 '끝'이라는 단어가, 마치 여사를 밀쳐 내는 것 같았다. 여사는 무언가에 부딪혔다 튕겨나온 듯한 표정을 지었다. 그리고 나도 어쩐지 비슷한 기분을 느끼고 있었다.

그래, 생각해 보니 나르는 우리 학교 학생도 뭣도 아니었다. 다만 교장 선생님의 의뢰를 받고 구교사를 조사하러 온 것뿐이었지. 그러니 조사가 끝나면 돌아가는 건 당연한 일이야. 이제 이 학교에는 더 이상 볼일이 없는 거고, 이런 게 직업인 이상 또 다른 장소에 가 봐야 할 거고(나르 본인이 했던 '사람들이 나를 필요로 하니까.'라는 말이 사실이라면), 그러니 앞으로 두 번 다시 여기에 올 일 없을 거고, 즉 그건, 앞으로 이 도련님과 만날 일도 영영 없다는, 그런 뜻이네.

그렇다면 앞으로 반 협박으로 인한 노동을 강요당할 일도 없고, 비아냥거림을 들을 필요도 없고, 바보 취급 받을 일도 없어. 친구들은 꽤나 실망하겠지. 하지만 나는 무척 기쁘다. 이제 평범한 여고생의 생활로 돌아갈 수 있어······. 아주 잘 된 일이야.

우와, 몹시 기쁘구나아.

마음속으로 주절거리고 있는데, 여사가 몹시 불쾌하다는 듯이 소리쳤다.

"정말 자기 멋대로군요!"

여사는 계속해서 소리치고 있었다.

"지반침하라니, 제정신이에요?"

"물론 제정신이지."

"그럼 내가 습격당한 건 그건 대체 뭔데요?"

어라?

그러고 보니 그런 일도 있었네. 나는 고개를 갸웃거리며 나르를 돌아보았다.

"그래, 맞아. 쿠로다가 습격당한 건 지반침하랑은 상관없는 거 아니야?"

나르는 성가시다는 듯이 힐끗 쳐다보며 말했다.

"그건 구교사와는 상관없어."

"상관없다니……."

"구교사의 기현상과 무관하게, 어쩌다 일어난 독립적인 사건이라는 뜻이지."

"뭐?"

여사는 비꼬듯 웃음 짓더니 팔짱을 꼈다.

"기가 차서 말도 안 나오네요. 지반침하로 설명할 수 없는 현상은 '어쩌다' 한마디로 정리하면 그만인가요?"

'그럴 경우도 있다.' 며 나르는 끝까지 무뚝뚝한 태도를 고수했다.

"논리적으로 설명할 수 없는 건 틀린 거 아니겠어요? 언제까지 우길 작정이죠?"
 사람을 바보로 만드는 듯한 여사의 목소리에, 나르가 드디어 뒤를 돌아보았다. 나르는 바로 눈 앞 정면에서 여사의 눈을 쳐다보았다. 그 시선은 어쩐지 의미심장했고, 여사가 그 시선 앞에서 약간 겁을 먹었던 것 같은데…….내 기분 탓인가.
 "그 사건은 구교사와는 관계없어. 아마 너를 따라온 부유령이나 그런 게 원인이겠지."
 "그런!"
 여사는 소리를 높이며 나르를 쏘아 보았다.
 "여기엔 영이 있어요."
 '없어.' 하며 나르는 정리하는 손도 멈추지 않고 무뚝뚝하게 되받았다.
 "자신감이 넘치네요. 그래요, 지반침하가 일어나고 있을 수도 있죠. 하지만 지반침하로 이 모든 상황을 설명할 수 있는 건 아니잖아요? 영이 있을 수도 있잖아요. 지반침하 그 자체가 영 때문에 일어날 수도 있……."
 "있을 수 없어. 조사 결과도 완전히 부정적이고."
 "조사가 부족한 건 아니고요? 그게 아니면, 당신이 아예 아무것도 모르는 초짜거나……."
 "쿠로다 씨."
 나왔다. 나르의 얼어붙는 듯한 체감온도 영도의 목소리가. 나르는 손을 멈추고 쿠로다 여사를 바라보았다. 목소리보다도 더 냉랭한 눈빛.

"그럼 잘 아는 당신이 제령을 하면 되지 않겠어? 나는 내 몫의 일을 끝냈다는 판단이 섰고, 그래서 돌아갈 준비를 할 뿐이다."

그 살벌한 분위기에, 쿠로다 여사마저도 움찔하며 시선을 피했다.

"나르, 조금만 더 지켜 보는 건 어때?"

나는 약간의 공백을 두고 나르에게 물어보았다.

"쿠로다 건 말인데…… 이것만 특별히 예외라는 게 어쩐지 좀 이상하다는 느낌이 들어. 쿠로다도 이렇게까지 있다고 단언하고 있잖아. 조금만 더 조사해 본다던가, 경과를 관찰해 본다던가 하면 좋지 않을……까?"

"필요없어."

나르는 딱 잘라 말했다.

"그럼 지반침하로 결정한 거야? 틀림없이? 집에 가서 후회 안 해?"

"안 해."

'그렇구나.' 하며 나는 조금 한숨을 쉬었다.

"……좀 섭섭하네."

무심코 중얼거리자, 나르가 의외라는 듯한 얼굴로 나를 쳐다보았다. 아니, 왜 그런 표정을 지어? 내가 뭐 이상한 말 했어? 나는 마음속으로 중얼거리다, 곧 내 말이 대단한 오해를 살 수 있는 발언이었다는 것을 깨달았다.

"잠깐! 네가 돌아가서 섭섭하다 뭐 그런 뜻 아니거든!"
"난 아무 말도 안 했는데?"
아 그러셔, 근데 그 비아냥거리는 것 같은 웃음은 뭔데? 에에잇, 이 나르시스트 자식.
"내가 섭섭할 이유가 없지! 노예살이 안 해도 되고, 당연히 기쁘고 행복하고 신나서 미칠 것 같거든! 나는 말이지, 그냥……."
"굳이 그렇게 악을 질러 가면서 말해야 하는 내용인가?"
시꺼, 인마!
"난 그냥 꿈이 사라진 것 같아서 섭섭한 것뿐이라고!"
"꿈?"
'그래.' 하며 나는 크게 숨을 내쉬었다.
"그러니까…… 학교 구석에 낡은 옛 교사가 있고, 어느 모로 보나 사연 있을 것같이 생겼고, 유령이 나온다거나 저주가 내린다거나 하는 소문이 돌고 그런 거, 일종의 로망이잖아. 꿈이 느껴진다고 해야 하나."
"꿈이 느껴지는 것치고는 시종일관 겁을 먹고 있었던 것 같은데?"
"이거랑 그거는 달라. 무서우니까 스릴 있다, 즐겁다 같은 심리도 있잖아. 물론 구교사에서 했던 일들을 신났다고는 하기 힘들어. 어느 쪽이냐고 묻는다면 오싹하고 무서웠다고 대답하겠지. 하지만 좀 두근거렸던 것도 같아."
'흐음' 하며 나르가 담백한 맞장구를 쳐 주었다.

"그런데 그건 다 지반침하 때문이었다니 로망이고 뭐고 없잖아. 합리적이고 설득력이 넘치는 만큼 '뭐야, 그런 건가.' 싶은 생각이 들잖아? 이제 구교사가 철거되면 아마 소문들도 다 사라지겠지. 철거 초반에는 잠시 왁자지껄했다가도 곧바로 잊혀지게 될 거야. 합리적인 현상 따위, 그런 거 아니어도 주변에서 차고 넘칠 만큼 많이 일어나고 있는걸."

그렇게 말하고 나는 조금 웃어 버렸다.

"정말로 유령이 있고, 유령이 저주를 내려서 사람이 다치고 그러면 곤란하지만 말야. 하지만 단순한 괴담 정도는 있어도 좋다고 생각해. 완전히 사라져 버리면 왠지 섭섭할 것 같다고. 하다못해 '지박령이 있었지만, 퇴치되었습니다.' 정도면 구원받는 기분이 들 것 같기도 하네. 그럼 구교사가 사라지고 그 자리에 새 체육관이 생겨도 '여기 옛날에 이런 일이 있었어.' 하는 이야기만은 남을 거 아냐?"

그래, 아마 우리들은 번쩍번쩍한 새 체육관을 가리키며 그 이야기를 계속 전하게 될 것이다. 여기에 원래 되게 기분 나쁘게 생긴 구교사가 있었어…… 하며.

그렇게 되면 이제 괴담은 우리들에게 어떠한 두려움도 위협도 주지 못하는 전설에 지나지 않게 될 것이다. 우리들은 가끔 새 체육관 위로 옛 구교사 모습을 떠올리고 겹쳐 보며 언제까지나 이야기하겠지. 가끔 체육관에서 그 이야기를 떠올리고 으스스한 느낌을 받을지도 모르고, 그 으스스한 느낌으로부터 다시 새로운 괴담이 생겨날지도 몰라. 체육관, 어쩐지 오싹하지 않니? 사실 말인데, 그 자리에는 원래 구교사가 있었어. 근데 그 구교사가 말야, 글쎄…….

"단순한 이야기든, 무서운 이야기든, 쭉 이어지는 이야기가 있는 편이 즐거운 걸. 그런 이야기가 있는 학교가, 없는 학교보다 훨씬 즐거울 거라고 생각해."

나르는 조금 쓴 웃음을 지었다.

"……그런 건가."

"그런 거야."

내가 대답한 바로 그 순간이었다.

빠직하는 둔탁한 소리가 들려왔다. 얇은 판이 터져 나가듯 부러지는 소리였다. 나는 반사적으로 천장을 올려다보았다. 그리고 갑작스레 떠올렸다. 천 분의 십칠. 맞아, 이 건물은 언제 무너져도 이상하지 않은 곳이었어!

우지끈하며 건물이 뒤틀리는 소리가 났다. 그와 동시에 뒤뜰 쪽으로 나 있는 창문 중 한 장에 금이 갔다. 낡아서 헐거워진 창틀이 덜덜덜 하며 떨리기 시작했다. 천장 위에서는 무슨 모래를 위에 뿌리는 듯한 소리가 났다. 밝은 빛 속에서 미세한 먼지들이 떨어져 내리며 안개처럼 반짝였다.

"마이, 밖으로 나가."

나르가 말하고 나는 끄덕였다. 놀란 표정으로 천장을 올려다보고 있는 쿠로다 여사의 팔을 낚아챘다.

"나가자! 여기 위험해!"

여사의 팔을 붙들고 교실 문으로 향하던 그때였다. 교실 문 바로 옆에 붙은 복도 쪽 창문의 유리창이 안쪽을 향해 산산조각 났다. 작은 파편들이 날아올 것만 같아서 나와 쿠로다 여사는 비명을 질렀다. 당황해서 뒤로 물러난 순간, 남은 유리들에도 연이어 금이 가기 시작했다. 균열은 한 유리에서 다음 유리로 전염되듯이, 교실 뒤를 향해 하얗게 번져 나갔다. 창틀이 덜덜덜 떨리고 있었다. 소리를 내며 진동하고, 그 진동이 벽과 교실 마루에도 전해져 왔다. 벽이 크게 삐걱거렸다.

삐걱? 아니야, 이건 삐걱거리는 소리가 아니야. 끊임없이 이어지는 둔탁한 충격, 그리고 그때마다 벽도 창도 덩달아 비명을 지르고 있었다. 나무 파편이 튀어 다니고, 먼지가 뿌옇게 피어올라 교실 안에 안개가 낀 듯했다.

"누가, 누가 교실을 두드리고 있어!"

그래, 이건 그런 소리다. 마치 어떤 거대한 무엇이 건물을 바깥에서 사정없이 두드리고 있는 것 같았다. 그때마다 건물은 기우뚱거리고, 삐걱거렸다.

이게 도대체 어떻게 된 거야, 나는 그런 표정으로 나르를 돌아보았던 것 같다. 나도 쿠로다 여사도 서로의 손을 꼭 붙잡고 있는 게 다였다. 도저히 발걸음을 뗄 수가 없었다.

"무슨 일이야!"

무녀님의 날카로운 목소리가 들렸다. 교실로 뛰쳐 들어온 무녀님은 교실 안에서 일어나는 일에 놀란 듯 그 자리에 멈춰섰다.

"이게…… 뭐야?"

중얼거리던 무녀님은 우리들에게 구원의 손길을 내밀었다. 실험실에 뛰어든 무녀님의 등 뒤에서, 갑자기 문이 쾅 소리를 내며 닫혔다. 무녀님은 깜짝 놀라 등 뒤를 돌아보더니 닫혀 버린 문에 매달렸다. 필사적으로 밀었지만, 문은 닫힌 채 꿈쩍도 하지 않았다.

"도대체 뭐야!"

"건물이 무너지나 봐요!"

"아니야!"

무녀님은 소리치더니, 열리지 않게 된 출입문에 등을 대고 버티어 섰다. 그러고는 교실 안을 한 바퀴 빙 둘러보았다. 격렬한 소리가 이어지고 있었다. 소리가 날 때마다 바닥과 벽이 흔들리고, 나뭇조각과 먼지가 떨어져 내렸다. 건물 어딘가에서 스님과 존의 목소리도 들려왔다.

무녀님이 소리 높여 외쳤다.

"지금 여기만 이렇다고! 다른 데는 아무 문제없어!"

'엇' 하고 나는 무심코 말이 되지 않는 소리를 내뱉었다.

"엄청난 소리가 나서 와 본 거야! 도대체 여기 어떻게 된 거야!"

무녀님이 소리친 순간 복도 쪽 창문이 드디어 깨지고 터져 나왔다. 파편이 짤랑짤랑하는 소리를 내며 떨어져 내렸다. 창 쪽에 서 있던 쿠로다 여사가 파편을 제대로 뒤집어쓰고 비명을 질렀다.

땅이 쿵쿵 울리고, 교실 구석에 쌓여 있던 의자의 산이 무너져 내렸다. 그중 의자 하나가 마치 이때만을 노렸다는 듯 바닥을 미끄러져 내려와 쿠로다 여사의 다리를 공격했다.

풀썩 쓰러져 내리는 여사의 팔을 나르가 꽉 잡았다. 거의 쓰러지기 직전의 여사를 힘으로 일으킨 뒤, 내 품 안에 밀어 넣었다. 초조하게 여사를 지탱하던 내 머리 위로 갑자기 무언가가 씌워졌다. 새까만 웃옷이었다.

"밖으로 나가!"

나르는 복도 쪽 창문을 힘을 주어 열더니, 무녀님의 손을 잡아끌고 창문 쪽으로 밀어 올렸다.

"잠깐, 여기로 나가라고?"

"지금 그런 거 따질 시간 없습니다! 이 건물은 약하다고요!"

정체불명의 소동이었다. 마치 건물 밖에서 누군가가 세게 두드리는 듯한 충격. 만일 이게 건물이 무너져 내리는 건 아니라 해도 구교사는 낡아 빠지고 언제 무너져도 이상할 게 없는 건물이다. 방금 전부터 벽도 마루도 천장도 끼익끼익하고 비명을 내지르고 있었다.

나는 쿠로다 여사를 끌어안고 달렸다. 창문을 오르려는 순간 다시 유리창이 깨지며 유리조각이 날아왔지만, 덮어쓴 웃옷 덕분에 따끔하고 만 게 전부였다. 쿠로다 여사를 먼저 창틀로 밀어 올리고, 밖으로 내보냈다. '무슨 일이야!' 하며 고함치며 달려온 스님과 존이, 창문 너머에서 여사를 받아 주었다. 그리고 나도 창틀에 올랐다. 엉겁결에 잡은 나무 창살에는 유리 파편이 남아 있었다. 밟고 넘어간 창틀에도 파편이 흩어져 있었다. 빠지직하고 파편을 밟아 내리며 복도로 뛰어내리고, 격렬한 소리와 먼지 속을 헤치고 밖을 향해 달렸다.

3

엎어지고 자빠지고 뒹굴어 가며 겨우 현관을 벗어났다. 뒤돌아보니 구교사는 음침한 모양새 그대로 그 자리에 우뚝 서 있었다. 건물 안쪽에서는 아직도 격렬한 집 울림이 계속 들려왔지만, 건물 그 자체는 미동도 하지 않았다. 유리가 깨져 나간 창문 틈으로 어두컴컴한 속이 들여다보였다. 구교사는 마치 무언가를 기다리기라도 하는 듯이 웅크리고 있었다.

안쪽에서 울려 나오던 소리가 차차 가라앉았다. 크게 기울어진 햇빛, 아무도 없는 운동장. 휴일 학교 특유의 텅 빈 정적. 학교 바깥에서는 아무 문제없는 일상이 흘러가고 있었다. 바람을 타고 차 소리, 아이들의 탄성, 개가 짖는 소리, 잡다한 마을의 소리가 들려왔다.

그제야 겨우 손바닥이 따끔따끔하다는 것을 느꼈다. 양 손을 펼쳐 보니, 자잘한 상처가 잔뜩 나 있었다. 창문을 넘을 때 베였나, 그렇게 생각하다 나는 문득 떠올렸다. 여사는? 쿠로다 여사는 파편을 완전히 뒤집어썼는데!

여사는 내 바로 곁에 서서는, 정신을 놓고 구교사를 올려다보고 있었다. 머리부터 발끝까지 먼지를 뒤집어쓴 여사의 이마와 뺨에 자잘한 상처가 수도 없이 나 있었다.

"괜찮아?"

여사의 머리카락 사이사이에서 자잘한 유리 조각이 반짝반짝 빛나고 있었다. 나는 손수건을 꺼내 유리 조각을 털어 냈다.

"움직이면 안 돼. 옷 안으로는 안 들어갔어?"

여사가 멍하니 고개만 끄덕였다. 그 곁에 있던 무녀님도 번뜩 제정신을 차렸다는 듯이 '앗' 소리를 내고는 손수건을 꺼내서 여사의 얼굴을 들여다보며 핏자국을 닦아 나가기 시작했다.

"어디 아픈 데는 없어? 기분은? 괜찮아?"

여사는 끄덕였다. 상처는 대체로 약간 베인 정도였지만, 그 수가 많았다. 무녀님은 그때까지도 멍하니 구교사를 올려다보던 존에게 말을 걸었다.

"내 가방에 구급약 세트가 있으니까 가져와. 차에 있을 거야."

존은 끄덕이며 뛰어가려다 갑자기 발을 멈추고 쿠로다 여사를 끌어당겼다.

"일단 상처를 씻는 게 좋을 겁니더."

하더니, 아직도 반 정도 정신을 놓은 여사를 데리고 갔다. 그 모습을 지켜보던 스님이 이윽고 나르를 돌아보았다.

"지금 그건 뭐였지?"

나르는 아무 말도 하지 않고, 구교사만 바라보았다.
"그것도 지반침하 때문이라고 할 건가?"
'글쎄.' 하며 나르는 중얼거릴 뿐이었다.
"실험실에 달려갔더니 당장이라도 무너져 내릴 것처럼 흔들리고 있더군. 하지만 다른 교실들은 아무렇지도 않았어. 지반침하 때문에 건물이 어떻게 되고 있는 거라면, 어째서 그 교실에서만 그렇게 큰 소동이 빚어졌는지 설명 좀 해 주지 않겠어?"
나르는 여전히 대답이 없다. 나르의 뒷모습은 잔뜩 굳어져 있었다.
무녀님도 돌아서서 나르를 공격하기 시작했다.
"건물이 내려앉고 뒤틀리는 정도로 그런 일이 일어날 수 있단 말야? 방금 그거, 건물이 무너지는 그런 소리가 아니었어. 분명히 누가 벽을 두드리는 소리였다고."
스님은 비꼬듯이 웃었다.
"두드리는 것치고는 화려했지. 해체 공사 때 쓰는 쇠공이 부딪히는 줄 알았다니까."
"그 쇠공만한 주먹을 가진 거인이라도 나타났던 거 아닐까?"
무녀님이 독기를 품은 미소를 지었다. 이 사람들, 나르를 괴롭히기 위해 결탁했구먼.
"뭐가 지반침하야, 뭐가."
무녀님은 말하더니 보라는 듯이 먼지를 털어냈다.
"아아. 나도 참 바보 같네. 아차하다가 애들 장난에 걸려들 뻔

했어."

"뭐, 그냥 봐 줘. 어쩔 수 없잖아. 나이가 나이니까."

"걸려든 내가 바보라 이거야?"

"성격이 좋다는 뜻으로 받아들여."

'내가 못 살아.' 하며 무녀님은 구교사를 향해 발걸음을 옮겼다.

"이제 어른의 일을 해야지."

"그래그래. 우리들이라도 정신 똑바로 차려야겠어."

모…… 못됐다. 매일 시도 때도 없이 싸워 댄 주제에, 이런 때만 합심하다니.

두 사람은 소리 높여 웃으며 구교사 쪽으로 사라져 갔다. 나르는 여전히 아무 말도 없었다. 아무 표정도 없이 구교사를 올려다보고 있었다. 하지만 눈초리만은 굳어 있었다. 그리고 밑으로 떨군 두 손이 새빨갰다.

"나르…… 손……."

내가 손수건을 내밀자 나르는 그제야 정신이 들었다는 듯 왼손을 내려다 봤다. 엄지손가락 뿌리 부분이 베여서 손바닥을 타고 피가 흘러내리고 있었다. 깜짝 놀랄 만큼 깊은 상처였지만, 당사자인 나르는 귀찮은 것을 털어내듯이 가볍게 손을 툭툭 털었다.

"응급처치해야지."

"괜찮아. 금방 마르니까."

아무 감정도 느껴지지 않는 목소리였다. 여전히 표정 없이, 나를 바라보지 않고 있다.
"안 돼, 혹시 모르잖아."
파편 같은 게 남아 있을지도, 하고 말하려던 나를 무뚝뚝한 소리가 제지했다.
"쿠로다를 돌봐 줘."
"하지만……."
"지금은, 날 좀 내버려 둬. 나 자신이 혐오스러워서 토할 것 같아."

구교사 뒤쪽으로 가자, 존이 쿠로다 여사를 치료해 주고 있었다. 상처가 얕아서, 굳이 반창고를 붙이지 않아도 될 것 같았다. 어찌 되었든 먼지투성이라, 돌아가서 씻는 편이 좋겠다고 권해 주었다. 끄덕이며 돌아가는 여사를 배웅한 뒤 존과 함께 구교사 현관으로 돌아가자, 나르가 어느새 사라져 있었다.
"나르 못 봤어요?"
현관에서 안을 향해 말을 걸었다. 무녀님과 스님은 실험실 안에서 여기저기를 살펴보고 있었다.
"안 왔어. 거기 없어?"
"네. 어디 간 거지?"
무녀님이 콧방귀를 뀌며 웃었다.
"도망친 거 아니야? 부끄러워서 말이지."
"아이다워서 귀엽구먼."

스님까지 합세해서 웃고 자빠졌다. 이 자식들 정말 성격 못돼 처먹었어.

무녀님이 한층 강하게 고개를 끄덕이며 말을 이었다.

"역시 내 생각대로 츠쿠모가미였어. 이번에야말로 제대로 내 쫓아 버려야지."

기합을 넣는 무녀님에게 스님이 찬물을 끼얹었다.

"어이쿠, 넌 두 손 두 발 다 들었잖아. 그렇지?"

"약간의 실수가 있었을 뿐이야."

"능력 부족이거든. 이제 좀 자각하는 게 어때?"

스님이 히죽거렸다.

"다음은 나한테 맡겨. 아녀자들과는 차원이 다르다는 걸 보여 주지."

뭐가 나한테 맡겨, 야? 엉? 지금까지 아무것도 안 하고 옆에서 참견만 했던 주제에. 그리고 뭐 아녀자가 어쩌고 어째? 페미니스트들한테 일러 버릴 거야.

건들건들 손을 흔들며 실험실을 나서는 스님의 등 뒤로 무녀님이 한마디를 던졌다.

"아녀자들이랑 다를 게 뭔데!"

자존심이랑 덩치가 지나치게 거대하다는 점 아닐까, 하고 생각하며 나는 발치에 떨어져 있던 클립보드를 주워들었다. 먼지와 나뭇조각을 털어내고 책상 위에 올려놓았다. 흩어진 케이블을 먼지구덩이에서 끄집어 내서, 어깨 너머로 보고 배운 것을 따라하며 팔에 감았다. 존이 내 곁에 다가와 풀썩 쭈그려 앉았다.

"정리하는 검니꺼?"

"네. 정리하는 도중이었어요. 그리고 여기, 언제 무너질지 모르니까요."

내가 말하자 무녀님이 웃었다.

"그 아가의 지반침하설을 아직도 믿고 있는 거야?"

나는 무녀님을 있는 힘껏 노려보았다.

"틀렸다는 증거라도 있나요? 그럼 무녀님도 츠쿠모가민지 뭔지가 있다는 증거를 제시해 보시죠?"

"증거 같은 건……."

"처음에는 지령이라고 했죠? 지박령이라느니, 츠쿠모가미라느니, 둘 다 말뿐이잖아요. 적어도 근거를 제시한 나르가 당신네들보다는 훨씬 나아요."

무녀님이 놀란 표정으로 눈을 깜박였다.

"엄청 편을 드네?"

"일단은 제 상사니까요."

대리이긴 하지만 난 나르의 조수라고.

팔에 감은 케이블을 들고 나는 실험실을 나섰다. 마침 계단 너머 교실에서 스님이 나오던 참이었다. 스님은 새까만 옷을 입고 있었다. 어깨에 걸친 저걸 가사라고 하던가. 스님들의 제복인 셈이겠지. 하지만 그 옷 밑으로는 입고 있는 청바지 단이 삐죽 삐져나와 있었다. 역시 이 사람, 파계승이야.

스님이 내가 있다는 것을 알아차리고 무언가 말을 하려 했지만 깔끔하게 무시했다. 지저분한 아저씨 말상대 따위는 안 할 거거든요. 잽싸게 현관을 나서자, 하늘은 흐릿한 남색으로 물들어 있었다. 그림자가 길게 드리운 운동장에도, 그리고 구교사 뒤편에 세워져 있는 차 주변에도, 나르는 보이지 않았다.

"어디로 가 버린 거야."

상처, 대충이라도 치료 했으려나.

존의 도움을 받아서 남은 기자재들을 어찌어찌 차 안에 실을 수 있었다. 기계를 들고 구교사를 들락날락하는 동안, 스님은 거의 일본어라고는 할 수 없을 것 같은 주문을 외우고 있었다. 대항의식이 불타오르는지, 무녀님도 다시 한번 제령을 시도하려는 듯했다. 무녀님은 존이 기계를 다 나르자마자 자기를 도우라며 질질 끌고가 버렸다.

할 일도 없어지고, 얘기할 사람도 없어지고. 나는 별 수 없이 차 주변에 쭈그려 앉았다. 그렇게 한참을 기다렸지만, 나르는 돌아오지 않았다.

해가 지고 있었다.

스님도 무녀님도 오늘밤은 구교사에서 지샐 모양이었다. 존은 어떻게 할지 말하지 않았지만, 아마 같이 남을 것 같았다. 그럴 생각이 없다 해도 무녀님이 하인 대신 부려먹으려고 잡아둘 게 분명했다.

주변이 깜깜해지기 시작했다.

어떻게 하지. 집에 갈까, 아니면 나르가 올 때까지 기다릴까.

기다리라고 한 적도 없고, 한마디 말도 없이 사라져 버린 놈을 뭐하러 기다리나 싶은 생각도 들고. 배도 슬슬 고파 오고, 온몸에 먼지를 뒤집어썼고. 깜깜한 밤에 여기 앉아 있는 것 따위 쓸쓸해서 싫고. 그렇다고 구교사 안에 들어가는 것은 어지간하면 사양하고 싶고.

한참을 생각하다 결국 기다리기로 마음을 정했다. 딱히 나르가 걱정돼서 이러는 건 아니야. 이런 비싼 기자재를 그냥 내버려 두고 갈 수가 없을 뿐이야. 주인이 언제 돌아올지 알 수도 없으니까.

그리고 내가 가 버리면, 스님과 무녀님이 나까지 도망쳤다고 놀려 댈 게 뻔한데, 그 꼴은 못 보지. 아녀자에게도 근성이라는 게 있거든요.

이렇게 됐으니 끝까지 한번 상대해 드리겠다고요.

4

나는 존이 한가해지기를 기다렸다가, 도움을 받아 테이프리코더와 마이크를 다시 구교사에 설치했다(결국 나도 존을 부려먹고 있어……). 나르의 지반침하설은 나 같은 일개 여고생이 생각해도 일리가 있는 것처럼 느껴진다. 하지만 지반침하로는 설명할 수 없는―나르도 그것을 부정하지 않았다―일이 일어난 것도 사실이고. 혹시 뭐가 있는 거라면, 스님과 무녀님의 제령 때문에 움직임을 보일 수도 있을 거야.

사실은 카메라를 설치하고 싶었지만, 혼자서는 도저히 어떻게 다루는지를 알 수 없었다. 그래서 포기하고 리코더를 사용하기로 했다. 일층과 이층 서쪽 끝 교실과 실험실에 리코더와 마이크를 설치했다.

스님과 무녀님은 그러고 있는 나를 마음껏 비웃은 뒤, 현관 근처에서 시간을 죽이다가, 가끔 생각났다는 듯이 구교사 안을 돌아다녔다. 이렇게 된 마당에 실험실을 거점으로 사용할 수도 없는 노릇이었나 보다(물론 나라도 그럴 것이다).

"마이 씨, 어떻게 할 겁니꺼? 구교사 밖에 나가 있는 게 좋지 않겠심꺼?"

"응. 그렇긴 하죠."

하지만 안쪽 상황도 신경 쓰이는데, 하고 생각하며 나는 웃자락을 끌어 당겼다. 등에서 뭐가 깔짝거리며 따끔거렸다. 존이 고개를 갸웃거렸다.

"왜 그러심니꺼?"

"아니, 등에 뭐가 걸리적거려서요. 뭐가 들어갔나……."

존이 걱정스러운 눈빛으로 나를 보았다.

"유리 조각이 들어간 거 아닐까예?"

"그럴지도요. 잠깐 어디 가서 보고 올게요. 존은 여기 있을 거죠?"

'있을겁니더.' 하며 존은 부드럽게 미소 지었다. 존의 미소는 따뜻해서 좋구나아.

손을 흔들어 보이고, 나는 건물 안 깊숙이 들어갔다. 일단 옷을 한번 벗고 봐야겠는데. 하지만 생각해 보니 구교사에는 그럴 만한 적당한 곳이 없었다. 아무리 그래도 밖에서 벗을 수도 없는 노릇이고, 이층은 스님이 순찰 중이고, 일층에는 무녀님이 대기중이고, 실험실은 기분 나쁘고. 그런 생각을 하며 곁눈질로 실험실을 힐끗 보고 스쳐 지났다. 교실은 많지만 어디든 잡동사니가 가득 차 있고, 복도 쪽 창문은 대놓고 다 보이는 유리로 되어 있고. 이렇게 어두운데 더 어두컴컴한 구석으로 가기도 뭣하고…….

망설이며 걷다가 결국 숙직실 앞에 도착해 버렸다.

아무리 그래도 여긴 좀…….

아, 하지만 숙직실 괴담은 가짜일 가능성이 높은 거였지.

'어쩌지?' 하며 등 뒤를 돌아보자, 등짝을 무언가가 할퀴는 느낌이 들었다. 으아악, 진짜 유리 조각인가 봐. 지금 약간 베인 것 같은데.

당황하며 숙직실로 뛰어들어갔다. 숙직실에는 문이 없다. 물건을 복도로 내놓을 때 방해가 되니까 떼어 버렸다. 가릴만한 게 없으니, 어쩔 수 없이 좀 더 안으로 들어갔다. 한 단 올라가서 마루 위에 손전등을 내려놓고, 방 안에서 트레이닝복을 벗었다. 뒤집어서 살펴봤지만 아무것도 없었다. 그 밑에 입은 셔츠를 벗어서

탈탈 흔들자, 등 부분에서 무언가가 반짝 빛났다. 손전등을 갖다 대보니 셔츠에 일 센티미터 정도 되는 유리 파편이 박혀 있었다.
 ……이거구먼.
 손끝으로 유리를 집어 던져 버리고, 다시 셔츠를 살펴본 뒤 입었다. 몸을 이리저리 비틀어 봤지만 이제 아무 느낌도 안 난다. 응. 됐다 됐다.
 기분 좋게 트레이닝복을 입었다. 그러자 어쩐지 다시 신경이 쓰였다. 여기 숙직실인데. 발밑이 삐걱거렸다. 마루가 뒤틀려 있어서 그런가, 발밑이 몹시 불안정했다.
 아무것도 없을 거야. 괴담은 가짜라고. 스님이 그랬어.
 장지문은 열려 있었다. 열려 있다기보다도 애초부터 없었다고 말하는 게 맞다. 숙직실을 뒤질 때 치우다 만 책장이 장지문 좌우에 서서 반 이상을 막고 있었다. 나는 방 구석을 들여다봤다. 종이가 찢어진 채 겹쳐져 세워져 있는 장지문이 보였다.
 "괜찮아, 괜찮아……."
 중얼거리며 옷매무새를 가다듬었다. 괜찮을 거야. 그렇게 생각하면서도 자꾸 두리번거리게 되는 건 어째서일까. 나는 쭈뼛거리며 주변을 둘러보았다. 방 구석, 더러워진 벽, 까맣게 얼룩진 붙박이장의 문, 그런 것들을 바라보면서도 사실 등 뒤를 의식하고 있었다. 뭔가 내 등을 두드리지는 않는지, 그럴 기미가 느껴지지는 않는지…… 신경이 잔뜩 곤두섰다.
 괜찮아, 아무것도 없어.

그렇게 나를 설득하고 있던 그때였다. 부스럭 하는 작은 소리가 들려 왔다. 창문 너머 뒤뜰에서 들려오는 것 같아서 무심코 창문 쪽을 돌아보았다. 열려 있는 커튼은 찢어진 채 늘어뜨려져 있어서, 거의 무슨 띠와 비슷한 상태였다. 흐릿한 유리창 너머에는 덧문이 닫혀 있어서 깜깜했다. 그 깜깜한 위로 무언가가 보인 것 같아서 움찔했지만 별거 없었다. 손전등 빛에 비친 내 모습이었다.

유리창에 비친 내 모습은 어둠 속에 덩그러니 떠올라 있어서, 내가 보기에도 몹시 불안해 보였다. 손전등의 빛이 미묘한 색과 그림자를 드리워서, 공포영화의 한 장면 같았다.

느낌 참 으스스하네.

시선을 돌리려 하는 순간이었다. 내 등 뒤에 무언가 있었다.

순간 팔다리가 굳어 버렸다. 눈을 돌리고 싶었으나 그것조차 불가능했다. 어둠 속에 떠올라 있는 내 모습과, 내 등 뒤에 있는 하얀 얼굴.

누가…… 있어…….

딱 내 어깨쯤에서 새하얀 얼굴이 나를 보고 있었다. 무언가 말하고 싶다는 듯한 표정으로.

무녀님도 아니고 스님도 아니었다. 얼굴 생김새는 잘 모르겠지만 적어도 내가 아는 얼굴은 아니었다. 그 얼굴이 내 등 뒤, 어깨 너머에서 나를 보고 있었다.

아니야.

내, 내 뒤가 아니야.

턱이 부들부들 떨려왔다. 벽 위 쪽, 천장을 따라 가로로 길게 나 있는 창. 그 창 너머 복도에서 고개를 갸웃거리며 무표정하게 안을 들여다보고 있었다. 천장에서 매달리지 않으면 그 창으로 들여다볼 수 있을 리가 없었다.

보고 있어.

순간 무릎에 힘이 빠져 풀썩 꺾였다. '악' 소리와 함께 눈을 질끈 감았다. 아무리 힘껏 눈을 감아도 그 일그러진 하얀 얼굴은 뇌리에 각인되어 사라지지 않았다. 텅 빈 공허한 눈동자와 무언가 말하려는 듯 벌어진 입. 뭉크 그림 같은 그 새하얀 얼굴. 잊고 싶어서 비명을 질렀다. 아무것도 안 봤어, 안 봤어, 안 봤다고!

"마이 씨?!"

그 자리에 주저앉았던 나를 누군가가 세차게 흔들었다. 따뜻한 손의 감촉이 전해졌다.

"무슨 일임니꺼?"

……존이다. 고개를 들어보니, 존이 걱정스러운 얼굴로 나를 들여다보고 있었다.

무섭다고 말하고 싶었다. 하지만 목소리가 나오지 않았다. 목소리를 내려고 애를 쓰는데, 손전등 빛 두 개가 뛰어들어오는 것이 보였다.

"무슨 일이야!"

스님과 무녀님이었다. 어째서인지 눈물이 뚝뚝 떨어졌다. 너무, 너무 무서웠어어.

"……여기, 뭐가 있어요."

나는 겨우 말했다.

"방금, 봤어요. 저 창에서 들여다보고 있었어요."

나는 채광창을 손가락으로 가리켰다. 모두가 창을 돌아보았다. 거기에는 더 이상 아무것도 보이지 않았다. 어둠 속에 묻힌 창이 빛을 반사하고 있을 뿐이었다.

"모…… 목을 매단 사람 같은 게……."

"그거 그 괴담의?"

무녀님이 내 옆에 다가와 쭈그려 앉았다. 스님은 험악한 얼굴을 하고 방 안을 둘러보고 있었다.

"그 선생님말임니꺼?"

존도 물었지만, 나는 고개를 젓는 것 외에는 아무것도 할 수 없었다.

"잘 모르겠어요. 하얀 얼굴이 보인 것뿐이라서 성별도 연령도 모르겠어요……."

그 정체가 무엇인지는 알 수 없었다. 기억나는 것이라고는 '텅 비었다'라는 단어를 구현해 놓은 것 같은 허무한 표정뿐이었다.

"어쨌든 지금은 됐어. 일단 나가자."

무녀님이 말하며 내게 일어서도록 재촉했던 순간이었다. 스님이 후우 하고 숨을 내쉬었다.

"그 잘난 척하는 도련님 흉내를 내고 싶은 건 아니지만."

하며, 내 얼굴을 들여다보았다.

"네가 본 건 시계야."

'에' 하고 나는 작은 소리를 냈다. 무녀님과 존도 미심쩍다는 듯이 스님을 바라보았다.

"너, 이쪽 창을 보고 있었던 거지? 그랬더니 등 뒤에 있는 저 채광창에 사람의 얼굴이 보였다는 거잖아."

"네, 네……."

"채광창에 비친 시계야. 지금도 비치고 있어."

그런 말도 안 되는, 하고 탄식하며 벌떡 일어섰다. 분명히 창 위에는 시계가 걸려 있었다.

"이 위치에서만 보이는 거 아닐까? 나한테는 사람 얼굴 같아 보이지는 않지만 말이지."

스님이 창을 가리켰지만, 나는 도저히 그 창을 다시 쳐다볼 기분이 들지 않았다. 시선을 자꾸 피하게 됐다.

"각도 때문에 그런 것 같은데. 내가 마이보다 키가 크니까, 서로 다른 광경을 보게 되는 거지."

스님은 그렇게 말하며 허리를 굽혔다.

"너 정도 눈높이면 확실히 시계가 창에 비치는 게 보여. 동그랗고 하얗고. 거기에 점이 두 개 찍혔고. 게다가 그 밑에 시계추 창도 있고."

말을 듣고 시계를 보자, 네 시와 여덟 시 방향에 작고 동그란 점이 찍혀 있었다. 문자판 밑에는 타원형의 구멍이 뚫려 있고.

"작은 건 나사 구멍일 거야. 하나는 시계 나사고, 나머지 하나는 종 나사고. 밑에 구멍 속에는 시계추가 있으니 구멍을 왔다갔다 하는 게 보였어야 하는데…… 안타깝게도 시계추가 없네."

"하지만……."

스님이 피식 웃었다.

"인간이란 게 참 신기해서 점이 세 개 찍혀 있으면 거기에서 얼굴을 봐 버린단 말이지. 풍경 사진 속에서 유령을 보는 것도 비슷한 이치야."

"하…… 하지만, 이 시계가 비친 거면 둥근 얼굴에 눈이 있고, 얼굴 밖에 입이 있는 것처럼 보여야 하잖아요. 그게 아니라 얼굴 안에 눈이랑 입이 다 있었는데……."

"있었던 것 같은 느낌이 든 것뿐이지. 마이 너는 점 두 개에 동그라미 하나를 보고 순식간에 그걸 얼굴이라고 인식해 버린 거야. 맨 처음에 눈과 입이 시야로 들어왔으니, 문자판의 하얀 곡선을 얼굴의 윤곽이라고 해석한 거고. 그게 머리 속에서 뒤섞여서, 하얀 얼굴 속에 눈과 입이 있는 것처럼 보였던 거지."

그럴 리가…….

나는 한탄하며 쭈뼛쭈뼛 창을 바라보았다. 새까만 창에는 모두의 모습과 채광창이 비치고 있었다. 그리고 그 채광창에 비친 하얀 것은.

"……시계네."

듣고 보니 그랬다. 침착해지고 나서 다시 살펴보자, 하얀 원 안에 검은 점이 두 개 찍혀 있고, 흐릿한 프레임 아래쪽에 타원형 구멍이 뻥 뚫려 있었다.

나는 납득할 수밖에 없었다. 하지만 그 순간 본 얼굴을 잊을 수는 없었다. 머리로는 이해할 수 있다. 분명히 내가 본 것은 이 시계였다. 하지만 그때 보고 말았던 그 하얀 얼굴. 허무한 눈과 텅 빈 동굴 같은 입. 천장에서 매달리듯 힘없이 늘어져, 무언가를 말하려고 나를 쳐다보고 있는 그 얼굴.

"아직도 납득 못 하겠어?"

스님이 질렸다는 듯이 말했다.

"그게 아니지?"

무녀님이 내 어깨 위에 손을 얹었다.

"아직 무서운 거야, 얘는."

무녀님의 손은 따뜻했다.

"무서웠던 게 잊혀지지를 않는 거지. 나중에 아무리 이치에 맞는 설명을 들어도, 그 감정을 거슬러 올라가서 지울 수는 없는 거거든. 앞으로 무서울 일은 예방할 수 있겠지만 말야."

무녀님은 그렇게 말하더니 내 어깨를 가볍게 토닥였다.

"이제 괜찮아. 네가 본 건 시계였어. 앞으로 똑같은 것 때문에 무서울 일은 없을 거야. 이제 무서운 건 끝났어."

……네.

5

……뭐가 자꾸 맘에 걸리네.

나는 그렇게 생각하며 계단에 앉아 있었다. 존과 무녀님이 잠시 곁에 있어 주었지만, 이제 괜찮다며 두 사람을 순찰하도록 보내 버렸다. 존과 무녀님이 교내 순찰에 합류하고, 스님도 돌아다니면서 계단 근처를 지날 때마다 말을 걸어 주었다.

신경 써 주는 게 고마워서 마음 한 구석이 따뜻해졌지만, 그때마다 그 '얼굴'이 뇌리를 스쳤다. 시계라는 것도 납득했는데, 생각날 때마다 몸이 떨려왔다. 무녀님이 말한 대로였다. 잘못 봤다는 걸 알고 있는데, 무서웠던 그 기억이 머리 속에서 떠나지 않았다.

손전등을 품에 안고 혼자 쭈그리고 앉아 있는데, 현관 앞에 사람 그림자가 보였다.

"나르?"

기대하며 벌떡 일어나 빛을 비춰 보았지만, 예상은 빗나갔다. 쿠로다 여사였다. 놀란 나를 힐끗 쳐다보더니, 여사는 주위를 둘러보기 시작했다.

"너 혼자니?"

"다들 학교 순찰중이야. 너야말로 무슨 일이야?"

어쩐지 목소리가 한 톤 높아졌다. 괜찮다고 말은 했지만, 역시 혼자 있으면 무서운걸.

"당연히 어떻게 돼가나 보러 온 거지."

'대단한 애다.' 하고 나는 약간 질려 버렸다. 그런 소동에 말려들고, 아픈 고생 무서운 고생 마음 고생 다 했는데, 자기 일도 아니고 임시로 고용된 조수도 아니면서 이 야밤의 구교사에 제 발로 걸어 들어오다니.

"너 가고 나서 스님이랑 무녀님이 제령을 했어. 두 사람은 역시 여기에는 뭐가 있다고 주장하고 있지."

"……그래. 시부야 씨는?"

"없어. 어디 가 버렸어."

"어디라니, 어디로?"

"그걸 모르겠어. 아무 말도 안 하고 사라져 버렸거든."

"전선 이탈? 정말이지 밑도 끝도 없이 무책임하구나."

음…… 여사는 왜 이렇게까지 나르에게 까칠하게 구는 걸까. 뭐, 하지만 무책임하다는 비난은 분명 적절하다. 나랑 이 기계들이랑 어떻게 할 생각인데에.

"그래서 그 사람들 기도는 효과가 있었던 것 같아?"

"아직 모르겠어. 저기 있잖아?"

나는 몸을 불쑥 내밀고 쿠로다에게 물었다.

"쿠로다 너, 여기에 영이 있다고 그랬지. 역시, 오늘 그 실험실 소동도 그 영 때문이라고 생각해?"

여사는 가볍게 고개를 끄덕였다.

"그렇겠지."

"그건…… 어떤 영이야?"

여사는 생각에 잠기듯 허공을 꿰뚫어 보는 표정으로 고개를 갸웃거렸다.

"전에 봤던 건 부상당한 병사 같았어. 간호사처럼 생긴 영도 있었고, 여자아이의 모습도 봤고."

"그게 전부 여기에 있다는 거야?"

"그런 것 같네. 다들 자기가 죽었다는 사실을 깨닫지 못하고 있어. 그렇게 지금도 고통스러워하고 있고……."

그렇구나. 그러고 보니 전에도 비슷한 얘기를 들은 것 같다.

"선생님 같은 건?"

"자살한 선생님 말이니? 본 적은 없어. 하지만 자살한 자의 파동은 느껴져. 자살한 사람의 영의 파동은 독특하거든."

"그렇구나."

차고 넘치게 소문이 많은 이 구교사. 하지만 소문은 소문에 지나지 않는다. 나르의 말에 따르면 소문의 대부분은 진실이 아니다. 그렇다. 마사코의 말대로, 이런 낡아빠진 구교사가 있으면 관련된 괴담 정도는 있는 게 당연하다. 아마 학교의 일곱 가지 불가사의 같은 거겠지. 그러니까 사실은 '이상할 일 따위는 전혀 없다.' '지반침하가 일어나고 있는 것뿐이다.' 라는 나르의 주장에는 분명 일리가 있었다. 그런 거 재미없다. 로망이 없다는 내 사적인 감정은 일단 제쳐 두고라도.

'하지만' 하고 나는 생각했다. 오늘 낮에 일어난 그 소동은 뭘까? 그 소동만큼은 확실히 지반침하 때문에 일어났다고는 보기 힘들었다. 실험실만 그렇게 흔들렸던 것도 이상하다. 어떤 원인으로 인해 어쩌다가 실험실만 무너질 것같이 되었다면 그 흔들림이 구교사 다른 장소에 조금이라도 영향을 미쳤어야 하는 거 아닌가. 하지만 실험실 바로 밖에 붙어 있는 현관만 해도 아무 문제가 없었다. 기울어진 신발장, 내가 도미노처럼 신발장을 쓰러뜨린 흔적, 무녀님이 제령했을 때 깨져 나간 유리와 창틀에 남아 있던 유리 파편 그 모든 것들이 전과 똑같은 모양으로 남아 있었다. 실험실 복도 쪽으로 난 창문은 거의 다 깨져 버렸는데, 운동장 쪽 창문은 멀쩡했고.

그게 이상한 현상이라면, 역시 여기에는 무언가 있다고밖에 볼 수가 없다. 그럼 그건 뭘까? 여사가 말하는 것처럼 수많은 영이 있는 걸까, 아니면 무녀님이 말하던 츠쿠모가민지 뭔지 하는 걸까? 그건 도대체 뭐 때문에 그런 짓을 하는 걸까? 아니면 영이나 그런 것들에게 '뭣 때문에'라고 이유를 묻는 것 자체가 의미 없는 짓일까?

나는 아무것도 알 수 없었다. 영능력 같은 것도 없고, 이 나이 먹도록 영을 직접 본 적도 없거니와, 무슨 예감 같은 걸 느낀 적조차 없다. 그러니 정말로 여기에 영이 헤매어 다니는지 어쩐지 확인할 길이 없는 것이다.

"왜 그래?"

쿠로다 여사가 내 얼굴을 들여다봤다.

"으응, 아니. 정말로 영이 있는 걸까 싶어서."

"난 봤다니까."

"그래……. 그렇지."

하지만 잘못 볼 수도 있는 법이다. 여사는 여기서 무언가를 봤을 수도 있다. 하지만 그건 유리창에 비친 빛이나 건너편의 시계나, 어쩌다가 안에 들어와서 왔다갔다하던 누군가였을지도 모를 일이다. 원래부터 괴담이 전해 내려오는 곳이니까, 뭔가를 보고서는 영이라고 착각할 수도 있는 거 아닐까? 아니, 아니면 그게 나르가 말하던 부유령이라는 걸까? 교사에 원래 있던 게 아니라, 여사를 따라다니는 거라던가. 으으음.

아악, 아무리 생각해도 모르겠다, 으아아아.

머리를 쥐어짜고 있는데, 손전등 불빛과 함께 무녀님이 계단을 내려왔다.

"어머나?"

무녀님은 여사를 보더니 얼굴을 찌푸렸다.

"애들은 집에 가서 잘 시간인데?"

"반응은 좀 어떤가요?"

"너한테 대답할 이유는 없어."

쌀쌀맞은 무녀님의 대답에, 쿠로다 여사가 희미하게 미소 지었다.

"아무 반응도 없죠? 제령이 안 됐으니 당연하죠. 아직도 있어요. 기운이 느껴진다고요."

"영감 놀이 할 사람이 필요하면, 딴 데 가서 알아보지 그러니?"
여사는 콧방귀를 뀌며 웃었다.
"시부야 씨가 그랬어요. 나는 이 건물의 영과 파장이 맞는다고요."
"그래서? 넌 그 아가의 말을 신용할 수 있다고 생각하니?"
진짜 무례하네. 아까는 좀 좋은 사람일지도 모르겠다고 생각했었는데. 역시 이 사람은 성격이 더러워.
무녀님은 계단을 내려오다 말고 쿠로다 여사를 내려다보았다.
"그렇게 알고 싶다면 알려 주지. 제령은 끝났어. 혹시나 해서 남아서 지켜보는 것뿐이야. 성공했다는 걸 알고 있다고. 반응이 있었는걸. 이제 너도 악령들에게 괴롭힘당하지 않을 거야. 잘됐지? 그러니 이제 안심하고 집에 가서 잠이나 자렴."
"그 전에도 비슷한 말을 하고 나서 실패한 사람이 있었던 것 같은데용!"
내가 살짝 끼어들자 무녀님은 입을 삐죽이며 말했다.
"이번에는 아니거든! 그리고 지금도 보면 알잖아. 아무 움직임도 없다고."
"흐으으음?"
"지금은 잠시 몸을 숨기고 있을 뿐이에요."
여사는 단언하더니 비웃었다.
"그런 것도 모르다니, 정말로 영능력자 맞아요?"
"그래. 자칭 영감소녀인 너와는 달리 이쪽은 프로거든."

"프로라고 주장하는 거에 비해서는 딱히 하는 일이 없는 것 같은데요? 이번에야말로, 이번에야말로, 라고는 하지만. 사실 당신이 한 번 제령했다는 사실, 잊고 있지 않아요?"

아, 그렇네. 우와. 맞다. 지반침하설이 옳지 않다는 건, 즉 무녀님이 지난번에 했던 제령이 실패라는 걸 인정하게 되는 거네. 그렇군.

마음 편하게 납득이나 하고 있던 내 머리 위로, 무녀님과 여사의 살기 넘치는 눈싸움이 이어지고 있었다. 바로 그때 복도 안쪽에서 스님과 존이 다가오더니, 험악한 분위기를 감지한 듯 그 자리에 멈춰 서서 머뭇거리며 서로를 바라보았다.

"……뭔가 이 부근, 춥지 않아?"

춥다뿐입니까. 얼어붙었거든요. 배 속부터 아주 그냥 냉기가…….

무녀님이 흥, 하고 콧소리를 냈다.

"여기 계시는 이 자칭 영감소녀님께서 제령이 안 됐다고 말씀을 하시네?"

그것을 듣던 스님이 웃었다.

"그럴 리 없어. 거기 있는 그 무녀는 그렇다 쳐도, 내가 방금 했으니까 틀림없다고. 이제 영은 없어."

"잠깐, 지금 '무녀는 그렇다 쳐도' 라니, 무슨 뜻이야?"

"사실을 말했을 뿐이지."

"사람 공을 중간에서 낚아채겠다는 거야?"

"그 말 지금 네가 한 그대로 돌려줄까? 자칭 무녀 씨."

아…… 또 또 또 시작이야. 당신들이 사이좋게 지내는 건 나르를 괴롭힐 때뿐이겠지.

스님과 무녀님은 화려한 말다툼을 개시했다. 완전히 질린 나는 다른 곳을 돌아봤다. 존이 그 싸움을 무시하고 천장을 올려다보고 있었다. 나도 무심결에 존을 따라 천장을 올려다봤다. 손전등의 빛 아래, 얼룩투성이 천장이 희미하게 드러났다. 아무 이상도 없어 보이는데, 도대체 존은 뭘 보고 있는 걸까. 존에게 물어보려던 그 순간, 나는 깨달았다.

뭐지. 발소리?

그렇다. 위쪽에서 발소리가 나고 있었다.

우리들이 위를 올려다보고 있는 것을 알아차렸는지, 나머지 세 사람도 천장을 올려다봤다.

터벅터벅터벅터벅…….

누군가가 달리는 발소리였다. 작은 보폭에 가벼운 발걸음. 복도를 따라서 가까워졌다, 다시 멀어져 갔다.

스님이 벌떡 일어섰다.

"무슨 소리지?"

"누군가가 달리는 것 같은 소리였어."

무녀님은 그렇게 말하고는 전원을 바라보았다. 무녀님, 스님, 존에 쿠로다 여사. 모두 모여 있다. 그럼 누구지?

나르가 말하던 것처럼 물소리일까? 하지만 그렇게 느껴지지 않는다. 발소리는 마치 원을 그리듯이 다가왔다가 멀어지고 다시 다가왔다. 작고, 가볍고, 바삐 가는 발걸음. 그래. 딱 어린아이가 복도에서 뛰어 다니는 듯한 소리다. 그 소리가 점점 계단을 향해 다가왔다. 어느샌가 모두 손전등 빛을 들고 계단 위쪽을 응시하고 있었다.

계단은 반쯤 올라가다 평평해지고, 다시 백팔십 도 꺾여서 나머지 계단이 이어진다. 나머지 계단은 손잡이만 약간 보일 뿐, 볼 수가 없었다.

터벅거리는 발소리가 우리들 바로 위로 다가왔다. 그리고 계단까지 다가온 뒤, 망설이듯이 잠시 발소리가 멈추더니, 털벅 하는 소리가 났다. 마치 양발을 모아 계단을 하나 하나 뛰어 내려오는 듯한 소리였다. 털벅 하고 두 계단, 세 계단, 네 계단……. 반을 다 내려왔다. 발소리가 이제 돌아 내려올 차례였다. 모습이 보일 것이었다. 발소리를 내고 있는 사람의 모습이…….

모두가 침을 꼴깍 삼켰는데, 발소리는 순간 끊기고 말았다. 더 이상 아무런 소리도 들려오지 않았다.

스님이 튕겨져 나가듯이 계단을 뛰어 올라갔다. 반쯤 올라간 곳에서 멈춰 서서 두리번거리더니, 고개를 절레절레 저으며 내려왔다.

손전등을 쥔 내 손이 덜덜 떨리고 있었다. 내가 물었다.

"누구…… 있었어요?"

"아니."

"그럼 지금 발소리는 뭐예요?"

"기분 탓일 거야."

"기분 탓? 그게요? 나 지금 확실히 들었거든요?"

스님은 아무 말도 없었다.

"제령에 성공한 거 아니었어요? 프로라면서요? 아녀자와는 다르다면서요? 그럼 지금 그건 뭐예요?"

무녀님이 나를 노려보더니 말했다.

"바람 소리야."

이봐아아아!

머리 뚜껑이 열리는 것 같았다. 그야 누구든 실패를 한다. 틀리기도 한다. 어른이든 아이든 프로든 마찬가지다. 아무리 잘난 척하고 있어도 분명 실패를 할 때가 있다. 하지만 나르는 그런 어처구니없는 변명 따위는 하지 않았어! 당신네들이 이러쿵저러쿵 좋을 대로 지껄일 때도, 나르는 변명 같은 거 안 했어! 도망치지도 않았다고!

나는 스님과 무녀님을 있는 힘껏 노려보았다. 두 사람은 데면데면한 표정으로 시선을 돌렸다.

그 순간, 이층에서 문을 여닫는 소리가 나기 시작했다. 누군가가 힘껏 문을 열고, 연 순간 다시 힘껏 밀쳐 내서 닫는다. 그것도 교실 하나에서 나는 소리가 아니었다. 이층 교실 여러 군데-아니면 전부-에서 비슷한 소리가 나고 있었다.

고막을 때리는 소리가 이층에 울려 퍼졌다. 문이 여닫히는 진동이 여기까지 전해져 왔다. 무심코 귀를 막으려고 한 순간, 갑자기 격렬한 노크 소리가 났다. 이층의 벽과 마루를 난타하는 소리, 그리고 발소리. 바닥을 쿵쿵 짓밟아 뚫어 버리려는 듯한 무수한 발소리가.

갑자기 군중들이 일제히 폭동을 일으킨 것 같은 소리였다. 구교사 안을 이리저리 헤집으며, 모든 문을 난폭하게 열었다가 닫았다. 손이 닿는 대로 벽을 두들기고, 바닥을 쿵쿵 울렸다.

갑자기 우리들 머리 위에서, 켜지지 않고 남아 있기만 했던 형광등이 팍 하고 터졌다. 자잘한 파편이 떨어져 내렸다. 우리들은 황급히 자리를 피했다. 모두가 달려 나가며 현관과 복도로 뿔뿔이 흩어진 그때, 이번에는 현관에 세워져 있던 신발장들이 둔탁한 소리를 내며 덜덜덜 떨기 시작했다. 마치 사람이 몸을 떨 듯 덜덜거리는 소리를 냈다.

나는 무심코 근처 신발장을 붙들었다. 왜 그런 짓을 했는지 지금 돌이켜봐도 알 수가 없다. 설마 신발장이 쓰러질까 걱정돼서 그랬을까?

신발장을 잡은 그 순간, 나는 그게 약간 따뜻하다는 사실을 깨달았다. 햇빛 아래 오래 둔, 약간 미지근해진 물 같은 온도였다.

나르가 뭐라고 그랬는데?

폴터가이스트가 움직이는 물체는 온도가……

내 손 밑에서 신발장이 몸부림을 쳤다. 그런 느낌이 들었다. 몸을 쭉 비틀 듯이 크게 흔들리더니, 내 손바닥을 밀쳐 냈다. 나는 무의식중에 양 팔에 힘을 주어 밀었다. 하지만 그 신발장은 마치 의지를 가진 사람처럼 내 쪽을 향해 쓰러져 내렸다. 신발장에 몸을 얻어맞고, 무릎이 푹 꺾였다. 무의식중에 비명이 나왔다.

그 뒤로는 아무것도 기억나지 않는다.

6

머리가 지끈거렸다.

시원한 바람이 얼굴에 닿고 있었다. 시원하다, 기분 좋네. 그렇게 생각한 순간 눈을 떴다.

눈꺼풀을 번쩍 들어올렸다. 어둡고 좁은 곳이었다. 눈이 어둠에 익숙해지자 여기가 차 안임을 알 수 있었다. 자동차치고는 천장이 높다. 아마 구교사 뒤에 주차해 놓은 나르의 밴인 것 같았다.

왜 여기에?

내가 왜 차에 있는지, 언제 차에 타서 누웠는지 기억이 안 났다. 심지어 이 차, 움직이고 있는데?

파도를 타는 것처럼 몸이 흔들거렸다. 하지만 엔진 소리는 들리지 않았고, 진동도 느껴지지 않았다. 그렇구나, 차가 움직이는 게 아니라 내가 현기증을 느끼나 보다.

일단 몸을 일으키려 했지만, 힘이 들어가지 않았다. 억지로 움직이려 한 순간 어질하고 주변이 회전하는 듯한 기분마저 들어서 단념했다.

……음.

나는 여기저기 흩어져 버린 기억을 모았다. 맞다, 신발장한테 습격당했지. 그 조수씨처럼 나도 그 밑에 깔린 거군. 그때는 다른 사람을 희생양 삼아 살아남았건만……. 이것이야말로 더할 나위 없는 인과응보네. 이건 구교사가 아니라 조수씨가 내리는 저주인가.

그렇게 생각하며 주위를 둘러보았다. 시야에는 아무도 보이지 않았고, 인기척도 느껴지지 않았다. 사람 목소리도 들리지 않고, 아무 소리도 나지 않는다.

둘러보다 보니 눈앞이 어지러워져서 멀미할 것 같았다. 머리가 아프고 현기증이 났다. 나는 흩어진 기억을 주섬주섬 주워 모았다. 이층에서 발소리, 소음, 그리고 쓰러져 내리는 신발장, 신발장이 따뜻했던 느낌. 그 다음에 어떻게 된 거지? 난 왜 차에 있지? 누가 옮겨 준건가. 하지만 누가? 주위에는 아무도 없다. 빛도 없다. 현기증은 점점 심해지고 머리도 아파 일어나지도 못하겠고……. 불안해 죽겠네.

불안한 마음에 애써 몸을 일으키려 했지만, 역시 몸에 힘이 하나도 안 들어가는데다 이젠 토할 것 같은 기분까지 들었다. 이상하다, 나 어디 다쳤나? 다른 사람들은 어떻게 된 거지? 이런 재난을 당한 건 나뿐인가? 나 얼마나 오랫동안 자고 있었지?

마음이 초조해졌다. 일어나야 할 것 같다. 하지만 힘이 들어가지 않는다. 일어날 수 없을 뿐만 아니라 팔도 다리도 바닥에 마치 찰싹 달라붙은 것 같아서 움직일 수가 없다. 뭔가 나 되게 안 좋은 상황인 것 같은데. 역시 어딘가 크게 다쳤나 보다. 누군가를 불러야 해, 불러서 도움을 청해야 해.

안절부절못하고 있는데, 이마에 시원한 감촉이 전해졌다. 새하얀 손이 내 이마 위에 얹혀 있었다.

"누구······."

내 목소리는 내가 듣기에도 힘이 하나도 없었다. 가볍게 토닥이듯 얹혀진 손을 따라 시선을 옮겼다. 어둠 속, 바로 곁에 새하얀 얼굴이 보였다.

"나르?"

돌아왔구나. 다행이다.

보고할 일이 산더미처럼 쌓여 있었다. 기세 좋게 몸을 일으키려 하자, 그 손이 부드럽게 이마를 지그시 눌렀다.

"움직이지 않는 편이 좋겠어."

'하지만' 하고 올려다 본 그 얼굴이, 갑자기 부드럽고 편안한 미소를 지었다. 나는 깜짝 놀라고 말았다. 나르가 이런 식으로도 웃을 수 있다니······.

"······항상 그렇게 웃으면 좋을 텐데."

무심코 말로 뱉어 버렸다. 아, 나 역시 어딘가 좀 망가졌나 봐. 이제 나르가 있는 힘껏 비아냥거리겠지. 그렇게 생각하고 긴장했지만, 나르는 그저 조금 웃어 보일 뿐이었다.

"……근처에 누구 있어?"

"없어."

조용한 목소리였다. 어쩐지 정말 안심되는 느낌의 목소리.

'그렇구나.' 하고 나는 중얼거렸다. 이마에 닿은 손바닥 감촉은 서늘했고, 그건 무척 안정감을 주었다. 그 때문인지 몹시 졸렸다.

"저기 있잖아……. 미안하지만, 폴터가이스트였던 것 같아……."

'그래.' 하며 온화한 목소리는 아무것에도 구애받지 않는다는 듯 말했다.

"너무 신경 쓰지 마. 그런 건 아무래도 좋아. 좀 더 자도록 해."

"응……."

나르 어떻게 된 걸까……. 이상할 정도로 상냥하다…….

"……고마워."

올려다보자, 나르는 고개를 저으며 미소 짓고 있었다.

……눈을 떴다.

주위를 둘러보았다. 차 안이었다. 주위는 깜깜하다. 차 안으로 달빛이 은은히 밀려 들어오고 있었고, 그 덕분에 약간이나마 주변을 둘러볼 수 있었다. 좌우 선반에 가득 차 있는 정체를 알 수 없는 기계 군단들.

머리가 지끈거렸다. 마루가 딱딱해서 그런지, 등도 아프고 허리고 아팠다.

어라?

멀뚱멀뚱 주위를 둘러봤지만, 아무도 보이지 않았고 인기척도 느껴지지 않았다. 나르는 어디로 간 거지?

좌우 선반에 들어 찬 기계들이 보였다. 굳이 둘러볼 필요도 없었다. 아주 약간 남아 있는 공간은 내가 누운 것만으로도 완전히 꽉 차 버렸다. 점유율 백 퍼센트. 아무리 둘러봐도 주변에 사람이 들어올 만한 여유는 없었다.

어라? 근데 방금…… 옆에 있었는데?

'어디에 말야.' 하고 나에게 반박하고 싶은 기분마저 들었다. 나르는 날씬하지만, 종이처럼 얇은 건 아니다. 그렇다면 차 안에는 나 말고 다른 인간이 존재할 공간 자체가 애초부터 존재하지 않았다.

그럼 꿈이었던 겁니까?

꿈인가? 꿈인가 봐. 돌이켜 보니, 나르의 모습은 밑도 끝도 없이 거짓말 같았다.

그렇겠지. 그런 상냥한 나르라니, 말도 안 되지.

혼자서 납득하고 있는데, 머리 위에서 소리가 들려왔다. 스님이 차창을 통해 안을 들여다보고 있었다.

"어이, 아가씨! 정신 든 거야?"

7

운이 좋은 건지 나쁜 건지, 다친 건 나뿐인 모양이다.

나는 가엾게도 도미노처럼 무너져 내린 신발장 밑에 완전히 깔렸다. 신발장 밑에서 겨우 끌어 냈더니, 완전히 의식이 없었다고 했다. 소리를 치고 뺨을 철썩철썩 때려 봐도 눈을 뜨지 않았다. 그래서 무녀님은 심지어 내가 죽었다고 생각했다고 한다. 사람을 맘대로 죽이지 마아! 하고 고함을 쳐 주고 싶었지만, 내가 기절했을 뿐이라는 사실을 알고 '다행이다.' 하면서 울었다고 하니 특별히 용서하겠다.

모두들 차 앞에 모여 있었다. 밤바람이 몹시 찼다.

"지금 몇 시예요?"

"네 시. 곧 날이 밝을 거야."

스님은 그렇게 말하고는 하늘을 올려다보았다. 흐릿하게 별이 보이는 하늘에는, 아직 새벽 하늘의 빛깔은 보이지 않았다.

"그럼 저 꽤 오랫동안 정신을 잃었던 거네요."

"그래. 아주 기분 좋게 쌕쌕거리면서 말이지."

아으으으.

"나르는요? 왔어요?"

"아니."

으으음. 역시 꿈이었던 것인가. 왜 그런 꿈을 꾼 거지.

"그래도, 마이 씨 크게 다치지 않아서 정말 다행입니다."

"걱정 끼쳐서 미안해요."

"허벌나게 장난 없는 폴터가이스트였심더. 그렇게 큰 건 저 태어나서 처음 봤심더."

"저 기절하고 난 이후로 무슨 일 있었어요?"

스님은 어깨를 잔뜩 움츠렸다.

"아니. 아무것도. 기도를 해도 반응이 없어."

"흐음. 쿠로다 여사는요?"

"한참 전에 갔지."

"그렇구나."

무녀님이 중얼거리듯 말을 꺼냈다.

"하지만 진짜 위험해 보이지 않아? 제령도 전혀 듣지를 않고."

"어라? 제령이 실패했다는 거, 이제 인정하는 거예요?"

내가 말하자 무녀님이 흥 하며 고개를 돌렸다.

히히히.

무녀님은 질문에 대한 대답은 않고, 누구 들으라는 듯이 푸념을 늘어놓았다.

"잘나신 소장님은 사라지시고, 그 조수는 완전 애물단지고. 엑소시스트는 믿음직스럽지 못하지, 스님은 무능하지······."

"너는?"

스님이 날카롭게 파고들었다.

"······무력해."

무녀님이 아니꼽다는 듯이 말했다.

"인정할게. 난 이거 감당 못 해. 부딪혀서 박살이 날 각오를 하고 제령을 거듭할 수는 있지만, 그때마다 반발이 일어날 거야."

'그렇겠지.' 하며 스님도 떫은 표정을 지었다.

"그리고 그때마다 반응이 심해지겠지. 이 이상 규모가 커지면, 솔직히 말해서 어떻게 손을 쓸 수가 없어."

즉 방법이 없다는 겁니까? 내가 그런 표정으로 존을 바라보자, 존마저도 불안한 표정을 지었다.

"손을 잘못 쓰고 있는 걸 수도 있심더. 일단 도대체 어디를 잡아야 할지 감도 못 잡겠심더. 전에 기도를 했을 때도 아무 상처도 입히지 못한 것 같았고 말임니더."

'정체불명이니까 말이지.' 하고 스님이 중얼거렸다.

"쿠로다가 말하던 그 여자아이의 영은요?"

"여자아이뿐인 것 같지 않아. 단순히 죽은 여자아이의 영이 이런 상식 밖의 일을 일으킬 수가 있겠어?"

"그리고 여자아이가 죽기 전에도 이런저런 소문이 돌았다며? 뭔가 근본적으로 큰 게 숨어 있는 거 아니야?"

무녀님은 그렇게 말하더니 자기 팔을 감싸 안았다.

"엄청 위험한 느낌이 들어. 단순한 반발이라면 근본이 뭔지 알 때까지 내버려 두면 되는데……. 이젠 단순한 반발을 넘어서서 적대시당하는 느낌까지 들어."

"적대시?"

"적으로서 관찰당하는 느낌이라고 해야 하나. 우리들 이쯤에서 자기 자신의 안전을 좀 생각해야 하지 않겠어?"

스님이 끄응 하고 신음 소리를 냈다.

"위험을 각오하고 한 번 더 시도하느냐, 아니면 두 손 두 발 다 들고 도망가느냐……."

"간단히 각오할 만한 그런 쉬운 위험이 아니야."

"무녀님은 도망가고 싶다는 뜻인 거죠?"

나는 무녀님에게 일부러 말해 주었다.

"……그렇다면 어쩔 건데."

무녀님은 원망스럽다는 듯이 나를 쳐다보았다.

"나는 자기희생 같은 거에 관심 없어. 이딴 의뢰 때문에 다치거나 하는 건 정말 사양이라고. 네 상사도 그래서 도망간 걸지도 모르지. 지금쯤 집에서 벌벌 떨고 있는 거 아냐?"

……으엑.

"무녀님, 그거 진심으로 하는 소리예요?"

"어머, 그런 소심한 놈 아니다, 뭐 이런 얘기 하고 싶은 거야? 정말 지독하게도 편드는구나."

"편을 들고 자시고 왠지 토할 것 같으니까 그만 하세요. 나루가 도망쳐서 벌벌 떠는 모습 같은 거 저는 도저히 상상이 안 가거든요."

상상만으로도 끔찍하거든요.

스님이 웃었다.

"그으래? 혹시 지금쯤, 이불 뒤집어쓰고 울고 있거나. 낮에 우리들이 잔뜩 괴롭혔으니까 말이지."

그만 좀 하세요오!

"그게 더 기분 나빠요. 등줄기가 얼어붙는 것 같다니까요. 뭐, 이불을 뒤집어쓰고 울어요? 그 엄청나게 잘나고 자신감 넘치는 천상천하유아독존형 나르시스트가요?"

내가 말하자 스님이 눈을 끔뻑거렸다.

"듣고 보니 그렇네."

"시부야 씨 같은 경우에는 말입니더."

존까지 가세했다.

"화를 내면서 지푸라기로 인형을 만드는 게 더 잘 어울리지 않심꺼?"

무녀님이 작게 뿜었다. 그리고 모두가 끌려가듯 크게 웃어 버렸다.

근처에 보이는 체육관 지붕 너머로, 하늘이 조금씩 밝아오고 있었다.

1

나르는 결국 돌아오지 않았다.

나는 건강하고 활기차고 성실한 소녀니까, 그 후 황급히 집으로 돌아가 교복으로 갈아입고 제대로 수업에 출석했다.

교실에 들어가자 쿠로다 여사가 맨 먼저 말을 걸어왔다.

"타니야마, 괜찮아?"

여사는 교탁 주변에 서서 두세 명의 여자아이들에게 둘러싸여 있었다. 보기 드문 모습이었다.

"응, 걱정해 줘서 고마워."

손을 흔들어 보이고 내 자리에 도착했다. 다친 곳은 없지만 체력이 완전히 바닥났다. 의자에 털썩 주저앉자 이번엔 친구들이 우르르 몰려 왔다.

"마이, 어제 장난 아니었다면서?"

"잘들 아시는구먼요."

케이코는 교실 앞부분에 살짝 눈길을 주었다. 쿠로다 여사가 활기차게 말씀하고 계셨다.

"방금 전부터 꽤 적극적으로 홍보 활동을 하고 있더라고."

어머나.

유리가 새삼 중얼거렸다.

"영감이 있다는 거 대단하지만 뭔가 힘들어 보여."

'하지만' 하며 미치루가 동의하지 못하겠다는 말투로 끼어들었다.

"화려하고 좋잖아. 왜 나에게는 영감이 주어지지 않은 걸까?"

"그건 말야 아가씨, 위험해지기 때문이지."

내가 말하자 미치루는 검지를 쭉 뻗어서 좌우로 까딱거렸다.

"위험이야말로 곧 화려함 아니겠어? 평범한 인생보다는 스릴 넘치는 인생이 훨씬 더 즐겁잖아."

"즐거운지 어떤지는 개인 취향의 문제인 것 같은데."

"나는 비범한 인생을 원한다고!"

……아 그러세요.

케이코도 고개를 끄덕였다.

"그치이. 나는 위험한 건 싫지만 말야. 시부야 씨처럼 잘생긴 남자한테 보호받는 그런 전개는 바람직하다고 생각해."

"오오, 그것도 좋다. 하지만 그래봤자 실제로 일어나는 화려한 일이라곤 전화 너머로 그 아름다운 목소리를 듣는 정도였지."

미치루의 말에 유리가 고개를 끄덕이고, 케이코는 헤벌쭉 웃기 시작했다.

"나 완전 깜짝 놀랐다니까. 전화가 올 거라고는 생각도 안 했는데 말야. 이런 예상치 못한 전개도 참 바람직하지!"

"전화?"

"응, 응."

"나르한테? 언제?"

케이코는 눈을 깜빡거렸다.

"어제 저녁에. 뭐야? 마이 네가 번호 알려준 거 아니었어?"

"아니야. 나르 어제 오후부터 사라져서는 연락이 안 돼. 전화라니, 어디서 건 거야?"

"그런 걸 어떻게 알아."

"뭐라고 했어?"

친구들은 약간 주춤하더니 서로 눈빛을 교환했다. 그리고 누구부터라고 할 것 없이 얼굴을 맞대더니 소리를 낮췄다.

"이런 저런 거 많이 물어 봤어. 구교사 얘기라던가…… 네 얘기라던가……."

"내 얘기?"

"응. 성격이 어떤지, 학교에서는 어떤 느낌인지 뭐 그런 거. 너뿐만 아니라 쿠로다 여사에 대해서도."

뭐라? 갑자기 말도 없이 사라져 놓고는 도대체 뭘 하고 다니는 거지?

고개를 갸웃거린 그 순간 선생님이 교실에 들어오셨다.

"쿠로다, 타니야마. 교장 선생님이 부르신다. 빨리 가 보도록."

……네?

여사와 나는 함께 교장실로 향했다. 교장실에 들어가는 게 흔한 일도 아닌지라, 문 앞에서 우물쭈물거렸더니 여사가 자연스럽게 노크를 했다. 역시 우등생이라 그런지 이런 부분이 몸에 익어 있었다.

대답 소리가 들려와 문을 열자, 안에는 기묘한 얼굴들이 총집합해 있었다. 정면 책상에 앉아 계신 너구리님-이라고 쓰고 교장이라고 읽는다-과 더불어, 그 옆에는 교감 선생님, 생활 지도부 선생님이 앉아 계셨다. 그리고 그 선생님들 앞에 잘난 척 서 있는 건, 나르였다.

……이 자식, 이런 데서 뭐하는 거야.

그리고 그 앞에는 책상을 둘러싸듯 파이프 의자가 늘어서 있었다. 그 의자에는 교장실과는 전혀 어울리지 않는 영능력자 집단이 앉아 있었다. 무녀님, 스님, 존, 거기에 마사코까지 있었다. 뭐냐, 이 모임은. 나는 고개를 갸웃거렸다. 일단 교장 선생님 앞인지라 '늦어서 죄송합니다.' 하며 중얼거리듯 인사를 했다. 교장 선생님이 권하는 대로, 영능력자 집단 옆에 있는 의자에 앉았다.

무슨 일인가 싶어 사람들 얼굴을 하나씩 들여다보자, 무녀님은 어깨를 움츠렸고, 존은 고개를 갸웃거렸다. 스님도 무슨 일인지 전혀 모르겠다는 듯한 표정을 지었다. 뭐가 뭔지 모르겠는 건 사람들도 마찬가지인 듯했다.

그 면면을 둘러보던 나르는 고개를 한 번 끄덕이고 말을 꺼냈다.

"시간을 내주셔서 감사합니다. 이제부터 간단한 실험에 참가하시게 될 겁니다. 교장 선생님의 승인을 받았으므로, 학교 측으로부터의 요청이라고 간주해 주시면 됩니다."

……뭐라고요?

교장 선생님을 돌아봤더니, '그렇소' 하는 표정을 짓고 있었다. 정말 학교 공인 행사인 모양이네.

나르는 모두에게 긴장을 풀도록 지시하더니, 창문 블라인드를 내려 버렸다. 그리고는 암막까지 쳤다. 순간 교장실 안이 어둠으로 가득 찼다. 그리고 딸깍 하는 작은 소리가 났고, 동시에 교장 선생님의 책상 위에 작고 하얀 빛이 생겨 났다.

책상 위에 메트로놈 같은 게 놓여 있었다. 그 물체가 일정한 간격으로 천천히 빛났다가 사라졌다. 정확히는, 무언가가 천천히 좌우로 움직이며 빛을 가려서, 그 물체가 깜빡이는 것처럼 보였다. 물체가 깜빡거릴 때마다, 시계 초침이 움직이는 것 같은 기계적이고 단조로운 소리가 났다.

"의자에 깊숙이 앉아 빛에 주목해 주시기 바랍니다."

그렇게 말하는 나르의 목소리도 기계적이었다. 교사들은 전부 책상 너머에 있는지, 흐릿한 실루엣만 보일 뿐이었다.

"등에 체중을 실으셔도 무관합니다. 양손은 자연스럽게 다리 위에 놓으세요. 손바닥을 위로 하고 힘을 빼 주십시오. 천천히 숨을 들이쉬고…… 내쉽니다. 눈은 빛을 바라봅니다……. 깜빡임에 맞추어 호흡합니다."

이상한 기분이 들었다. 단조로운 빛의 명멸, 미미한 기계음. 그것들을 바라보며 숨을 쉬고 있으면, 딱히 맞추려고 노력하지 않아도 박자가 비슷해진다. 동시에 심장박동까지도 침착해지는 것 같았다.

나르는 그렇게 한참을 호흡시키더니 말했다.

"이제부터 사건의 경과에 대해서 다시 확인하는 시간을 갖도록 하겠습니다. 반대 의견은 추후 다시 받아들이겠으니, 잠시 가만히 듣고만 있어 주십시오."

그렇다. 나르는 아무런 억양 없는 어조로 구교사의 역사에 대해 복습을 했다. 학교의 창립, 당시의 모습과 그 뒤의 변화에 대해서. '와, 엄청 멀리 돌아가서 확인하는구먼.' 하고 빛을 보며 생각했다. 그런 거 아무려면 어때, 하면서도 어쨌든 그 이야기에 귀를 기울이는 것은 딱히 할 일이 없기 때문이었다. 하지만 이 억양 없는 느릿느릿한 박자로 단조로운 정보를 흘려보내 봤자 머리에 들어올 리도 없었다. 어쩐지 소 귀에 경 읽기 같은 느낌으로, 오른쪽 귀로 들은 게 왼쪽 귀로 줄줄 흘러나갈 뿐.

……왠지 졸리다……. 어제 잠을 못 잤지. 거의 반쯤 잠이 드는 것 같은 기분이야.

멍하니 넋을 놓고 있는데 빛을 보라는 지시가 떨어졌다.

"……눈이 부시면 눈을 감아도 상관없습니다. 눈을 감아도 눈꺼풀 너머로 빛이 보일 것입니다……. 보이지요?"

분명 그랬다. 눈을 감아도 눈꺼풀 너머로 빛이 깜박이는 것이 보였다. 여전히 멍한 채 정신을 반쯤 놓고 있는데, 나르의 단조로운 목소리가 들려왔다. 마치 어딘가에서 가라앉는 듯한 목소리였다.

그 목소리를 듣는 순간…… 구교사 실험실이 바로 떠올랐다.

기자재를 거의 다 치워 내서 텅 비어 버린 교실. 그곳에 쓸쓸히 놓여 있는 의자. 나무로 된 오래된 의자 하나뿐이었다. 그 의자가 덜커덩 하고 흔들렸다. 녹화 화면인가. 노이즈가 걸린 듯한 시야 속에서 의자가 흔들리고 뒤틀리듯이 몸부림치는, 그…….

"일어나셔도 좋습니다."
팟 하고 방 안에 빛이 쏟아져 들어왔다.
어라? 하고 정신을 차림과 동시에, 교장실 안에 내동댕이쳐진 듯한 기분이 들었다. 나르는 암막을 걷어 버리고 블라인드를 올렸다. 눈이 부셔서 눈을 세차게 깜빡거렸다.
"이 다음 교장 선생님께서도 당부하실 테지만 오늘은 구교사에 들어가지 마시기 바랍니다. 시간 내 주셔서 감사합니다."
나르는 그렇게 말하고 가볍게 고개를 숙였다. 그 곁에 낡은 의자가 있었다.
의자…….
별 생각 없이 바라보고 있는데, 나르는 잽싸게 교장실을 나가 버렸다.
"잠깐, 지금 이거 뭐하는 건데?"
무녀님이 나르에게 물었지만 완전 무시당했다. 나는 교장실을 나서는 나르와 당혹한 사람들의 얼굴을 쳐다보고, 황급히 교장 선생님들 쪽에 인사를 꾸벅 하고는 나르의 뒤를 좇았다. 문을 나설 때, 도대체 이게 어떻게 된 거냐고 교장에게(아마도) 묻는 스님의 목소리가 들려왔다.

"나르!"

빠르게 복도를 멀어져 가는 나르를 뒤따라 달렸다. 나르는 힐끗 돌아보았지만 멈추지 않았다. 학교 밖으로 나갈 생각인 것 같았다.

"나르, 어제 어디 갔던 거야?"

"여기저기. 부상당했다며?"

나르는 겨우 그를 따라잡은 나를 돌아보며 대답했다.

"부상이라고 할 정도는 아니었어. 머리에 혹이 생긴 정도야."

"그렇군."

'그렇군.' 이라니. 할 말이 그거밖에 없냐? 한순간 나를 걱정해 준 줄 알았는데.

"저기 지금 그건 뭐였어?"

나르는 대답하지 않았다. 대신,

"수업 들어가지 않아도 돼?"

"괜찮아, 괜찮아."

그것보다 지금 그 엉뚱한 사건이 뭔지를, 하고 말하려던 나를 쳐다보며 나르가 싸늘하게 한마디 했다.

"바보가 될 만도 하군."

이, 이 자식이……. 무심결에 주먹을 꽉 쥔 나에게 가볍게 손을 흔들더니 나르가 사라지려 했다. 흥! 사라져 버려라, 어디로든! 그렇게 생각하던 중, 나는 하나 더 묻고 싶은 것이 있다는 것을 깨달았다.

"나르!"

"왜?"

돌아본 나르는 노골적으로 귀찮다는 표정을 짓고 있었다.

"또 상관없는 걸 하나만 더 물어볼 건데."

"무식이."

아직 아무 말도 안 했다고!

"어제, 돌아왔었……지?"

"어디로?"

"구교사."

나르는 미심쩍다는 표정을 지었다.

"어? 안 왔어?"

"방금 막 돌아온 참인데?"

으하하하하. 역시 꿈이었구나.

나르는 이상하다는 얼굴을 했다. 나는 손을 설레설레 내저으며 가 보라고 손짓했다. 됐습니다요. 어서 사라져 버리세요. 나도 사실은 수업에 들어가 봐야 하거든요.

반바퀴 휙 하고 돌아서 교실로 향했다.

꿈이겠지. 그야 그렇지. 아무리 생각해도 그 도련님이 나를 간병해 주거나 상냥하게 굴어 줄 리가 없는데 말이지. 꿈은 무의식의 산물이고 개입할 수 없다고들 하지만, 도대체 왜 그런 말도 안 되는, 있을 수 없는 꿈을 꾼 걸까? 하지만 진짜 상냥하긴 했는데.

아이고, 나도 내 무의식을 이해를 못하겠구먼.
마음속으로 중얼거리다 나는 문득 멈춰서고 말았다.
"……어?"
흔히, 꿈은 무의식의 산물이라고들 하는데.
"……그럼?"
설마?
잠깐, 잠깐만 기다려. 어?
나는 복도에 우두커니 선 채로 고개만 양옆으로 젓고 있었다.
어? 그럼, 나? 설마!
어? 응?

⸺ 2 ⸺

수업이 끝나기만을 기다리다, 구교사로 잽싸게 뛰어갔다. 실험실일까, 차일까 하며 양쪽을 번갈아 봤더니, 차 안에 누군가가 있는 모양새였다. 그쪽으로 다가가 차창 너머로 나르의 얼굴을 바라본 순간, 심장이 갑자기 두근거리기 시작했다.
으아악, 나 어떻게 돼 버린 거니.
어쩐지 말을 걸기가 좀 어색했다. 뭐라고 말을 걸어야 하지-라니, 평소대로 말하면 되지 않겠나, 이 아가씨야!
자신을 독려하고 있는 중에, 나르가 먼저 내가 온 것을 알아차렸다. 눈이 마주치자 얼굴이 절로 화끈 달아올라 버렸다. 뭐야? 나 어떻게 된 거 아냐?!

"어제 마이크랑 테이프리코더 설치해 놓은 거, 네가 그랬니?"

"으, 응. 비디오가 나을 것 같았는데, 어떻게 하는지를 잘 모르겠어서……."

"리코더로도 충분해. 잘했어. 재미있는 소리가 들어 있더군."

"어제 폴터가이스트, 녹음되어 있었어?"

"제대로."

다행이다.

"아, 맞다. 신발장 말야."

나르가 나를 돌아보았다. 아니, 쳐다보지는 않으셔도 되는데요.

"어, 저기…… 신발장, 따뜻했어."

"무너져 내린 게 말이니?"

"응. 네가 그랬잖아. 폴터가이스트가 움직인 물건은 따뜻해진다고."

"잘 기억하고 있었군."

우와, 칭찬 받았다―가 아니라. 아마 문장 앞에 '기억력이 부자유스러움에도 불구하고.' 라는 문장이 생략되어 있다고 간주해야 하겠지. 어렵구먼.

나르는 일어서더니, 엄청난 양의 코드를 주워들어 나에게 건넸다.

"네?"

"기계를 설치할 거야."

네에?!

뭐가 어떻게 돌아가는 건지 도통 알 수가 없네. 철수하더니 다시 설치를 하고. 이 도련님이 하는 짓은 뭐가 뭔지 알 수가 없어. 그런 생각을 하며 코드를 한가득 안고 구교사로 향하다 존이 구교사 안을 들여다보고 있는 것을 발견했다. 반갑게 인사를 나눌 틈도 없이 나르는 존을 부려먹으며, 무거운 기자재들을 여기저기로 날랐다.

"어떻게 된 건데?"

물어봐도 대답이 없었다. 아무런 설명도 듣지 못한 채 차와 실험실을 두 번 왔다갔다 하며 실험실과 복도에 기계를 다 쌓아 놓자, 나에게는 삼각대를 설치하라느니 존에게는 전원을 끌어 오라느니 시키더니, 느닷없이 방구석에서 의자를 꺼내 들었다. 실험실에는 차고 넘치는 낡은 나무 의자였다. 텅 빈 공간에 그 의자를 놓더니, 의자 다리와 마루가 접하는 둘레에 둥그렇게 분필로 선을 그었다. 그리고 먼지를 털더니 의자 여기저기에 하얗고 동그란 스티커를 붙였다. 마지막으로 무슨 주문처럼, 의자 위에 작은 동전을 얹어 놓았다.

"그거 뭐야?"

역시나 대답은 없었다. 몇 번이고 말하지만 너 인마, 말해 주면 입이 닳냐? 닳어!

복잡해 보이는 무수한 기계들을 실험실에 세팅(하기 위해, 나와 존이 시키는 대로 물건을 들고 우왕좌왕하고 있었다)했다. 그러더니 복도까지 나가서, 거기에서도 복잡한 기계류를 세팅. 실험실과 복도를 가르는 벽에는 두꺼운 사전 같은 상자를 꺼내더니 노트북에 연결했다.

"있잖아. 저기요, 시부야 씨. 시부야 님, 보스, 그건 뭔가요. 지금 무슨 일이 일어나고 있는 건가요. 가르쳐 주세요오."

한껏 투덜거렸더니, 나르는 깊은 한숨을 내쉬었다.

"레이더야."

하아?

"레이더라니, 그 비행기나 배에 붙어 있는?"

"그렇게 생각해도 무관하겠지. 그 일종이니까."

흐어억. 뭔가 너무 거창하지 않습니까?

"그런 걸 써서 대체 뭘 하게?"

"말할 수 없어. 말하면 효과가 없으니까."

"하지만— 저는 조수잖아요오—."

"안 돼."

뭐야! 치사치사치사한 놈 같으니라고.

"내일 가르쳐 줄게. 그때까진 묻지 마."

"그럼, 딱 하나만 더."

"뭔데?"

나르는 노트북을 닫더니 나를 돌아보았다.

"문제…… 해결될 것 같아?"

나르는 잠시 생각에 잠긴 듯했다.

"잘 모르겠어. 하지만, 아마."

그것을 끝으로 입을 다물고 말았다. 뭘 물어봐도 대답하지 않았다. 나를 안쓰럽게 여긴 존이 말을 걸었다.

"마이 씨, 시부야 씨에게 무슨 생각이 있는 것 같심더. 내일 가르쳐 준다고 하니, 기다리는 게 어떻겠심꺼?"

"그래도……."

나는 근본적으로 성격이 급한 사람이거든요오.

나르는 여전히 모른 척하고 있었다. 이번에는 못이 든 상자와 망치를 건네주더니, 복도 안쪽을 가리키며 말했다.

"저걸 실험실로 가져 와. 안에 있는 기계와 부딪히지 않게 조심하고."

언제 다 준비했는지, 복도에는 대량의 합판이 쌓여 있었다. 이쪽 요구는 있는 대로 다 무시해 놓고, 자기 요구는 끝까지 관철시키겠다 이겁니까? 억울하지만, 어쩐지 흥미로운 전개가 되는 것 같아서 호기심이 피어올랐다. 이제 너 같은 거 어떻게 되든, 내 알 바 아냐! 하고 돌아가 버리면, 집에 가서도 궁금해서 몸을 비비 꼬게 될 것 같았다.

아아…… 완전 나르 페이스에 질질 끌려 다니고 있어. 어쩐지 서글픈 기분이 들었다. 하지만 얌전히 시키는 대로 합판을 날랐다. 합판은 얇아서 옮기기에는 편했지만, 얇은 만큼 잘 휘어졌기 때문에 기계에 부딪힐까 겁이 났다. 조심조심 실험실로 합판을 옮기자, 나르는 창문에 대고 그 합판을 못질하기 시작했다. 운동장 쪽으로 난 창이라는 창은 다 막고 있었다.

　태풍 경보가 났나? (그럴 리가 없다.)

　창을 합판으로 다 막아 버린 뒤, 나르는 나와 존에게 두꺼운 매직을 건넸다.

　"둘이서 이 판에다 사인을 해. 크게. 합판 두 개에 걸쳐서 해도 상관없으니까, 모든 합판에 문자가 들어가도록."

　어째서 이런 일을 시키시는지요? 하고 물어봐도 대답 안 해 주겠지. 쳇. 중노동으로 완전히 지쳐 있었기 때문에, 쓸데없는 에너지 낭비를 삼가고 시키는 대로 얌전히 합판 위에 크게 이름을 썼다. 그러자 이번에는 복도쪽 창을 막기 시작했다. 모든 창에 출입구마저 합판으로 막은 뒤, 거기에도 사인을 했다. 그 동안 나르는 복도에 놓아 둔 기계 앞에 주저앉았다. 모든 기계에 커버를 씌우고는 바닥에 고정시켰다. 고정시킨 금속 핀 위에도 종이를 붙이더니, 거기에도 나와 존에게 사인을 하도록 했다.

　"수고했어. 이제 가 봐도 좋아."

　뭐야 이게. 사람을 이렇게 잔뜩 부려먹어 놓고는. 네네, 알겠습니다요. 모든 건 내일 알려주시겠다, 이 말씀이시죠? 내일은 반드시, 이게 대체 뭐하는 주술인지 꼭 설명을 듣고 말겠어. 꼭.

3

다음 날 번개같이 일어나서 학교로 달려갔다. 곁눈질도 한 번 안 하고 구교사로 돌진했다. 나르는 이미 도착해서는 차 안에서 무언가를 하고 있었다. 그리고 그 곁에 길고 가는 사람 그림자가 보였다.

어랏, 저건 부상당한 조수씨 아닌가.

"어, 음, 안녕하세요."

말을 걸어 조수씨에게 인사를 했다.

"이제…… 괜찮아지신 건가요?"

지팡이를 짚은 조수씨에게서 돌아온 것이라고는 냉랭한 시선뿐이었다.

저도 어제 신발장에 깔려서 큰 혹이 생겼는데, 그걸로 어떻게 안 될까요.

나르가 차에서 나왔다.

"빨리도 왔군."

"당연하지!"

자, 오늘이 네가 말하던 그 내일이야. 어제 그건 도대체 뭐야? 말해, 말하지 못하겠나?

나의 기백이 고스란히 전해졌는지, 나르가 지겹다는 듯한 표정을 지었다.

"결과는? 어제 그건 도대체 뭐고?"

나르는 한숨을 한 번 푹 내쉬었다.

"마이, 너 입 무거운 편이니?"

"말하지 말라면 절대로 말 안 할게."

굳게 입을 다물겠습니다. 굳세고 단단한 다이아몬드가 되겠사옵니다.

나르는 잠시 생각하는 기색이었다.

"잠깐만 기다려. 곧 모두들 올 테니까."

모두들이라니? 설마 영능력자들?

도대체 무슨 생각인 거지.

영능력자 일행 여러분이 도착하기 전에 가벼운 말다툼이 있었다. 수업 시작 전, 쿠로다 여사가 얼굴을 비춘 것이다. 여사는 나처럼 어제 그게 도대체 뭐였는지 무서운 기세로 나르를 추궁하기 시작했다. 내가 무심코 다들 모이면 말해 준다고 입을 잘못 놀린 탓에 나르와 여사 사이에 실랑이가 벌어지고 말았다.

남겠다고 주장하는 여사와 가라고 밀쳐 내는 나르.

결국 여사가 완고한 자세로 승리를 얻어냈고, 나르는 또 한숨을 쉬었다.

수업 시작종이 울리고, 얼마 지나지 않아 영능력자들이 하나씩 모여들었다. 아, 결국 수업에 못 들어가네…….

무녀님, 스님, 존, 마사코. 이렇게 전원 모이자, 나르는 구교사로 향했다. 한 손으로 지팡이를 집고 다리를 절뚝거리는 조수씨는, 소형 비디오카메라를 들고 그 뒤를 따랐다.

"오늘은 뭘 보여 줄 건데?"

스님이 비웃는 듯한 목소리로 물었다. 무녀님도 가세했다.

"관두는 게 좋지 않겠어? 또 있는 대로 창피만 당하고 도망치게 될걸?"

나르는 무표정으로 일관했다.

"실험의 증인이 되어 주십시오."

"뭐?"

스님과 무녀님은 이해할 수 없다는 듯 서로의 얼굴을 한 번 바라보았다.

실험실 앞 복도는 어제 마지막으로 본 상태 그대로 기계들이 눌러앉아 있었다. 나르가 말했다.

"두 사람 다 어제 사인했던 종이가 찢어지지 않고 남아 있는지 확인해 봐."

어느새 조수씨가 비디오로 그 광경을 촬영하고 있었다. 나는 존과 시선을 한 번 교환하고, 기계에 붙어 있는 종이를 확인했다. 찢어진 흔적은 없었다. 쓰여 있는 글자도 어제 우리가 써 놓은 그대로였다.

"문제없지?"

"응."

나르는 끄덕이며 고정 해 놓은 금속 핀을 뽑고, 기계에 씌워 둔 커버를 벗겨 냈다. 노트북을 열더니 만족스럽게 고개를 끄덕였다.

"저기……."

"문 쪽은?"

"어? 응, 그래."

나는 실험실 문을 돌아보았다. 찬찬히 살펴봤지만, 역시 어제 해 둔 그대로였다. 판도 고정되어 있었고, 문자도 어제 내가 마지막으로 살펴봤을 때와 똑같았다.

"괜찮은 것 같아."

"확실히 제 글씸니더."

우리들이 증언하자 나르는 고개를 끄덕이며 못을 뽑기 시작했다. 판과 문 사이에 망치를 끼워 넣고 거칠게 뜯어 냈다. 합판이 우지직 소리를 내며 뜯겨 나갔다.

우리들이 서로의 얼굴만 멀뚱히 쳐다보며 이 행동의 의미를 탐색하던 중, 나르는 실험실로 걸어 들어갔다.

어라?

방 한 가운데에 분필로 그어 놓은 동그란 자국이 보였다. 그거 어제 의자 따라서 그어 놓은 선 아니었나?

하지만 의자가 없었다. 의자는 창 쪽에 엎어져 있었다.

"시부야 씨, 의자가 움직였심더."

존이 긴장한 목소리로 말했다. '그렇군.' 하고 나르는 끄덕이더니 자신감 넘치는 시선으로 우리들을 한번 둘러보며 말했다.

"협력해 주셔서 감사합니다. 저는 오늘부로 철수하겠습니다."

4

 "잠깐, 무슨 소리 하는 거야!"

 얼마간 고요한 정적이 이어진 뒤, 무녀님이 느닷없이 괴상한 소리를 질렀다.

 "설마, 이걸로 사건은 해결됐다, 뭐 이런 말 하려는 거 아니지?"

 추궁하는 무녀님에게 나르는 아무렇지 않게 대답했다.

 "그렇게 말하려고 합니다만."

 "지반침하?"

 무녀님의 말투는 비아냥거림 그 자체였다. 하지만 나르는 자연스럽게 받아넘겼다.

 "그렇습니다."

 '어이어이.' 하며 스님이 바보 취급하듯 껄껄껄 웃기 시작했다.

 "이제 와서 집착하는 거야? 이제 그만 인정 좀 하지그래?"

 "교장 선생님에게 의뢰 받은 건은, 지반침하로 전부 설명할 수 있습니다."

 "실험실에서 났던 난리는? 지반침하로 그런 일이 생길 수 있다는 건가?"

 "그건 폴터가이스트입니다."

 너무나도 간단하게 나르가 인정해 버리자, 스님과 무녀님은 나란히 승리의 미소를 지으며 목소리를 높였다.

"거-봐."

"그렇군? 넌 제령을 못하지. 그렇지? 그래서 제령할 필요가 없는 결론을 내리고 얼버무리겠다, 이거군? 나머지는 우리들한테 맡겨 버리고 돌아갈 심산이지?"

"제령할 필요는 없다고 판단했습니다."

나르는 그렇게 말하며 암시 카메라의 영상을 되감았다.

"한번 보시겠습니까?"

소형 텔레비전에는 실험실에 놓아둔 의자의 영상이 나오고 있었다(당연하지). 암시 카메라 특유의 흑백 화면 중간에 의자가 나오고 있었다. 어제 세팅해 둔대로, 의자는 그 자리에 가만히 잘 앉아 있었다. 화면 위의 시간을 보니, 어제, 즉 오늘 오전 세 시 반 정도까지, 그 자리에 가만히 있었다는 것을 알 수 있었다.

"이게 뭐야."

무녀님이 불만스럽다는 듯이 말을 꺼내던 그때였다.

의자가 덜컥 흔들렸다. 마치 눈을 뜨고 부르르 떠는 것처럼 보였다. 짜증난다는 듯이 한쪽 다리를 들어 올리더니 쿵 하고 바닥을 울렸다. 그렇게 몇 번 발을 굴렀다. 그러고는 누군가가 의자를 발로 차 버리기라도 한 듯 덜컹 기울어지더니, 창문가를 향해 미끄러져 내렸다. 창문 벽에 꽝 부딪히고 쓰러졌다. 그리고 더 이상 움직이지 않았다.

나르가 비디오를 정지했다.

"지금…… 그거 뭐야?"

내가 묻자 나르는 조수씨에게 노트북을 건네받으며 대답했다.

"네가 본 그대로야."

"의자…… 움직였는데."

'그렇군.' 하며 나르는 컴퓨터 화면을 가리켰다. 파란 창 안에 새하얀 점이 꺾인 선 그래프로 찍혀 있었다.

"이게 뭔데?"

"레이더 감시 데이터야. 보는 대로, 처음에 포인트가 움직이기 시작한 것이 오전 세 시 삼십이 분 십이 초. 그 후로는 일 초 단위로 이동하고 있어. 총 오십사 초 간 움직였고."

나르가 키보드를 두드리자 하얀 점들이 한 번 쫙 사라지더니, 하나씩 순서대로 나타나며 꺾인 선을 그려 나갔다. 그렇군, 이 점은 의자가 움직인 궤도를 그리고 있구나.

"암시 카메라 영상에서도 알 수 있듯이, 이 시점에 실험실에는 아무도 없었어."

'하지만' 하고 말을 꺼낸 나를 제지하더니, 나르는 컴퓨터의 화면을 바꿨다.

"심지어 건물도 움직이지 않았지. 이건 실험실에 설치한 진동계 데이터야. 적어도 의자를 움직일 만큼의 진동이 있었다면 기록이 되었겠지만, 아무 기록도 남아 있지 않아."

스님이 뱉어 내듯이 소리쳤다.

"그럼 완전히 제대로 된 폴터가이스트잖아! 제령하지 않으면……."

"그럴 필요 없습니다."

나르가 딱 잘라 말했다.

"그럴 필요가 없다니……."

나르는 노트북을 닫았다. 노트북을 조수씨에게 건네주자, 조수씨는 아무 말 없이 실험실을 나섰다. 나르는 손을 뒤로 돌려 교탁을 집고, 눈을 위아래로 굴리고 있는 우리들을 찬찬히 돌아보았다.

"어제, 여러분에게 암시를 걸었습니다."

"암시?"

"최면술 같은 거라고 말할까. 오늘 밤, 이 의자가 움직인다는 암시를 걸었어."

어제 그 교장실에서 있었던 기묘한 실험 얘기구나.

"그거 최면술이었어?"

"엄밀하게는 달라. 그저 무의식 속에 이미지를 각인시킨 것뿐이지. 실험실에 놓인 의자가 움직인다는 이미지를 말야. 그리고 의자를 실제로 실험실에 놓았어. 이 방 창문부터 시작해서 들고 날 수 있는 모든 곳에는 자물쇠를 걸었고, 그 위를 판으로 덮어서 너와 존에게 사인을 시켰지. 문도 마찬가지로 완전히 봉인했어. 사람은 안으로 들어갈 수 없었어. 무리하게 들어가려 하면 분명 흔적이 남았을 거야."

"그렇겠지. 합판이 찢어졌을 테니까. 그 합판, 얇고 흐느적거려서 방금 나르가 연 것처럼 찢어졌겠지. 판을 바꿔 버리면 사인이 없으니까 안 되고, 흉내낸다고 해도 필적이 달라지고……."

"그래. 엄밀하게 필적 감정을 한 게 아니니 필적을 흉내냈을 가능성은 제외할 수 없지만 어쨌든 의자가 움직인 문제의 순간 화면을 보면 알 수 있듯 그 안에는 아무도 없었어. 외부에서 레이더로 감시한 결과지에서도 이때 방 안에 움직이는 물체는 존재하지 않았다는 것을 알 수 있고. 서모그래피나 다른 센서들을 확인하면 더 확실해지겠지."

"응, 그렇겠지. 하지만 아무도 없었는데 어쨌든 의자가 움직였다는 거잖아? 게다가 건물이 흔들린 것도 아니었고."

"그거야말로 폴터가이스트가 일어났다는 증거 아닌가요!"

여사가 히스테릭하게 소리쳤다.

"그래."

나르는 여사를 잠시 바라보더니, 천천히 우리들을 둘러보았다.

"폴터가이스트임에 틀림없습니다. 적어도 지금껏 알려져 있는 과학적 상식의 범위 안에서 생각해 볼 때, 저 의자가 움직일 만한 이유를 어디에서도 찾을 수 없습니다. 실제로 움직인 이상 이것은 상식 밖의 힘에 의한 것이라고 간주할 수밖에 없고, 이러한 현상을 통칭 폴터가이스트라고 부릅니다."

"응, 그러니까……."

"하지만 폴터가이스트는 반드시 영이 일으키는 현상이라고 볼 수만은 없습니다."

……응?"

"폴터가이스트의 반 정도는 인간이 범인입니다. 대체로 로우틴, 즉 청소년들이지요. 영감이 강한 여성인 경우도 있습니다."

"사람이 장난……을 쳤다는 거야?"

내가 묻자 나르가 매몰차게 쏘아붙였다.

"바보냐, 넌."

그, 그렇게 대놓고 말할 필요는 없잖아!

"일종의 초능력이야. 초능력에는, 오감을 초월한 초감각이라고도 하는 ESP와, 손을 대지 않고 물체에 영향을 주는 PK 등이 있는데, 폴터가이스트의 원인 중 대부분이 이 PK일 것으로 추정되고 있어. 이것을 초심리학 용어로 RSPK, 빈발성 자발적 사이코키넨시스, 또는 반복성 우발적 염력이라고 부르지."

초, 초느응려억?

나도 놀랐지만 관중들도 놀란 모양이었다. 모두들 벌어진 입을 다물지 못하고 있었다.

"그, 그럼…… 어, 저기, 범인이 초능력으로 이렇게…… 했다는…… 거야?"

"범인이라는 단어에는 어폐가 있지. 이 경우 본인도 무의식중에 그랬을 거야. 대부분은 강한 억압을 받는 사람에게 나를 신경써 줬으면 좋겠다, 주목해 줬으면 좋겠다는 무의식의 욕구가 생길 때 일어나. 본인은 현상의 원인을 제공하고 있다는 자각이 없기 때문에, 즉 범죄를 일으킬 의도는 없었다고 보는 게 맞겠지.

그래서 엄밀하게는 범인이라고 부를 수 없어. 행위를 일으키고 있다는 자각이 없는 행위자, 즉 에이전트야."

"흐으으음······."

"폴터가이스트의 원인이 RSPK일 경우 암시를 걸면 암시 그대로 일이 일어나게 돼."

나는 순간 창가에 나뒹구는 의자를 돌아보았다. 암시대로 움직인 의자.

스님이 끼어들었다.

"그럼 그 의자가 움직인 건 인간 때문이라는거냐? 누군가가 자각하지 못하고 이런 일을 벌였다는 거야?"

"그렇습니다."

무녀님도 여전히 반쯤 넋이 나가 있었다.

"영이 그런 게 아니라고? 그 엄청난 소동도?"

"아마 그럴 겁니다."

나르는 대답하며 창을 힐끗 돌아보더니 '성가시군.' 하고 중얼거렸다. 내게 망치를 내밀며 명령했다.

"떼어 버려. 어둡군."

······아 예. 시키시는 대로, 우리들은 망치에 장도리에 드라이버까지 동원해서 창문 합판을 떼어 내기 시작했다. 모두가 달라붙어 합판을 시원시원하게 떼어 냈다. 그리고 점점 빛이 많이 들어옴에 따라, 다들 '에이, 뭐야.' 라는 생각을 했다.

뭐야, 유령이 아니구나.

역시 구교사에 수상한 것 따위는 살고 있지 않았던 거야. 마음이 활짝 개는 것도 같고, 약간 섭섭한 것도 같고. 으스스한 분위기를 조성하던 어두운 교실도, 햇빛이 비쳐 들어오자 그저 낡고 먼지투성이인 교실에 지나지 않았다.

오랫동안 말은 무성했지만 실제로는 아무것도 없는 낡은 구교사. 기묘한 일들도 일어났지만 그건 구교사가 낡은 탓이었고, 지반이 침하해서 그런 거였고, 누군가가 장난친 것에 불과했던 것이다. 무의식중의 초능력이라는 말을 들으면 왠지 신비롭기는 하지만 유령이 있다는 얘기를 들었을 때만큼 신기하지는 않네. 정말이지, 에이, 뭐야 하는 기분이 들었다.

작게 쓴웃음 섞인 한숨을 내쉬다 나는 문득 고개를 갸웃거렸다.

하지만, 누군가의 무의식이라니. 누구의 무의식인데?

신경 써 주었으면, 주목해 주었으면······.

자기현시욕이 강한 놈들이라면 얼마든지 차고 넘친다. 이 교실 안에는. 실제로 암시 실험에 참가한 것도 이 사람들이었으니까, 의자를 움직인 사람도 이 안에 있을 텐데. 다들 자기주장만 해 대고, 근거 없는 자신감이 넘치고, 그러니까 누구든 의심스러울 지경이다. 존을 제외하고는.

······하지만.

나는 슬쩍 시선을 어떤 인물을 향해 돌렸다. 다들 비슷한 생각을 했는지, 모두의 시선이 힐끔힐끔 그녀를 향해 모여들고 있었다. 쿠로다 여사에게로.

"나……?"

여사는 당황한 기색이 역력한 표정으로 우리들을 돌아보았다.

"내가 했다는 거예요? 그 폴터가이스트를?"

'농담하지 말아요.' 하며 잔뜩 굳은 얼굴로 여사는 나르를 추궁했다.

"나를 범인으로 모는 건가요?"

"다른 누구보다도 네가 했다고 생각하는 게 자연스럽지."

"멋대로 사람을 범인 취급하지 말아요!"

나르는 드라이버를 툭 던져 버리더니 교탁에 기대어 가볍게 한숨을 내쉬었다.

"방금 전에도 말했지만, 폴터가이스트의 원인의 태반은 인간의 무의식이야. 어제 하루 종일, 이 교실에서 폴터가이스트라고밖에 생각할 수 없는 현상이 일어났을 때 난 몹시 곤란했지. 영이 있다고는 도저히 생각할 수가 없었으니까. 하라 씨의 판단도 마찬가지였고."

"네, 없었어요."

마사코가 끄덕였다.

"영이 아니라면 인간이 원인인데, 실제로 인간이 일으키는 폴터가이스트와 영이 일으키는 폴터가이스트에는 딱 하나 현저한 차이가 있지. 영이 목격되지 않는다는 점이야. 사실, 이 교사 내에서 영이나 그와 비슷한 것을 목격한 사람은 없어."

……듣고 보니 그렇네.

"이게 집이라면, 그 집에 살고 있는 사람 중에 에이전트가 있게 마련이지. 청소년기의 아동이나, 영감이 강한 여성이나. 특히 사춘기 전후의 소년소녀가 압도적으로 많아. 에이전트가 되는 사람은 대부분 본인도 자각하지 못하는 극단적 스트레스를 안고 있어. 거기에 어떤 위기 상황이나 압박이 가해지면, 폴터가이스트의 형태로 표출이 되는 거야. 그 근본에는 이 위기 상황이나 곤경에서 누군가가 자신을 구해 주기를 바라는 의식이 잠재되어 있기 때문에 에이전트 자신이 폴터가이스트의 표적이 되는 경우가 많지. 그중에는 큰 부상을 입는 사람들도 있어. '피해자가 되면 동정을 받을 수 있고, 사람들도 상냥하게 대해 주고, 소중하게 여겨 줄 것이다.'라는 무의식 탓이야. 하지만 구교사는 집이 아니니 여기에는 아무도 살지 않아."

모두들 잠잠해졌다.

"그럼 반대로 생각해 보면 되겠지. 폴터가이스트로 인해 주목을 받는 사람, 동정을 받게 되는 사람이 범인이 아닐까? 그럼 범위는 마이와 쿠로다 씨, 두 사람으로 압축된다."

나?

너-이-자-식-, 나를 의심했다 이거지이!

"두 사람을 비교해 보면, 의심스러운 것은 당연히 쿠로다 씨지."

그렇게 말하며, 나르는 여사의 새하얗게 질린 얼굴을 흘깃 바라보았다.

"사실 처음부터 그녀는 어쩐지 석연치 않은 구석이 있었어. 예를 들어 구교사에서 전쟁 무렵의 영을 봤다던 얘기라거나, 간호사 같은 영을 봤다는 말도 했지. 하지만 이 학교는 전쟁 전부터 여기 있었고, 전쟁에 의한 피해를 입었다는 기록도 남아 있지 않아. 조사해 본 바로는 이 근처는 공습을 당한 적도 없고, 일시적으로라도 학교를 병원으로 활용했던 사실도 없어. 물론 학교가 세워지기 이전에 이곳에 병원이 있다는 기록도 없지. 전쟁 중의 희생자나, 간접적으로 희생된 간호사의 영혼이 나타날 이유 따위는 없어."

"그건……."

"그렇다면 둘 중 하나지. 그녀가 착각했거나, 고의로 거짓말을 했거나. 고의로 거짓말을 하는 건지, 혹은 보이는 척하다가 정말로 헛것을 보게 된 건지는 알 수 없지만."

"거짓말이 아니라고!"

여사는 소리쳤다. 얼굴뿐만 아니라 목소리마저 새하얗게 질려 버린 것 같았다.

나르는 가볍게 한숨을 내쉬며 말을 이었다.

"쿠로다는 중학생 때부터 영감이 강하기로 유명했지. 그래서 주위의 이목을 끌 수 있는 존재였고. 그녀는 항상 구교사에 전쟁 때의 영혼이 살고 있다고 주장했어. 하지만 혹시 구교사에 영이 없다는 게 밝혀진다면, 영 따위는 없고 이 기현상들이 전부 지반침하 탓이었다는 것이 모두에게 알려진다면?"

스님이 대답했다.

"권위의 실추. 즉, 신용을 잃고 말겠지."

무녀님도 고개를 끄덕였다.

"영감이 있다고 했던 게 전부 거짓말이 되어 버리겠네."

"그렇습니다. 쿠로다에게 있어서, 주위의 주목을 모으기 위해 구교사의 악령은 필요한 존재였지요. 쿠로다를 위해서 구교사에는 영이 존재해야만 했던 겁니다."

모두가 무언가 말하고 싶다는 눈빛으로 그녀를 쳐다보았다.

"하지만 나, 그 심리 어쩐지 알 수 있을 것 같은데."

나는 중얼거렸다. 여사가 놀란 듯이 고개를 들었다. 나는 조금 웃어 보였다. 누구든 특별한 존재가 되고 싶어해. 누구든지 인정해 주는 그런 존재가. 특별한 재능을 가지고 싶고 인정받고 싶은 거야.

여사가 바란 것은 영능력이라는 재능이었던 것이다.

"이대로는 입장이 난처해진다. 쿠로다는 맹렬한 불안감에 휩싸였지. 그리고 그것이 쿠로다의 무의식에 큰 압박을 가했어. 그리고 무의식이 생각했겠지. 영은 있을 것이다. 있어야만 한다. 폴터가이스트가 일어날 것이다. 그렇지 않으면 안 된다. 그리고."

스님이 뒤를 이었다.

"……무의식은 그것을 행한다."

'그렇구나.' 하고 납득하다 나는 문득 궁금해졌다.

"하지만 그렇게 생각한다고 해서 되는 거야? 난 시험 치기 직전에는 진지하게 학교가 무너져 내렸으면 좋겠다고 종종 생각하는데, 한 번도 무너진 적 없어······."

"그건 재능의 문제다."

엥?

나르의 시선이 여사를 향했다.

"그녀는 잠재적 사이킥일 거야."

"싸이키익?"

"흔히들 말하는 초능력자야. 본인도 의식하지 못하고 있고 아무도 눈치채지 못했지만, 아마 약간의 PK를 가지고 있을 거야."

우와.

무녀님이 고개를 갸웃거렸다.

"하지만 그 주장에 따르면, 저 아이의 스트레스가 심해진 건 네지반침하설이 나오고 나서인 거잖아? 그럼 내가 교실에 갇힌 건? 쟤가 습격당한 건? 그건 거짓말이나 착각이라 치더라도, 비디오가 꺼져 있던 건? 이걸 설명해 주지 않으면 납득할 수 없겠는걸."

마사코가 중얼거렸다.

"스스로 갇히신 거예요."

"내가 무의식 중에 문을 닫았다고? 너 또 그 소리 할래?"

"그렇다고밖에 여길 수 없는 걸 어쩌겠어요."

나르가 두 사람을 제지하듯 손을 들었다.

"······설명해도 되겠어?"

쿠로다 여사에게 묻는 소리였다. 여사는 바닥만 쳐다보며 고개를 작게 끄덕였다.

"마츠자키 씨가 갇힌 건."

나르는 주머니에서 못 하나를 꺼내들었다.

"이 못 때문입니다. 이게 문과 문틀 사이에 끼워져 있었습니다."

……잉?

"문이 열리지 않았던 것은 아마 이 못 때문이었을 겁니다. 알아차린지는 좀 됐지만 굳이 말을 꺼낼 필요가 없을 것 같아서 말하지 않았습니다."

무녀님이 나르의 손에서 못을 낚아챘다. 그리고 찬찬히 살펴보더니 말했다.

"……누가, 일부러 그랬다는 거야?"

"그렇습니다."

"누가……, 네가 그랬어?!"

무녀님이 여사를 무섭게 노려보았다. 여사가 움찔하고 몸을 움츠렸다. 나는 무심코 어깨를 두드려 주었다.

너무 신경 쓰지 마시게나그려.

나르가 말을 이었다.

"살짝 장난을 칠 셈이었겠지요. 그 직전에 마츠자키 씨에게 싫은 소리도 들었고 하니."

……아하앙.

"그럼 비디오 고장은?"

"그건 굳이 조사해 볼 필요도 없었습니다. 영 때문에 고장 난 것이 아닙니다. 고의로 지워진 것이었죠. 쿠로다가 이층 복도를 걷고 있을 때 우연히 짐들이 떨어져 내렸을 겁니다. 가장 불안정한 곳에 쌓여 있었으니, 그녀가 살짝만 건드려도 떨어지는 건 일도 아니었겠죠. 밑에 깔린 그녀는, 그게 마치 누군가가 자신을 덮친 것처럼 보일 수도 있고, 그렇게 주장할 수도 있겠다는 것을 깨달았습니다. 자기가 살짝 짐을 건드렸던 부분의 영상만 지울 수 있다면 말이지요."

"아니면, 처음부터 그럴 생각으로 짐을 무너뜨린 거 아니야?"

무녀님이 냉랭한 목소리로 반문했지만, 나르는 고개를 저었다.

"단정할 수는 없지만, 우연이라고 생각하는 것이 이치에 더 맞습니다. 처음부터 고의로 습격당한 듯한 상황을 만들려 했다면, 먼저 카메라를 멈추는 편이 빠르겠죠. 아니면 카메라 사각에서 그런 상황이 일어났다고 주장하거나요."

"그럼 증거가 안 남잖아."

"먼지를 뒤집어쓰거나 상처를 입거나 거짓 증거를 만들어 내는 방법은 얼마든지 있습니다. 그렇게 말하자면 사실 처음부터 밑에 깔린 채 쓰러진 모습을 누군가에게 발견하도록 하는 것이 가장 간단하고 의심도 덜 받겠지요. 어쨌든 우연히 일어난 사건이니만큼 문제의 부분만 없애 버리면 되는 거였고, 자신이 깔리는 모습만을 남기기 위해서 몇 번이고 되감기 한 뒤 그 위에 다시 녹화를 한 겁니다. 영상이 좁은 간격으로 뚝뚝 끊기며 노이즈가 생긴 건 그 때문입니다."

"미처 영상을 멈출 생각을 못한 걸 수도 있어. 그래서 어쩔 수 없이……."

"그것도 아닙니다."

나르는 가볍게 부정했다.

"마츠자키 씨가 교실에 갇혔을 때, 즉 못이 문틈 사이에 끼어 있을 때, 서쪽에 놓아 둔 비디오가 멈춰 있었습니다. 정지하기 직전, 복도에 빛이 들어오는 것이 보였습니다. 빛의 양이 늘어나서 카메라가 노출을 자동적으로 조절한 겁니다. 어디서부턴가 빛이 들어왔음에 틀림없고, 카메라 사각 중에서 외부로 통하는 건 서쪽에 있는 뒷문뿐입니다. 그쪽으로 몰래 들어와, 눈앞에 복도를 비추고 있는 카메라가 있음을 깨달았겠죠. 전례가 있으니 카메라를 멈출 생각을 못 했을 리가 없습니다."

무녀님은 짜증난다는 듯 입을 다물었다. 여사의 어깨가 한층 더 움츠러들었다. '미안해요.' 하는 작은 목소리가 내 귀에만 들려왔다.

존이 쓸쓸하다고 해야 하나 약간 서글픈 목소리로 여사를 위로했다.

"너무 신경 쓰지 마시길 바랍니더. 그냥 장난이었을 뿐 아임니꺼?"

"그냥 장난? 악질이거든!"

나르는 여전히 무덤덤했다.

"마츠자키 씨가 영감이 없다고 비웃었던 것이 억울했던 거겠지요. 앞으로는 말을 좀 골라 가며 하시는 게 어떻겠습니까?"

네가 그런 말을 할 처지냐고요.

"영감이 있다고 타인에게 인정받으면 기분이 풀리려나, 했습니다만."

그렇구나. 그래서 부유령 어쩌구 했던 거구나. 확실히 그때 쿠로다 여사는 몹시 기분 좋아 보였지. 하지만 그것만으로는 만족할 수 없었던 거야.

나르는 가볍게 한숨을 쉬고 모두를 바라보았다.

"이상, 끝났습니다. 납득하셨습니까?"

무녀님이 잘난 척 팔짱을 꼈다.

"그래서 이제 어쩔 건데? 이대로는 갈 수가 없잖아, 우리들. 교장은 공사할 수 있도록 해 달라고 의뢰한 거니까."

"제령이 끝났다고 말씀 드리고 돌아가면 됩니다."

"저 계집애가 공사를 방해하면?"

무녀님은 노골적으로 여사를 노려보며 말했다. 나르가 대답했다.

"교장 선생님께 이렇게 보고할 생각입니다. 구교사에는 전쟁 무렵의 희생자를 포함해, 과거 구교사에서 사망한 사람들의 영이 붙어 있었다. 제령을 했으니 공사를 해도 상관은 없지만, 지금까지의 기현상으로 인해 건물이 상당히 무리한 상태에 이르렀다.

갑자기 무너질 위험이 있으니 엄중한 주의가 필요하다, 뭐 이렇게 말이죠. 그걸로 괜찮겠지? 쿠로다 씨."

여사가 금방이라도 울음을 터뜨릴 것 같은 얼굴로 끄덕였다.

"전쟁의 희생자……라."

무녀님은 불만스러워 보였다. 스님도 의심스럽다는 듯 말을 꺼냈다.

"그걸로 괜찮을 것 같아?"

나르는 어깨를 으쓱했다.

"확답할 수는 없습니다만, 아마도요."

마사코가 물었다.

"그래도 불안한 구석이 있어요. 그냥 교장 선생님께 사실을 말씀 드리는 게 어떻겠어요? 지금 하신 이야기 그대로 말이지요."

여사가 확 고개를 들더니 겁먹은 표정으로 마사코와 나르를 번갈아 봤다. 나르는 그 모습을 흘깃 쳐다보더니 말했다.

"그녀는 충분히 억압받고 있습니다. 이 이상 추궁해서는 안 됩니다."

……허어, 꽤 상냥한 말을 하는구먼.

"그리고 폴터가이스트-RSPK가 장기간 지속되는 경우는 없습니다. 오히려 단기간에 사라져 버리는 경우가 대다수죠. 막대한 에너지를 소모하기 때문에 장기간 유지할 수가 없어요. 게다가 그녀의 사춘기는 곧 끝납니다. 이러한 우발적 능력은 나이를 먹으면서 자연스럽게 쇠퇴하고, 사춘기가 끝나기 전에 사라지는 것이 보통입니다. 게다가 그녀는 이제 자신의 스트레스를 자각해 버렸죠. 본인이 자각하지 못하는 스트레스는 일방적으로 쌓일 뿐입니다만, 자각해 버리면 자각 그 자체가 스트레스가 빠져나갈 구멍이 됩니다. 그러니 앞으로 이런 폴터가이스트가 일어날 가능성은 없습니다."

여사가 복잡한 의미의 한숨을 내쉬었다.

'흐응.' 하는 무녀님의 목소리는 어쩐지 아쉬워 보였다.

"그래서…… 결국 누가 제령한 게 되는 거야?"

그 순간 무거운 침묵이 내려앉았다.

하지만 나르는 아무렇지 않게 말했다.

"모두가 협력했다. 그걸로 충분하겠지요."

"……어어?"

무녀님은 나르를 지긋이 바라보았다.

"상냥한 구석이 있네. 공을 나눠 갖겠다는 거니?"

나르는 그저 어깨만 으쓱할 뿐이었다. 그러더니 내 쪽으로 날카로운 시선을 돌렸다.

"마이, 이 건에 대해서는 누구에게도 발설하지 말도록 해."

예이. 다이아몬드처럼 굳게 입을 다물도록 합지요.

무녀님은 이상하게 감동을 받은 듯한 눈치였다.

"너, 꽤 페미니스트스럽다."

"그렇습니까?"

"흐음…… 여자친구 있니?"

"질문의 취지를 이해하지 못하겠습니다만."

"나, 연하도 괜찮은데."

"아, 그러십니까?"

……색기 발동. 어딜 봐서 당신이 무녀입니까, 도대체 어디가!!

나르는 싱긋 웃으며 말했다.

"말씀은 감사합니다만, 아쉽습니다. 저는 거울을 좀 자주 보는 편이라서요."

하아?

일순간 정적. 그리고 스님이 껄껄껄 바보같이 폭소를 터뜨렸다. 무녀님은 얼굴을 붉히더니 고개를 휙 돌려 버렸다.

거울로 자기 얼굴을 자주 보니까, 무녀님 얼굴 가지고는 안 된다 이거니?

그야 뭐 무녀님이 얼굴로는 완전 밑지지만 그렇게 대놓고 말해도 되는 거냐?

이 자식, 빨리 한 떨기 수선화로 변해 버려라.

5

여사는 아무 말 없이 고개를 푹 숙여 인사하고는 실험실을 나갔다. 나는 아무 말도 못하고 그 모습을 배웅했다. 종종걸음치며 달려나가는 발소리가 구교사 안에 울려 퍼지다 멀어져 갔다. 어제 들었던 그 발소리처럼. 사실은 처음부터 그 누구의 것도 아니었던, 그 발소리처럼.

소리가 사라질 무렵 존이 쭈뼛거리며 말을 꺼냈다.

"저기…… 시부야 씨, 뭐 하나 물어봐도 되겠심꺼?"

나르가 말없이 존을 돌아보았다.

"주제넘은 질문일지도 모르겠슴다만 방금 폴터가이스트는 단기간에 끝난다고 하셨심더. 하지만 테네시 주의 존 벨 사건처럼 몇 년이고 계속 되는 경우도 있지 않심꺼?"

"없지는 않습니다."

'어' 하고 누군가가 소리를 냈다. 모두 놀란 모습으로 나르를 보았다.

"RSPK라 함은 PK의 일종이지예. 본인이 자각하는지 안 하는지의 차이는 있지만예. 나이를 먹는다 해서 PK능력이 반드시 쇠퇴한다고는 하기 힘들지 않겠심꺼? 물론 능력자들은 스스로 훈련하면서 능력을 유지하지만, RSPK는 어떨런지…… 자각한 게 아니라면 나이를 먹으면서 반드시 쇠퇴하고 마는 검니꺼?"

"그렇다고 단언하기는 힘듭니다. 반대로 능력이 높아지는 경우도 있고요."

나르는 아무렇지도 않게 발언을 번복했다. 어이, 거기 너. 말이 바뀌어도 너무 바뀐 거 아니야? 놀라고 질려 버린 우리들을 내버려 두고, 존은 '그런검니꺼?' 하며 어째서인지 미소를 지었다.

"쓸데없는 질문을 하고 말았심더. 죄송함니더."

"잠깐 기다려!"

스님이 끼어들었다.

"쓸데없는 질문이 아니잖아. 걔는 언제 다시 폴터가이스트를 일으킬지 모른다는 거 아냐? 공사 중에 일으키면 어쩔 거야! 공사 중이 아니라도……."

존은 가볍게 손을 들어 스님의 말을 막았다.

"그래서 저도 물어본 겁니더. 하지만 제 생각이 짧았심더."

"뭐?"

"시부야 씨는 일부러 그렇게 말한 겁니더. 즉 쿠로다 씨에게 암시를 건거라, 이 말입니더. 오래 가지 않는다, 반드시 능력은 사라진다고 말입니더."

"그런 거냐?"

모두의 미심쩍다는 듯한 시선을 받으며 나르가 지겹다는 얼굴로 끄덕였다.

"물론 오래 가는 경우 자체가 드뭅니다. 의도적으로 훈련하는 것도 아니고, 우발적으로 발동된 능력은 쇠퇴하기 쉬운 법이죠. 그게 아니더라도 쿠로다 씨의 경우 일단 심리적 압박은 제거된 상태입니다. 문제였던 구교사도 철거될 거고요. 이 이상 폴터가이스트를 일으킬 이유는 없을 테지만, 절대라고는 말할 수 없으니 혹시 몰라 안전장치를 걸어 둔 것뿐입니다."

"그 안전장치가 암시라 이건가?"

"그렇습니다. 쿠로다는 자신의 능력이 금세 사라질 거라고 믿어 의심치 않게 되었습니다."

"확실한 거야?"

"그럴 겁니다. 쿠로다는 거짓말이 들통나 범인으로 지목받고, 학교에 소문이 날지도 모른다는 심리적인 한계에 부딪혀 있었습니다. 그 압박에서 해방된 직후였던 만큼, 제 거짓말을 수용하기 쉬운 상태였을 겁니다. 게다가 고통에서 벗어나기 위해서는 능력의 쇠퇴가 전제 조건이 됩니다. 그 능력은 곧 사라지게 될 테니 학교 측에 통보할 필요도 없다는 게 그녀에게도 편한 길이었던 겁니다. 사람이란 자신에게 편한 '진실'에 뛰어드는 법이니까요."

"그렇구먼."

"이런 종류의 생각들은 일단 한 번 뇌리에 각인되면 잘 잊혀지지 않습니다. 실패에 대한 선입견이란 그런 법이죠. 머릿속에서는 '괜찮다, 잘 할 수 있을거다.' 라고 생각을 해도 실패에 대한 두려움은 잘 사라지지 않습니다. 물론 시도해 보고 성공하면 선입견은 약해질 거고 성공 횟수가 늘어날수록 그것이 자신감으로 이어져 극복할 수 있는 가능성도 있습니다. 하지만 이런 능력은 조건이 다 갖추어진다고 해서 반드시 발동되는 종류의 것이 아닙니다. 오히려 본인의 기분이나 의식에 큰 영향을 받기 때문에 시도한다고 해서 성공하거나 여러 번 거듭해서 성공하는 일은 없을 겁니다."

"너라는 자식은 도대체 어디까지 주도면밀한 거냐. 참 나."

나르는 그 말에는 대답하지 않고 살짝 어깨만 으쓱해 보였다. 그러더니 카메라를 들어 올렸다.

이상하다는 듯이 주목하던 모두를 나르의 어두운 눈동자가 돌아보았다.

"안 가실 겁니까?"

"아, 맞다."

무녀님이 짝 하고 손을 마주쳤다.

"뭔가 되게 별거 없는 사건이었네."

스님이 끼어들었다.

"그런 것치고는 너무 겁먹지 않았었냐, 너?"

"이제 농담 그만 해."

……갈 준비.

나르의 목소리를 들은 순간 가슴이 조여들었다.

난 그저 일개 여고생일 뿐이다. 조수씨가 다치고, 그 대리로 고용되었을 뿐. 다시 말해 앞으로 나와 나르를 잇는 건 아무것도 없다는 뜻.

설마, 아니 설마가 아니지. 앞으로 만날 수 없는 거구나.

그렇게 생각하자 갑자기 울컥해졌다. 이제 만날 일이 없다. 나는 나의 생활로, 나르는 나르의 생활로 돌아간다. 이제 만날 이유가 없다.

무언가 말을 꺼내야 할 것만 같아서 마음이 초조해졌다.

실험실 안의 기계들을 밖으로 꺼내던 나르를 바라보고 있는데,

갑자기 나르가 돌아보았다.

"수업에 안 들어가?"

"오늘은 됐어."

내가 그렇게 답하자, 나르가 노골적으로 경멸이 가득 담긴 시선을 보냈다.

"좀 더 똑똑해질 노력을 해 보는 건 어때?"

이 자식!

아아, 난 도대체 뭘 신경 쓰고 있는 거야. 나르는 나랑 헤어지는 것 따위 전혀 관심 없어. 쓸쓸하다는 말까지는 필요 없지만, 적어도 아쉽다는 척이라도 해 주던가, 조금만 더 신경 써 줘도 되잖아. 임시이긴 하지만 그래도 조수였는데.

임시 조수, 그런 거 아무것도 아니겠지 이젠. 이제 진짜 조수씨도 지팡이를 짚기는 하지만 걸을 수 있게 됐고. 나 같은 건 필요 없겠지. 애초부터 나를 대리 조수로 고용한 것도 조수씨가 일을 못하게 되어서였으니까.

으으음…… 뭔가 이제 짜증이 나려고 해.

도대체 왜 나만 이렇게 쓸쓸한 기분이 되어야 하는 건데!

이해할 수 없는 복잡한 심경으로 나르의 등짝을 노려보고 있는데, 갑자기 나르가 뒤를 돌아보았다.

"수업 안 들어갈 거면, 기자재 철수 좀 도와줘."

아, 예이. 끝까지 부려먹어 주시는군요.

복도 기자재는 아마 조수씨가 정리한 듯, 이어져 있던 코드들이 뽑혀서 잘 정돈되어 있었다. 기계와 코드를 잔뜩 안고 차로 나르니, 차 안에서 조수씨가 선반을 정리하고 있었다. 날라온 짐을 건네 줘도 아무런 반응이 없었다. 그렇게까지 미워하지 않아도 되잖아. 난 우울한 기분으로 실험실과 차를 오갔다.

그런 와중에도 나르에게 무언가 말을 꺼내야 한다는 느낌 때문에 초조해졌다. 하지만 차마 주소를 가르쳐 달라거나 뭐 그런 식의 말을 할 수도 없는 노릇이었다.

그리고 마침내, 나르가 마지막으로 남아 있던 코드를 감아 올렸다. 그것으로 실험실 주변에는 아무것도 남지 않게 되었다.

"마이, 너도 이제 가 봐."

정말 언제나 그랬듯 일상적인 말투였다. 마치 오늘 조사는 여기서 끝, 남은 건 내일부터 하자는 말투였다.

너 정말 아무렇지도 않구나.

아악, 나 이 자식 진짜 싫어!

"그래. 그럼 수업 들어간다."

"그래."

"배웅할까?"

나는 살짝 말을 꺼내보았다.

"어째서?"

'어째서'라고 물어보셔도…….

"뭐랄까, 짧은 기간이었지만 그래도 어쨌든 내 상사였던 셈이고."

"필요 없어. 그보다도 빨리 수업에나 들어가지그래. 그 이상 바보가 되면 손 쓸 수도 없어."

……이 자식이 정말!

아 그러셔! 좋아. 알겠다고!

난 수업에 갈 거거든. 배웅 같은 거 안 해 줄 거거든. 마지막이 이렇게 되어도 앞으로 나르 너 따위는 두 번 다시 떠올리지 않을 거거든!

절대로 두 번 다시 떠올리지 않을 거야, 이 바보 자식아.

마지못해 교실로 돌아가서 크게 지각한 점을 선생님께 깊이 사죄드리고, 싱숭생숭한 기분으로 그날 수업을 마쳤다. 여전히 마음에 걸리는 구석이 있었고, 결국 전혀 수업에 집중할 수 없었다. 쉬는 시간에 언제나처럼 친구들이 몰려들었지만 이야기를 할 기분도 아니어서 입을 다물고 있었다. 내가 지쳤다고 생각해 주는 게 고마울 지경이었다.

우울한 기분으로 창밖을 내다보았다. 내 자리는 창가 쪽이다. 계절은 봄이고, 활짝 열린 창을 통해서 구교사가 바로 내다보였다. 수업 중인데도 자꾸 시선이 구교사로 향했다. 아무 일 없었다는 듯 그 자리에 서 있는 낡은 구교사. 어느새 저물어 가는 태양빛이 창문에 반사되어, 유리창이 오렌지빛으로 빛나고 있었다.

그렇게 멍하니, 구교사를 바라보던 그때!

아무 소리도 없이 구교사의 유리창이 일그러졌다. 반사되는 석양이 눈부시게 반짝거렸다. 팍 하는 높은 소리가 한 발 늦게 도착했다.

그 소리를 기다리기라도 한 듯, 유리창이 부서져서 떨어져 내리기 시작했다. 나는 엉겁결에 자리에서 벌떡 일어났다.

선생님이 나에게 주의를 주려 했지만, 그 목소리는 유리창이 깨지는 격렬한 소리에 묻혀 버렸다. 교실 여기저기에서 웅성거리는 소리가 들렸다.

내 눈에는 마치 구교사가 부르르 몸을 떠는 것처럼 보였다. 부수다 만 서쪽 지붕이 들썩 하더니, 가볍게 부풀어 올랐다가 이내 가라앉기 시작했다. 지붕 기와가 굉음을 내며 흘러내렸고, 누런 모래먼지가 피어올랐다. 건물 서쪽이 무너져 내리듯 가라앉으며, 그 연기 속으로 무너져 내렸다.

건물이 내는 마지막 소리가 전교에 울려 퍼졌다.

구교사는 현관부터 서쪽까지 완전히 무너져 내렸다. 마치 먼지 바다에서 좌초한 배처럼.

나는 학생들이 다닥다닥 달라붙은 창가에서 슬쩍 빠져 나와 달리기 시작했다. 구교사로 향했다. 뒤뜰로 향했지만 회색 차는 없었다. 구교사 주변에 모여든 사람들을 둘러 봐도 내가 찾는 얼굴은 보이지 않았다.

성격 더러운 고스트 헌터들은 정말로 떠나고 만 것이다.

며칠 후 구교사의 잔해를 철거하기 시작했다. 그와 동시에 쿠로다 여사의 영능력에 대한 소문도 돌기 시작했다…….

epilogue

"있잖아, 시부야 씨 요즘 뭐하고 지낼까?"

케이코가 멍하니 창밖을 내다보며 말했다.

창 밖에는 해체 작업 중인 구교사가 보였다. 공사용 철골이 세워지고 시트로 덮여 있어서 더 이상 건물은 보이지 않았다. 지금은 별 탈 없이 공사가 진행되는 모양이었다.

"마이 너도 참, 어째서 주소나 하다못해 전화번호라도 물어보지를 않았니!"

……시꺼.

미치루도 기운 빠진 얼굴로 바깥 풍경을 향해 시선을 돌렸다.

"전화번호부 다 뒤져 봤는데……."

……그렇다. '시부야 사이킥 리서치'라는 사무소의 번호는 실려 있지 않았다. 물론 완벽하게 조사했다고 하기도 좀 그렇다.

전화부 어디를 뒤져야 하는지 도통 알 수가 없었던 것이다. 전화번호부에 '영능력자'라는 항목이 있는 것도 아니고, 나르도 자기는 영능력자가 아니라고 주장했고. 그렇다고 사무실 전화번호를 주간정보지에 실었을 리도 없고(하지만 일단 찾아보기는 했다). 114에 물어봤더니, 주소를 정확히 모르면 알 수가 없다는 답변만 돌아왔다. 아마 시부야 구에 있겠지. 거기서부터 시작하면 어떻게든 될지도 모른다는 생각은 들지만, 전화번호부에 번호 자체가 안 실려 있을 수도 있고.

케이코가 딱히 누구에게라고 할 것 없이 말을 꺼냈다.

"그러니까 교장 선생님이 불렀을 거 아냐. 교장 선생님은 연락

처 알지 않을까? 물어보자."

"네가 직접 물어보려무나."

미치루가 무뚝뚝하게 대답했다.

"이잉…… 어떻게 물어봐 그런 걸."

"나도 싫거든?"

"하지마안……."

……나도 그 수는 생각했다. 교장 선생님한테 물어볼까? 하지만 뭐라고 하고 물어보지?

물론 아예 방법이 없는 건 아니었다. 놓고 간 게 있는데, 전해 주고 싶다거나. 뭐 어떻게든 적당한 이유를 갖다 붙이면 되겠지. 하지만 그렇게 해서 전화를 건다고 치자. 도대체 무슨 말을 해야 할까? 나르는 언제나 그랬듯이 '그래서, 용건이 뭔데?' 라고 물어 올게 뻔한데.

"마이, 교장 선생님한테 좀 물어봐."

"용건이 없는 걸."

"아 쌀쌀맞기는……."

케이코는 원망스럽다는 듯이 졸라 댔다.

아, 제발 그만 해. 나 지금 사실 나르 얘기는 별로 하고 싶지 않거든요. 너희들이 하도 지겹게 나르나르 해 대니까 어쩔 수 없이 동참하는 것뿐이라고요.

"맞다, 마이……."

미치루가 불쑥 몸을 들이댔다.

"아, 이제 좀 그만. 그만 해."

"잠깐만 들어 봐, 나한테 아주 좋은 생각이……."

듣고 싶지 않다니까. 생각하고 싶지 않다고. 이상하게 울고 싶어진단 말이야.

"나랑 상관없거든. 그런 상담은 팬클럽 사람들끼리 하도록 해."

"뭐야, 쌀쌀맞기는……."

그 순간 갑자기 교내방송이 흘러 나왔다.

"일 학년 F반 타니야마 마이 학생, 지금 바로 사무실로 내려와 주세요."

이, 이게 무슨 일이지.

뭐 아무래도 상관없다. 구원의 손길이니까.

그렇게 생각하며, 친구들의 시선을 뿌리치고 벌떡 일어섰다.

고개를 갸웃거리며 사무실 문을 열었다.

"저기, 타니야마인데요……."

"아, 타니야마 마이 양? 전화 왔어요."

사무실 언니가 카운터 전화를 가리키며 말했다.

전화? 학교로?

"네, 전화 바꿨습니다."

누구신지요?

"마이니?"

……

이…… 목소리는…….

나는 정신을 놓고 그 자리에 주저앉을 뻔했다.

"마이?"

"네, 네! 마이 맞는데요!"

"고함을 치지 않아도 들려."

아…… 이 잘난 척하는 말투, 진짜 나르다…….

"왜 학교로 전화를…….."

"너희 집 번호를 모르기 때문이라는 생각은 안 들어?"

아, 이 엄청나게 잘난 척하는 말투……. 눈물나게 반갑다아. 나르가 왜 나한테 전화를 하는 거지.

나는 마음속 감동을 들키지 않도록 애써 평정을 유지했다.

"머리가 나빠 추측하지 못해 죄송합니다. 근데 무슨 일이야?"

"알바비."

"……뭐?"

"그러니까 조수로 일한 급료 말이다. 필요 없으면 됐고."

아……그러셔…….

급속하게 몸에서 힘이 빠져나갔다. 아, 그러시군요. 사무적인 용건이셨군요.

"돈을 받을 수 있을 거라고는 차마 상상조차 하지도 못했습니다. 주신다면 물론 기쁘게 받겠습니다만."

받을 거야, 꼭 받아 낼 거야. 나르 이 바보.

"그럼 부쳐 줄게. 계좌 번호는?"

"어떻게 알아. 여기 학교거든?"

"그럼 우편환으로 보낸다."

우편환 말씀이시죠.

아. 차라리 돈 줄 테니까 만나자고라도 해 주지.

"주소 불러."

예이. 나는 일부러 느릿느릿 주소를 불러 주었다.

우편환이 도착해도 보내는 사람 주소는 안 쓰여 있겠지. 또는 주소가 있어서 별 생각 없이 룰루랄라 찾아갔더니, '무슨 용건이야?' 하며 냉랭하게 되묻는다던가.

어차피 그런 거겠지.

"알겠어. 일주일 안에 부치도록 하지."

"감사하기 그지없사옵니다."

"그리고, 마이 너."

"뭐, 왜에……."

목소리가 완전히 기력을 잃었어. 하하하…….

"너희 학교 아르바이트 금지니?"

"아니."

"그럼 우리 사무실에서 아르바이트하지 않겠어?"

네? 아르바이트?

아르바이트!

"나르네 사무소에서?"

나는 무심코 수화기를 혼신의 힘을 다해 꽉 쥐어 버렸다.

"아르바이트라고 해도 일반 사무나 잡무 정도야. 일하던 애가 그만둬서 일손이 부족하거든."

"……합니다!"

할 거야! 꼭 내가 할 거야!

"그럼 한번 사무소로 찾아오지그래. 주소는……."

"자, 잠깐만 기다려 봐!"

나는 황급히 주위를 두리번거리다, 카운터 너머에 있던 사무실 언니의 메모패드를 확 낚아채서 주소를 받아 적었다.

……꿈이야. 이건 꿈일 거야.

"너 편한 날로 해."

"그럼 이번 주 토요일에!"

사실 지금 당장이라도 괜찮은데.

"시간도 너 편한 때 오면 돼. 아, 그리고."

"응?"

아아, 기쁘다. 아아, 어떻게 하지.

"이번 일, 도와줘서 고마웠다."

내 스스로가 한심할 지경이다.

나는 눈물이 나올 것 같았다. 처음으로 비아냥거림도, 비꼼도 없는 문자 그대로의 칭찬을 들은 것이다.

감동 때문에 차마 말을 이을 수가 없었다.

"그럼 토요일에 보도록 하지."

"응."
나는 겨우 짜 낸 한마디에 힘을 실었다.
"토요일에, 봐!"

고스트 헌트 1 구교사 괴담

초판 1쇄 인쇄 2011년 11월 25일 | **초판 1쇄 발행** 2011년 12월 5일
지은이 오노 후유미 | **옮긴이** 박시현
펴낸곳 북스마니아 | **펴낸이** 임지호
주소 서울시 마포구 서교동 353-1 서교타워 1501호
팩스 02-6378-8700
출판등록 2009년 10월 23일 | **등록번호** 105-18-65598
ISBN 978-89-97329-01-4 04830
ISBN 978-89-97329-00-7 04830(세트)